读客科幻文库

跟着读客读科幻，经典科幻全看遍。

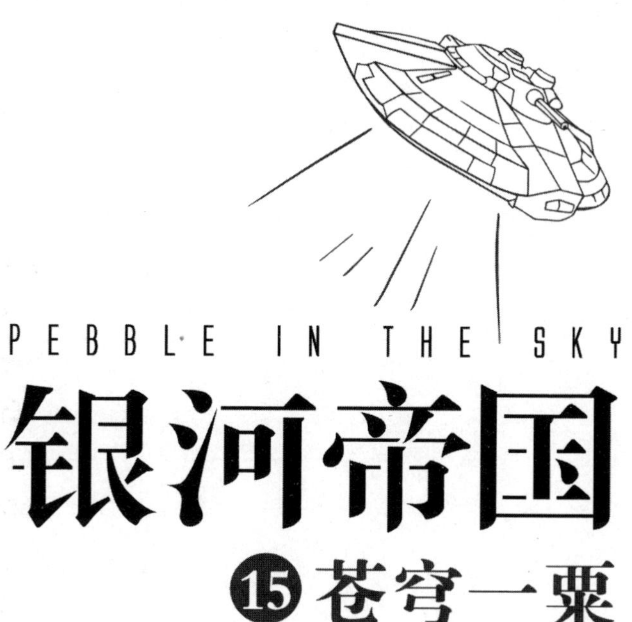

PEBBLE IN THE SKY

# 银河帝国

## ⑮苍穹一粟

[美]艾萨克·阿西莫夫 著
叶李华 译

江苏凤凰文艺出版社
JIANGSU PHOENIX LITERATURE AND ART PUBLISHING, LTD

# 目　录

# 第一章
# 两步之间

约瑟夫·史瓦兹从他熟悉的地球上永远消失之前两分钟，正在芝加哥市郊赏心悦目的街道上闲逛，心中默念着伯朗宁的诗句。

这可以说是件颇为奇怪的事，因为在任何一位路过的行人看来，史瓦兹都不像那种会吟诵伯朗宁的人。他的外表与真实身份完全一致：一个退休的裁缝，从未受过当今文明人所谓的“正规教育”。然而，受到求知欲的驱策，他随兴读过许多东西。由于对知识的饥不择食，他对各种学问都稍有涉猎，且拜极佳的记忆力之赐，读过的东西都能记得一清二楚。

比如说，当他较年轻的时候，曾经读过两遍罗勃·伯朗宁的长诗《宾·以斯拉博士》，所以当然印象深刻。虽然大部分内容已模糊不清，但是过去这几年来，开头的三句却一直徘徊不去，仿佛心脏的律动一般。而今天，一九四九年的初夏，一个非常晴朗明媚的日子，他又自言自语吟哦着，深深沉浸在宁静的心湖中：

“与我共同老去！

良辰美景可期，

生命的终点，何尝不是源头的目的……”

史瓦兹能充分体会这个意境。他少年时期在欧洲吃了许多苦，成年后来到美国，又为生存奋斗了半辈子，相较之下，一个平静、安逸的晚年算是很大的福气。他住着自己的房子，口袋里有自己的积蓄，他已经可以退休，也的确这样做了。他的妻子身体健康，两个女儿婚姻美满，有个外孙陪伴他度过美好的晚年，还有什么值得他担心的？

当然，原子弹是个大问题。但史瓦兹始终深信人性本善，认为不会再有另一场大战发生，地球上也不会再出现原子怒爆所造就的炼狱。因此，他对路过的儿童投以宽容的微笑，并在心中暗自为他们祈福，愿他们能迅速顺利地度过少年期，将来的日子则是平安幸福的良辰美景。

前面走道中央躺着一个布娃娃“褴褛安妮”，正对他发出痴痴的微笑。他看到这个弃儿，便赶紧抬起脚来，不忍踩在它身上。当他的脚尚未完全着地时……

核能研究所坐落在芝加哥另一个角落，其中的成员掌握着有关人性的精粹理论，不过他们又有几分惭愧，因为直到目前为止，还没有人发明出测量人性的定量装置。每当他们想到所谓的人性时，常会祈望上天显灵，别让人性（与该死的天分）将每样无邪而有趣的发现，都转变成可怕的杀人武器。

然而，一名研究员，即使平日不会出于良知，中止足以毁灭半个地球的核能研究，在危急的时刻，他却可能冒着生命危险，去拯救一个普通同胞的性命。

最初引起史密斯博士注意的，是年轻化学家身后出现的一道蓝光。

当时他正经过那扇半掩着的门，立刻停下脚步向内望去。里面有位年轻开朗的化学家，正在一面吹着口哨，一面将量瓶中量妥的溶液倒出来。溶液中有些白色粉末，正在缓缓扩散，于某个特定时刻溶解成液体的一部分。一时之间虽看不出什么异状，但在下一刻，最初令史密斯博士驻足的直觉驱使他即时采取行动。

他急忙冲进实验室，抓起一把码尺，将实验台上的东西尽数扫落。有些熔融的金属洒在地板上，发出可怕的“嘶嘶”声。此时，史密斯博士感到一滴汗珠滑到鼻尖。

年轻化学家茫然地瞪着混凝土地板，原本飞溅开来的银色金属，这时已凝固成薄薄的斑痕，但仍辐射出极强的热量。

他含糊地问道：“怎么回事？”

史密斯博士耸了耸肩，自己也有点心神恍惚。“我不知道，你告诉我……这里发生了什么事？”

“这里什么事也没有，”年轻化学家喃喃抱怨，“那只不过是生铀的样品，我正要进行电解铜测定……我不知道能有什么事发生。”

“不管发生了什么事，年轻人，我能告诉你我看到了什么。那个白金坩埚放出一道晕光，这就代表有强烈的放射线产生。铀，你是这么说的吗？”

“是的，但只是生铀罢了，那并不危险。我的意思是，极高纯度是产生核分裂最重要的条件之一，对不对？”他很快舔了舔嘴唇，“你认为是核分裂吗，博士？它并不是钚，也没受到轰击。”

“此外，”史密斯博士深思熟虑地说，“即使它很纯，它也在临界质量之下。”他看了看皂石台，又看了看柜橱表面烧得起泡的油漆，以及混凝土地板上的银色斑纹。“可是铀大约在1130摄氏度时才会熔化，我们目前对核反应现象还不太了解，因此绝不能掉以轻心。总之，此地一定已经充满杂散的放射线。等这团金属冷却后，年轻人，你最好把它刮下来，收集在一起，进行彻底的分析。”

他若有所思地环顾四周，然后走向另一侧的墙壁。墙上有个大约与肩头同高的斑点，这又令他感到不安。

“这是什么？”他对那位化学家说，“它一直在这里吗？”

“什么，博士？”年轻人紧张兮兮地向前走去，然后盯着博士所指的斑点。其实那是个小圆孔，有可能是将一根细铁钉敲进墙壁，再拔出来后所造成的结果。不过，那根钉子必定贯穿了灰泥与红砖建成的墙壁，因为阳光能从那个小孔透进室内。

年轻化学家摇了摇头。“我从来没见过，但我也从未仔细寻找，博士。”

史密斯博士什么也没说，他缓缓向后退去，退到了恒温器旁。恒温器是薄铁皮制成的平行六面体，借着电动机带动搅拌器转个不停，使内部的水永无休止地团团打转。位于下方充作热源的电灯泡，则随着水银继电器一开一关的“咔嗒”声，发出时明时灭、令人心神涣散的闪光。

“好的，那么，这个斑点以前就有吗？”说完，史密斯博士伸出手指，轻轻刮着位于恒温器侧面、接近顶端的那个斑点。那是个钻透铁皮的完美微小圆孔，它比恒温器的水面还要高出一点。

年轻化学家睁大了眼睛。“不，博士，原来绝对没有，这点我可以保证。”

“嗯，另一侧也有一个吗？”

“哼，没有才见鬼呢。我的意思是有，博士！”

“好吧，你过来这里，从这两个小孔看出去……把恒温器关上，拜托，就维持那个姿势。”他一根手指按在墙壁的小孔上，

“你看到了什么？”他叫道。

“我看到你的手指，博士，那就是小孔的位置吗？”

史密斯博士并未回答，他故作冷静地说：“向另一个方向看去……现在你看到了什么？”

“什么也没看到。”

“可是原来盛铀的那个坩埚，刚才正好就放在那里。你看到的正是那个位置，对不对？”

“我想是吧，博士。”回答得很勉强。

实验室的门始终没关上，史密斯博士瞥了一眼门上的门牌，再以冷漠的口气说：“坚宁斯先生，这绝对是最高机密，你不可对任何人提起这件事，明白吗？”

“绝对不会，博士！”

“那么，让我们离开这里吧。我们去请放射处理人员来检查这个地方，你我都得在医务室关上一阵子。”

“你的意思是，放射线灼伤？”年轻化学家脸色发青。

“我们很快就会知道。”

结果，两人都没有遭放射线灼伤的明显迹象。红血球数量正常，发根也未显出任何异状。恶心的感觉最后被诊断为心理作用，此外也没有其他症状出现。

而在整个研究所中，不论当时或是后来，始终没有任何人提出解释——坩埚中的生铀比临界量少很多，而且没有受到中子轰击，为何会突然熔化，并辐射出可怕而影响深远的晕光。

唯一的结论是，核物理学还有古怪而危险的漏洞存在。

史密斯博士最后虽然写了一份报告，却没有完全照实叙述。他未曾提到实验室中出现的小孔，更没有提到它们的大小——最接近坩埚原来位置的小孔几乎看不见；恒温器另一侧的小孔则稍微大些；而远处墙壁上的那个小孔，却足以穿过一根铁钉。

一道循着直线扩散的光束，沿着地球表面行进数英里之后，地球的曲率才会使它充分偏离地表，而无法继续造成危害。但在此之前，它的截面已能有十英尺宽。等到偏离地球，进入虚无的太空后，它还会继续扩散，强度则不断减弱，成为宇宙结构中奇异的一环。

他从未将这个奇想告诉任何人。

他也从来没有告诉任何人，说事发后第二天，他人还在医务室中，就特地要来早报，仔细读着每一条新闻。至于想找什么消息，他心里完全有数。

可是在一个大都会中，每天都有许多民众失踪。并没有人带着一个荒诞的故事，大惊小怪地跑去找警察，说在他的眼前，有一个人（或是半个人？）突然消失。至少，报纸上没有这样的记载。

最后，史密斯博士强迫自己忘掉这件事。

对约瑟夫·史瓦兹而言，那则是发生于两步之间的变化。他当时正抬起右脚，想要跨过那个褴褛安妮，突然间却感到一阵昏眩。仿佛在这么短的时间中，一股旋风便将他举起来，使他感到内脏全部翻出体外。当右脚再度着地时，他重重吐了一大口气，感到自己正缓缓缩成一团，同时滑倒在草地上。

他闭着双眼，等了很长一段时间，才重新张开眼睛。

这是真的！他坐在一片草地上。可是在此之前，他正在混凝土道路上行走。

所有的房舍都不见了！那些白色的房子，每一栋前面都有草坪，一排一排整整齐齐，现在全部不见了！

他坐的地方不是草坪，因为这片草地太过茂密，而且未经人工修剪。此外周围有不少树木，许许多多的树木，远方地平线上还有更多。

当他看到那些树木时，他受到的惊吓达到了顶点，因为树上的叶子有些已经变成红色，而他的掌缘则摸到又干又脆的落叶。他虽然是城里人，秋天的景致还是不会看走眼的。

秋天！可是，他刚才举起右脚时还是六月，四周都是充满生气的绿油油一片。

他刚想到这点，便自然而然望向双脚。接着他发出一声尖叫，伸手向前抓去……他原本想跨过的那个布娃娃，是真实的小小象征，是……

咦，不对！他以颤抖的双手抓住布娃娃，将它翻来覆去看了半天。它已不再完好，却没有坏得一塌糊涂，而是从中一剖为二。这不是很奇怪吗！从头到脚非常整齐地切开，里面填充的线头完全没有弄乱。只是每条线头都被切断，而且断口十分平整。

此时，左脚鞋子上的亮光吸引了史瓦兹的注意。他勉力将左脚抬到右膝上，双手仍抓着那个布娃娃。结果他发现鞋底的最前端，也就是比鞋帮还要突出的部位，同样被整整齐齐切掉。那样光滑的断口，世上没有任何鞋匠手中的刀割得出来。从这个难以置信的光滑切口上，闪耀出几乎可谓澄澈的光芒。

史瓦兹的困惑沿着脊髓上升，一直达到大脑，终于使他吓得全身僵硬起来。

最后，他开始大声说话，因为即使是自己的声音，也能为他带来安慰。除此之外，周围的世界已是全然的疯狂。他所听到的，则是低沉、紧张而带着喘息的声音。

他说："首先我能确定，我没有发疯。我的感觉和过去一模一样……当然，假如我真疯了，我也不会知道，不是吗？不——"他感到体内歇斯底里的情绪开始上升，赶紧尽力将它压下去。"一定另有可能的解释。”

他寻思了一番，又说：“一个梦，也许吧？我又怎么知道这是不是梦呢？”他掐了自己一下，立刻感觉到疼痛，但他仍摇了摇头。“我总是能梦见自己感到被捏痛，这可不是什么证据。”

他绝望地四下张望。梦境能够这么清晰、这么详细、这么持久吗？他曾读过一篇文章，说大多数梦境顶多持续五秒钟，都是由睡眠中轻微的干扰诱发的，而人们感到梦境持续很久，则完全是一种假象。

这样自我安慰，简直是弄巧成拙！他撩起衬衣的衣袖，盯着戴在腕上的手表。秒针不停地转了又转，转了又转。假如是一场梦，这五秒钟简直长得令人发疯。

他向远方望去，并伸手擦了擦额头上的冷汗。“会不会是失忆症？”

他没有回答自己的问题，只是慢慢将头埋进双手之中。

假使当他抬起脚的时候，他的心灵从熟悉的、长久以来忠实追随的轨道上滑开……假使三个月后，到了入秋时分；或是一年零三个月后；或是十年零三个月后，他来到这个陌生的地方，迈出这个脚步之际，他的心灵恰好归来……啊，那就会好像只有一步，而这一切……那么，过去这段时间，他究竟在哪里，又做过些什么事？

“不！”他高声喊出这个字。不可能是这样！史瓦兹看了看身上的衬衣，正是他今天早晨穿上的那件，或者应该说想必是今天早晨，而它现在还是一件干净的衬衣。他突然想起一件事，连忙将手伸进外套口袋中，掏出了一个苹果。

他发狂地猛咬那个苹果，它非常新鲜，而且仍带一丝凉意，因为两小时前它还在冰箱里——或者说，应该是两小时前。

而那个小布娃娃，又该如何解释呢？

他感到自己快要疯狂了，这一定只是一场梦，否则他就真的精神错乱了。

他又注意到时辰也有了变化。现在已经接近黄昏，至少影子都拉长了。突然间，周遭的死寂与荒凉涌入他的脑海，令他感到不寒而栗。

他摇摇晃晃地站起来。他得去找人，任何人都好，这很明显。他也得找到一间房子，这同样很明显。而想找到人家，最好的办法是先找到一条路。

他自然而然转向树木显得最稀疏的方向，迈步向前走去。

最后，他终于找到一条笔直、毫无特色的沥青碎石路，此时黄昏轻微的凉意已钻进他的外套，树梢则变得暗淡而模糊不清。他感动得热泪盈眶，连忙向那条路奔去，脚底下坚实的感觉实在太可爱了。

可是，前前后后都看不见任何东西，一时之间，他感到寒意再度攫获自己。他原本希望能遇到汽车，再向车中的人挥挥手，问道（他热切地大声喊了出来）："是不是要去芝加哥？"那是再简单不过的事。

假如他根本不在芝加哥附近，那该怎么办？没关系，任何一个大城市都好，只要能找到电话。他口袋里只有四元二角七分，但警察总该到处都有……

他沿着公路向前走，故意走在正中央，而且不断向前后两方张望。他并未注意到太阳下了山，也没注意到第一批星辰已出现在天际。

没有汽车，什么都没有！四周马上就要黑得伸手不见五指。

这时，他以为原先的昏眩又回来了，因为左方的地平线竟然闪闪发光。从树林的隙缝间，可以看到蓝色的冷光。那不是森林火灾，在他的想象中，森林大火应该是跃动的红色火焰，他看到的却是幽暗、弥散的光芒。此外，脚下的碎石路似乎也微微发亮。他弯下腰摸了摸地面，感觉却很正常。但是，他的眼角的确能看见微弱的闪光。

他不知不觉开始在公路上狂奔，两脚踏出钝重而不规则的节奏。他发现手中还抓着那个破娃娃，马上奋力将它抛到身后。

生命的残躯，还对他频送秋波……

他突然慌忙停下脚步。不论它是什么，总是他神志清醒的一个证明。他绝对需要它！于是他趴在地上，在黑暗中摸索半天，终于找到了那个布娃娃。在极度昏暗的光芒中，它看来好像一团黑炭。填充物全掉了出来，他心不在焉地把它硬塞回去。

然后他再度上路。心情太坏了，根本跑不动，他对自己说。

他的肚子越来越饿，当他看见右侧出现闪光时，他实实在在感到了惊讶。

那是一栋房子，绝对错不了！

他发狂地大叫，却得不到回答，但那的确是一栋房子。经过数小时的恐惧与无以名状的茫然，他终于看到了真实的光芒。他立刻离开公路，朝那个方向奔去，跃过水沟，绕过树林，穿过矮树丛，还跨过一条小溪。

真奇怪！连小溪中也闪烁着磷光！不过，注意到这件事的，只有他心思中极小的一部分。

他总算来到那栋房舍前，伸手便能触及这座白色的坚实建筑。它的质料非砖非石，也不是由木材建成，不过他丝毫未曾留意；它看来像是平凡而结实的瓷制品，但他也毫不在乎。他唯一的目的是要找一扇门，当他终于找到时，却发现根本没有门铃。于是他使劲踢着门，同时发出恶魔般的吼叫。

他听见屋内起了一阵骚动，其中还夹杂着咒骂。那是别人发出的声音，听来多么可爱，于是他再度大叫。

“嘿，在这里！”

门打开了，伴随着一下微弱而滑润的转动声。一名女子出现在屋内，双眼闪着警戒的目光。她长得又高又壮，在她身后还有一个瘦削的身形，那是个面容严肃的男子，身上穿着工作服……不，不是工作服。事实上，那种衣服是史瓦兹从未见过的，但的确有几分像是工人穿的工作服。

史瓦兹却没心思分析这些。在他的眼中，他们以及他们的服装看来实在漂亮极了。他就像一个孤独已久的人，突然看到老朋友一般兴奋。

那女子开口说了一句话，她的声音很流畅，可是口气相当冰冷。史瓦兹连忙伸手抓住大门，撑住摇摇欲坠的身子。他开始嚅动嘴唇，却说不出任何话。突然之间，那些最骇人的恐惧感又向他袭来，掐住他的气管，捏紧他的心脏。

因为那女子说的语言，史瓦兹从来也没听过。

# 第二章
# 处置陌生人的方法

这天傍晚，天气凉爽宜人，洛雅·玛伦与木讷的丈夫亚宾正在玩牌。在房间的某个角落，一名老者坐在电动轮椅上，一面忿忿地将报纸翻得沙沙作响，一面叫道:“亚宾！”

亚宾·玛伦没有立即答应，他仍仔细抚摩着又薄又滑的长方形纸牌，考虑下一张牌该怎么打。当他终于做出决定后，他以一句漫不经心的“你要什么，格鲁”作为回答。

一头白发的格鲁将报纸拉下一点，凶巴巴地望着他的女婿，再次将报纸翻得沙沙作响。他感到那种噪音能为自己带来极大的解脱。倘若一个人精力充沛，却被迫钉在轮椅上，双腿成了两根没用的枯枝，太空在上，那么他一定能找到某种方式，来表达他心中的不满。而格鲁的道具便是报纸，他用力翻扯着，夸张地挥动着，在有必要的时候，还会拿起报纸敲敲打打一番。

格鲁知道，在地球以外的地方，家家户户都备有传讯机，它能将最新消息印在微缩胶卷上，使用标准的阅读机就能阅读。可是格鲁心中瞧不起这种东西，那是种无能而堕落的习惯！

格鲁说："你有没有读到考古远征队要来地球的消息？"

"没有，我还没看到。"亚宾以平静的口气答道。

格鲁其实是明知故问，因为除了他自己，根本没有人看过今天的报纸，而他们家去年便已不再接收超视。不过，反正他这句话只是用来当开场白。

他说："嗯，有支考古队要来，而且是帝国资助的。你认为怎么样？"

他开始朗读报纸的内容，语调变得有些古怪，大多数人高声朗读时，都自然而然会改用这种不自然的语调。"贝尔·艾伐丹，帝国考古研究所资深研究员，在接受银河通讯社访问时，满怀信心地说明此次考古研究可预期的重大结果。这一次，他的研究对象是地球这颗行星，它位于天狼星区外缘。参考星图。'地球，'他说，'它的古老文明与独一无二的环境，孕育出一个畸形文化，长久以来，我们的社会科学家一直忽视它的重要性，只将它视为当地政府的一个棘手课题。我有充分的理由相信，在未来一两年内，借着对于地球的研究，将为社会演化与人类历史的某些既有基本观念，带来革命性的改变。'等等，等等。"他以华丽的花腔结束了这段朗诵。

亚宾·玛伦没怎么注意听，他咕哝道："他所谓的'畸形文化'是什么意思？"

洛雅·玛伦则根本没听进去，她只是说："轮到你了，亚宾。"

格鲁继续说："咦，难道你不问我，为什么《论坛报》要刊登这篇报道？你知道如果没有一个好理由，即使付一百万帝国信用点，他们也不会刊登银河通讯社发布的新闻稿。"

他等了半天，却没等到任何回答，于是又说："因为他们还附了一篇社论，整整一版的社论，把艾伐丹这家伙轰得天昏地暗。这个人想来这里进行科学研究，他们就使尽吃奶力气设法阻止。看看这种煽惑群众的言辞，看看啊！”他将报纸拿在他们面前摇晃，“读一读啊，为什么不读呢？”

洛雅·玛伦放下手中的牌，紧紧抿起薄薄的嘴唇。“父亲，”她说，“我们辛苦了一整天，现在别再谈政治了。等会儿再说好吗？拜托，父亲。”

格鲁面露不悦之色，模仿女儿的口气说：“‘拜托，父亲！拜托，父亲。’我看得出来，你一定对你这个老父亲厌烦透顶，甚至懒得随便说两句，跟他讨论一下时事。我想是我连累了你们，我坐在这个角落，让你们两个人做三人份的工作……这是谁的错？我还很强壮，我愿意工作。你也知道，我的腿只要接受治疗，就一定可以痊愈。”

他一面说话，一面拍打着那双腿。但他只能听见嘹亮的巴掌声，却丝毫感觉不到大力而粗暴的拍打。“我无法接受治疗，唯一的原因是我太老了，已经不值得他们帮我医治。难道你不认为这就是‘畸形文化’吗？一个人明明可以工作，他们却不让他工作，这种世界你还能找出别的形容词吗？众星在上，所谓的‘特殊制度’实在荒谬绝伦，我认为现在该是我们中止这些制度的时候了。它们不只是特殊，简直就是疯狂！我认为……”

他奋力挥舞双臂，由于气血上涌，他的脸孔涨得通红。

亚宾却从椅子上站起来，伸手紧紧抓住老人的肩头。他说：“有什么好心烦的呢，格鲁？等你看完报纸，我一定读一读那篇社论。”

“当然，但你会同意他们，所以这么做有什么用呢？你们这些年轻人，都是一群软骨头，只不过是那些‘古人’捏在手中的海绵。”

此时洛雅厉声道：“好啦，父亲，别提那种事。”她坐在那里，静静听了一会儿，自己也说不出为什么这样做，可是……

每次只要提到古人教团，亚宾就会感到一阵刺骨的凉意，这次也毫无例外。格鲁这样口没遮拦，实在是不安全的举动，他竟然嘲笑地球的古代文化，竟然……竟然……

啊，都是那个下贱的“同化主义”。他赶紧吞了一下口水，这个词汇实在丑恶，即使想一想都令人受不了。

当然，格鲁年轻的时候，曾经盛传一些放弃古代旧规的愚蠢言论，可是现在时代不同了。格鲁应该知道这点——他也许知道，只不过身为一名禁锢在轮椅上的囚犯，他唯一能做的就是数着日子，等待下一次普查来临，因此很难保持理性与理智。

也许三人之中，要算格鲁最能处之泰然，不过他没有再说什么。时间一点一滴地溜走，他变得越来越安静，报纸上的铅字则越来越模糊。他还没时间仔细精读体育版，原本摇摇晃晃的脑袋便缓缓垂到胸前。他发出轻微的鼾声，报纸则从他的指缝溜到地下，发出最后一下无意的沙沙声。

然后，洛雅以忧心忡忡的口气，悄声道：“我们这样对他，也许不能算是仁慈，亚宾。像父亲这样的遭遇，过着这种生活实在非常痛苦。跟他以往熟悉的生活比较起来，这样活着简直生不如死。”

“好死不如赖活着，洛雅。他现在有报纸和书籍跟他做伴，就让他闹吧！像这样一点点的激动，可令他精神振奋，他会有几天快乐安详的日子了。”

亚宾又开始研究手中那副牌，当他正要打出一张的时候，大门突然响起一阵敲击声。但随之而来的嘶哑叫喊，却听不出是在说些什么。

亚宾的手震了一下便僵住了。洛雅盯着她的丈夫，双眼透出恐惧的目光，下唇则不停在打颤。

亚宾说："把格鲁推走，快！"

当他这样说的时候，洛雅已经来到轮椅旁边。她一面推着轮椅，一面轻声哄慰着老者。

但轮椅刚刚转动，格鲁便立即惊醒。他发出一声喘息，然后坐直身子，下意识地伸手摸索着报纸。

"怎么回事？"他气呼呼地质问，声音还特别大。

"嘘，没有关系。"洛雅含糊地说了一句，便将轮椅推到隔壁房间。然后她关起门来，背靠在门上，她平坦的胸部激烈地起伏，眼睛却在寻找丈夫的目光。此时，又传来另一阵敲门声。

打开大门的时候，他们两人站得很近，几乎像是摆出一种防御的架势。而当他们面对这个矮胖的陌生男子，望着他脸上暧昧的微笑时，两人同时露出充满敌意的目光。

洛雅说："有什么我们能帮你的吗？"那纯粹只是礼貌性的问句。不料那名男子突然大口喘气，并且伸出一只手，扶住摇摇欲坠的身躯，吓得她赶紧向后跳开。

"他生病了吗？"亚宾不知所措地问，"来，帮我扶他进去。"

几小时后，在他们宁静的卧房中，洛雅与亚宾慢吞吞地准备就寝。

"亚宾——"洛雅说。

"什么事？"

"这样做安全吗？"

"安全？"他似乎故意装作听不懂。

"我的意思是，把那个人带进屋来。他是谁？"

"我怎么知道？"他没好气地答道，"可是无论如何，遇到一个病人，我们总不能见死不救。明天，如果他欠缺身份证明，我们就去通知地方安全局，那么这件事就结束了。”他转过头去，显然是想结束这段对话。

他的妻子却打破沉默，她纤细的声音听来更加焦急。“你不会认为他可能是古人教团的特务吧？格鲁的事情，你也知道。”

“你的意思是，因为他今晚说的那些话？这实在是太荒唐的想法，我不予置评。”

“我不是那个意思，你知道的。我的意思是说，我们非法收容格鲁，到现在已经两年了。而你也知道，我们这样做，触犯了最严重的‘俗例’。”

亚宾喃喃道：“我们没有危害任何人，我们达到了生产定额，对不对？即使那是三个人——三个人的工作量。既然我们做到了，他们为何还要怀疑呢？我们甚至不让他走出屋子。”

“他们可能循轮椅的线索追来，电动机和配件都是你在外面买的。”

“别再提这件事，洛雅。我已经解释过好多次，我买来拼装那个轮椅的机件，都是标准的厨房设备。此外，怀疑他是兄弟团契的间谍，根本一点道理也没有。你以为他们为了一个坐在轮椅上的可怜老头，会安排这么精心的计谋吗？他们难道不能带着搜索许可状，大白天就闯进来吗？拜托，自己推想看看。”

“好吧，那么，亚宾，”她的双眼突然亮起来，“如果你真这么想，我也一直希望你会这么想，那么他一定是个外人，他不可能是地球人。”

“你说他不可能，究竟是什么意思？这么说就更荒谬了。帝国的人哪里不好去，为什么偏偏来到地球？”

“我也不知道为什么！啊，我知道了，也许他在那边犯了罪。”她立刻陷进自己的幻想中，“有什么不对？这完全合情合理。地球是最自然的选择，谁会想到来这里找他？”

“假如他是个外人，你又有什么证据证明这一点？”

“他不会说我们的语言，对不对？这点你必须同意。你听得懂他说的任何一个字吗？所以说，他一定是来自银河某个遥远的角落，那里的方言非常奇怪。我听人家说，住在富玛浩特上的人，想要在川陀的皇宫中开口说话，等于得从头学习一种新的语言……但是，难道你看不出这代表什么吗？假如他是个陌生人，普查局里就没有他的档案，只要我们不去报告，他一定高兴都来不及。我们可以让他在农场工作，取代父亲的位置，这样一来，工作人口又成了三个，不再只有两个人，下一季的生产定额一定不成问题……甚至现在，他就可以帮忙收割。”

她焦虑地望着丈夫迟疑的脸孔。他考虑良久，然后说：“好啦，上床吧，洛雅。白天我们再继续讨论，那时候脑袋也会清醒些。”

他们的细语就此结束，灯光也全部熄灭。终于，这间卧室与这栋房子都被浓浓的睡意笼罩。

第二天早上，轮到格鲁为这个难题伤脑筋。亚宾满怀希望地去请教他，他对岳父很有信心，这种信心在他自己身上完全找不到。

格鲁说：“你们那些问题，亚宾，显然源自将我登记为工作人口，所以生产定额定成三个人的份。我恨透了为你们制造麻烦，如今我已经多活两年，实在也够本了。”

亚宾感到很尴尬。“根本不是这个问题，我没有暗示你是我们的麻烦。”

“嗯，总之，这又有什么分别？再过两年，就会有另一次普查，反正到时我也得走。”

“至少你还有两年的时间，可以安心读书，好好休息。何必连这一点都要剥夺呢？”

“因为其他人都是这样。而你和洛雅又要怎么办？当他们来抓我的时候，会把你们一并带走。我还算是人吗？为了苟延残喘多活几年，竟然要牺牲……”

“好啦，格鲁，我不要听这些戏剧性的台词。我们准备怎么做，早就告诉过你许多次了。在普查的前一个星期，我们就会把你报上去。”

“并且瞒过医生，是吗？”

“我们自然会贿赂医生。”

“哼！而这个新来的人——他会让你们罪上加罪，你们也得把他藏起来。”

“到时候我们会放他走。看在地球的份上，现在何必操这个心？还有两年的时间。现在我们该怎么处置他？”

“一个陌生人，”格鲁沉思了一番，“他来敲我们的门，不知从何而来，他说的话我们完全听不懂……我不知道该给你们什么忠告。”

亚宾答道：“他的态度很温顺，似乎吓得要死，不会对我们造成任何伤害。”

“吓得要死，啊？万一他是弱智，那又当如何？万一他的叽哩呱啦根本不是什么方言，而是精神病人说的疯话，那又当如何？”

“听来不像。”亚宾虽然这样说，却开始显得坐立不安。

“你对自己这样说，是因为你想要用他……好吧，我告诉你该怎么做，带他进城去。”

“去芝加？”亚宾吓了一大跳，“那就完蛋了。”

“绝对不会，”格鲁以平静的口吻说，“你的问题就是不看报纸，所幸在这个家里，还有我负责这档子事。刚好核能研究所研发出一种装置，据说可以增进人类的学习效率。在周末副刊中，有整整一页的详细报道。他们在征求志愿者，你就把那个人带去，让他去当志愿者。”

亚宾坚决地摇了摇头。“你疯了，我绝不能这样做，格鲁。他们问的第一件事，一定就是他的登记号码。那等于公开请人前来调查，会把一切通通搞砸。然后，他们还会发现你的事。”

“不，他们不会的，你刚好完全搞错了，亚宾。研究所之所以征求志愿者，就是因为那个机器仍在实验阶段。它或许已经害死了几个人，因此我确定他们不会问任何问题。万一那个陌生人死了，跟现在的情况比较起来，他可能也没有什么损失……来，亚宾，把图书投影机递给我，定在六号卷轴上，等到报纸送来，就马上拿给我，好不好？”

史瓦兹睁开眼睛的时候，已经是第二天的下午。他立刻感到万分难过——醒来时妻子不在身旁，一个熟悉的世界就这样消失了。而且，这股锥心的痛苦还在不断滋长。

以前，他也曾感受过这种痛苦，那段短暂的记忆此时突然重现脑海，照亮早已尘封多年的场景。那里面有他自己，当时他还是个少年，在冰雪封冻的村庄里……有一副雪橇正准备出发……雪橇之旅的尽头是一列火车……然后，是一艘巨大的轮船……

此时，对于那个熟悉世界的渴盼与忧虑，将现在的他与二十岁的他——正准备移民美国的他连到了一起。

挫折感实在太真实了，这不可能是一个梦。

当房门上方的灯光开始闪烁，男主人毫无意义的男中音传来时，他猛然从床上跳起来。接着房门便被打开，早餐送到了他面前——除了牛奶，还有一碗糊状的粥，他认不出那究竟是什么，不过味道有点像是玉米浓粥（但更为可口）。

他说了一声“谢谢”，同时猛点着头。

那个农夫回答了一些话，便从椅背上拿起史瓦兹的衬衣，从各个角度仔细检视一番，尤其对那些扣子特别留意。然后他又将衬衣挂回原处，再猛力推开一个柜橱的滑动门。直到这个时候，史瓦兹才看清墙壁呈现的温暖乳白色。

“塑胶的。”他喃喃自语，对于说不出所以然的材料，外行人最喜欢用这个万试万灵的字眼。他还注意到，整个房间内部没有任何棱角，所有的平面都以圆滑的曲面接合起来。

男主人拿出一些东西递给他，并且做了些绝不至于产生误会的手势，意思显然是要史瓦兹去盥洗更衣。

靠着主人的帮助与指导，他乖乖地完成这些工作。只不过他找不到刮脸的用具，虽然他冲着下巴拼命比画，换来的却只是一阵听不懂的声音，以及对方脸上明显的嫌恶表情。史瓦兹只好摸摸灰白的短髭，轻轻叹了一口气。

接着，主人将他带到一辆细长的小型双轮车前，比手画脚命令他上车。地面立刻迅速向后退去，两侧空旷的道路也在不断变换着景致。最后，前方终于出现一群低矮的、闪闪发光的白色建筑，而在更远的地方，则是一片蓝色的汪洋。

他热切地指着外面。“芝加哥？”

那是他最后的一线希望，因为他现在看到的一切，与那个城市显然没有半分相似之处。

那农夫却根本没有回答。

他最后的希望也破灭了。

# 第三章
## 单一世界？众多世界？

贝尔·艾伐丹刚刚举行过记者招待会，正准备前往地球进行远征。想到无远弗届的银河帝国，以及其中上亿个恒星系，他就感到无比平静。如今，问题不再是他在这个星区是否家喻户晓，只要他有关地球的理论得以证实，那么在银河系每一颗住人行星——上万年的太空开拓史中，人类曾涉足的每一颗行星——他的名声都能永葆屹立不摇。

这些可预期的名望高峰，这些纯科学成就的顶点，很早以前便属于他，不过得来可不容易。如今他才三十五岁，他的学术生涯却已充满争议性。他引起的第一个震撼，是他以史无前例的二十三岁幼龄，即自大角大学获得资深考古学者的学位，这项成就震撼了该校每个角落。而另一项震撼——虽然没有实质的重要性，却也同样引人注目——则是《银河考古学会期刊》拒绝刊登他的高级学位论文。大角大学自成立以来，学生的高级学位论文被学术期刊拒绝，这还是破天荒头一遭。此外，这也是那个老成持重的专业期刊，有史以来首度以粗鲁的字句解释拒绝刊登的理由。

在不懂考古学的人看来，这篇名为《天狼星区古代器物研究及其应用于人类起源扩散假说之探讨》只是几页难懂而枯燥的文章，它会引起这么大的火气，简直可以说是个谜。然而，这个事件的背景，是艾伐丹从一开始就接受一个离经叛道的假说：人类最初起源于某颗行星，后来才逐渐扩散到整个银河。最早提出这个理论的人，是一些隶属于神秘主义学派的学者，那些人对形而上学的关注，要比对考古学还深得多。这种说法最受当今幻想小说家喜爱，可是帝国中每一位有地位的考古学家，都将其视同洪水猛兽。

不过，即使对最有地位的考古学家而言，今日的艾伐丹也代表一股不可忽视的力量。因为在不到十年的时间内，他已成为举世公认的考古学大师，对于帝国前文化的遗迹，那些仍掩藏于银河偏远落后区域的遗物，他可算是权威中的权威。

譬如说，他曾写过一篇专题论文，探讨参宿七星区的机械文明。在那个星区中，机器人的发展创造了一个独特的文化，一直持续好几个世纪。最后，那些金属奴仆达到完美的境界，人类的进取心却因而丧失殆尽，以致一位名叫莫瑞的军阀，率领一支朝气蓬勃的舰队，便轻易征服了整个星区。

正统的考古学理论，坚信人类是在各行星上独立演化而成，至于那些特异的文化，例如“参宿七文化”，则被当做人种差异尚未被通婚消除的例子。

但艾伐丹一举推翻了这种观念，他提出有力的证据，证明参宿七产生的机器人文化只不过是当时、当地的社会经济发展导致的必然结果。

此外，还有蛇夫座的那些野蛮世界，长久以来，正统学派一致认定其上居民是原始人类的范例，亦即尚未进化至星际旅行阶段的人类。在每本考古学教科书中，都会拿那些世界当“合并说”的最佳例证。这个理论认为，在任何一个饱含水分与氧气，且温度与重力适中的世界上，人类都是生物演化的一个自然顶峰；每个独立演化出来的人种，相互间都能婚配；而在星际旅行发明后，这种通婚的情形便开始发生。

然而，艾伐丹却在蛇夫座那些已有千年历史的蛮荒世界上，发掘到更早的文明遗迹，并证明在其中某颗行星上，最早一批记录记载着星际贸易活动。而最后的临门一脚，则是他以百分之百坚实的证据，证明人类是在文明发展到一定程度后，才移民到那个星域去的。

直到这个时候，《银河考古》（这是该期刊在学术界的正式简称）才决定刊载艾伐丹的高级学位论文，距离他提出这篇论文，已经超过十个年头。

如今，为了进一步探讨他的得意理论，艾伐丹来到一颗名叫地球的行星，它或许是帝国境内最微不足道的一个世界。

艾伐丹降落的地点，是地球上唯一类似帝国领土的角落，它位于喜马拉雅山脉北方荒凉的高原上。那里不存在任何放射性，自古以来始终没有。该处耸立着一座金碧辉煌的宫殿，它并非地球式建筑，而是处处模仿那些较幸运的世界上的总督府邸。为舒适起见，周围特别建造了苍翠茂盛的庭园。碍眼的岩石全被表层土壤掩盖，并且勤加灌溉，整个庭园浸淫在人工大气与人工气候中。整整五平方英里的土地，遂被转化成一大片草坪与美丽的花园。

这项工程所花费的人力物力，就地球的标准而言实在吓人，但它有几千万颗行星上数不尽的资源作后盾。（根据估计，在银河纪元八二七年时，平均每天有五十颗行星改制为星省。想要获得这个高贵的地位，行星的人口必须达到五亿之众。）

在这个不像位于地球的角落，住着地球的行政官。有些时候，在这个人工的奢侈环境中，他会忘记管辖的是个老鼠洞般的世界，只记得自己是一名贵族，出身于一个光荣而古老的家族。

而他的夫人似乎比较不常自欺，尤其是在某些时候，例如当她站在一个布满芳草的小丘上，她能看见远方那条明显断然的分界线，将这个庭园与地球的荒凉景象分隔开来。此时，那些七彩的喷泉（在晚间会放出冷光，形成一种液态火焰的效果）、花团锦簇的小径，以及充满田园风味的小树林，都无法使她忘怀遭到放逐的事实。

因此，艾伐丹所受到的欢迎，或许超出官方礼数的要求。对行政官而言，艾伐丹毕竟代表着一丝帝国的气息，让他重新感受到帝国的广大无边。

至于艾伐丹自己，则对周遭许多事物赞誉有加。

他说："实在了不起，而且很有品味。银河中央的文化，竟然渗透到我们帝国最偏远的区域，这实在令人相当讶异，恩尼亚斯大人。"

恩尼亚斯微微一笑。"只怕对这座地球行政官邸而言，参观一下要比长期居住有趣得多。它只是虚有其表，没有什么真正的用处。除了我自己、我的家人、我的手下、此地和行星各个重要据点的帝国驻军，以及偶尔到来的访客，比如说你自己，你就再也找不出什么中央文化的气息。在我看来，这根本不够。"

现在是午后与黄昏交接时分，他们正坐在柱廊里。包围在紫色雾气中的锯齿状地平线，辉映着渐渐西斜的阳光。空气中充满植物的芳香，气流的运动仅仅像是轻声的叹息。

当然，对于一位客人的行动，即使身为行政官，显得过于好奇也不太合宜。不过有个例外，那就是行政官与帝国若隔绝得太久，即使他的问题过分了些，也该算是情有可原。

恩尼亚斯说："你打算待些时日吗，艾伐丹博士？"

“这一点，恩尼亚斯大人，我也不敢肯定。我比其他的考古队员早些抵达，是要先来熟悉一下地球的文化，并办好必要的法律手续。比方说，照例我必须得到您的正式核准，才能在必要的地点建立营地，诸如此类的事。”

“哦，批准，批准！但你准备何时开挖？在这个卑贱的碎石堆上，你能指望发现些什么呢？”

“假如一切顺利，我希望能在几个月内建好营地。至于这个世界——啊，绝不能称它为卑贱的石堆，它在银河中拥有绝对唯一的地位。”

“唯一？”行政官硬生生地说，“根本没这回事！它是个很普通的世界，简直可以说是一个猪舍、一个可怕的洞穴、一个恶臭的粪坑，你几乎可用任何下贱的字眼形容它。不过，虽然它使人厌恶至极，却连它的恶行恶状也称不上唯一，它只能算是个普通的、野蛮的乡下世界。”

这番不搭调的话竟说得如此慷慨激昂，令艾伐丹感到有些惊讶。“可是，”他说，“这个世界具有放射性。”

“嗯，那又怎么样？银河中有好几千颗行星具有放射性，有些的放射性比地球上还强得多。”

这个时候，一个活动酒柜开始轻巧地滑动，吸引了他们的注意。它一直滑到伸手可及的地方，才缓缓停下来。

恩尼亚斯指着酒柜，对他的客人说：“你喜欢喝什么？”

“没什么特别喜好，来杯莱姆鸡尾酒吧。”

“这不成问题，酒柜会有那些配方……要不要加些陈萨水？”

“一点点就好。”艾伐丹一面说，一面伸出食指与拇指比了比，两根指头几乎要碰在一起。

“一会儿就好。”

在酒柜内部（这也许是最普遍、最受欢迎的一种机械产物），一个酒保开始动作——那是个电子酒保，它调酒并非靠量杯，而是以原子为计数单位，因此每次比例都完美无缺。任何一个真人调酒师，不论技艺多么出神入化，与它比较都会相形见绌。

两人在一旁等了一会儿，酒柜中突然冒出两只高脚杯，就像是凭空出现一样。

艾伐丹拿起绿色的那杯，他先将酒杯贴在脸颊上，感受它的冰凉，才将杯缘凑向唇边，开始细细品尝。

“恰到好处。”他将酒杯放到固定于座椅扶手的杯座中，又说：“具有放射性的行星有好几千颗，行政官，正如您所说的，可是其中只有一颗有人居住。就是这一颗，行政官。”

“这个嘛，”恩尼亚斯咂着嘴唇，经过柔滑的酒液滋润，他的口气似乎缓和许多，“也许它在这方面的确是唯一的，那却不是什么值得羡慕的特点。”

“但这并非只是统计上的唯一性，”艾伐丹一面浅尝着手中的美酒，一面抽空从容不迫地说，“它还具有其他意义，潜在的重大意义。生物学家曾经证明，或声称曾经证明，假如在一颗行星的大气与海洋中，放射线强度超过某个定值，生命就无法发展……而地球的放射性，则远超过这个限度。”

“很有趣，这点我倒不知道。我想，这个事实就是个确切的证据，证明地球生命和银河其他的生命有基本的差异……这该使你满意，因为你是从天狼星区来的。”

对于自己这番话，他表现出嘲讽般的得意。接着，他又以亲昵的口气说了一大串独白：“你可知道，统治这颗行星最大的困难是什么？是得应付天狼星区普遍存在的、强烈的反地球主义。而地球人呢，则将这种情绪连本带利奉还。当然，我不是说银河其他许多地方，都没有较淡薄的反地球主义，可是没有一处像天狼星区那么激烈。”

艾伐丹的反应是激动且不耐烦。“恩尼亚斯大人，我反对这种推论，我绝不比世上任何人更偏狭。我相信人类是单一物种，这是我自己科学信仰的核心，就连地球人也包括在内。事实上，所有的生命基本上都是统一的，生命的基础一律是链状的核酸分子，以及形成胶体分散系的蛋白质结构。我刚才提到的放射性效应，不仅适用于人类的某一部分，也不仅适用于任何生命的某一部分，而是所有的生命一律适用。因为它的理论基础，是主宰蛋白质分子的量子力学。这个道理对您，对我，对地球人，对蜘蛛，甚至对细菌都成立。

“您想想看，蛋白质与核酸，也许我根本不必告诉您，分别是氨基酸与核苷酸的庞大而复杂的集合体，当然还有其他特化的化合物。它们组成繁复的三维形样，不稳定的程度就像阴天的阳光。这种不稳定性正是生命，因为它要永不止息地改变自己的位置，才得以保有自我的形态——就像要特技的人，将一根长杆顶在鼻尖一样。

“可是这些神奇的生化分子，首先得由无机物质组合，然后生命方能存在。因此，在最初的时候，太阳辐射出的能量，作用在我们所谓的海洋——那些巨量的溶液中，有机分子的复杂度才会渐渐增加。从甲烷变成甲醛，最后变成糖类和淀粉，这是一条途径；而从尿素变成核苷酸再变成核酸，又是另一条途径；此外，从尿素变成氨基酸再变成蛋白质，则是第三条可能的途径。当然，原子的这些组合与蜕变，全都是一些随机现象。在某个世界上，这个过程也许需要几百万年才能完成，而在另一个世界，也许只需要几百年的时间。当然，前者的可能性远大于后者。事实上，最可能的情形，是根本没有任何结果产生。

“如今，对于所有相关的反应链，有机物理化学家都已做出极精确的描述，尤其是其中的能量学，也就是说，每个原子转移所伴随的能量变化关系。现在我们几乎可以百分之百肯定，生命建立过程中的几个关键性步骤，必须在没有辐射能的情况下才会发生。如果这点令您感到奇怪，行政官，那我只能说，光化学——它专门研究辐射能所引发的化学反应——已经是一门极成熟的科学。在光化学中，有无数非常简单的反应，在有光子存在的情况下，会朝某个固定方向进行，而在欠缺光子的时候，反应的方向却刚好相反。

“在普通的世界上，太阳是唯一的辐射能量源，至少是最主要的来源。当乌云遮日的时候，或者在晚间，碳与氮的化合物便会组合及重组。因为在这些情况下，太阳能的量子不会撞击在它们身上——像保龄球撞向无数个无限小的球瓶那样——所以那些反应才有可能发生。

“可是在具有放射性的世界上，不论有没有太阳，每一滴水中——即使在深夜时分，即使在五英里深的地底，都迸溅着强力的伽马射线，会将碳原子踢得飞来飞去——化学家的说法，是使它们活化——迫使某些关键反应只能朝某个方向进行，就是绝不会产生生命的方向。”

说到这里，艾伐丹的酒喝完了。他将空酒杯放回面前的酒柜上，酒杯立刻被收进特殊隔间中，自动洗净并完成杀菌手续，准备随时盛装下一杯酒。

“再来一杯？”恩尼亚斯问。

“晚餐后再说吧，”艾伐丹道，“现在我已经喝得够多了。”

恩尼亚斯一面用尖细的手指轻敲座椅扶手，一面说：“听你这么讲，这个过程的确相当吸引人，但若是一切如你所说，地球上的生命又作何解释？这些生命又是怎么发展出来的？”

“啊，您看，连您都开始感到好奇了。不过，我认为，答案其实非常简单。放射性即使超过阻止生命产生的最低值，也不一定能摧毁业已形成的生命。放射线也许会改变它们，然而，除非强度实在太高，它不会毁灭既有的生命……您想想看，两者的化学反应并不相同。前者是必须防止简单分子结合起来，至于后者，则是必须破坏已经形成的复杂分子，这根本是两码子事。”

“我实在看不出这种理论能用在哪里。”恩尼亚斯说。

“这难道还不够明显吗？地球生命起源于这颗行星尚未具有放射性的时代。亲爱的行政官，既要接受地球拥有生命这个事实，又不想推翻众多的化学理论，这是唯一可能的解释。”

恩尼亚斯盯着对方，显得惊讶而难以置信。“但你不可能是认真的。”

“为什么？”

“因为一个世界怎么会‘变得’具有放射性？存在于行星地壳中的放射性元素，寿命都有好几亿年。我在大学的时候，读的虽然是法学预科，但这些我至少还学过。过去，它们一定已经存在无限久远的时间了。”

“别忘了还有所谓人工放射性，恩尼亚斯大人，即使宏观尺度上也有这种现象。已知有数千种核反应，拥有足以产生各种放射性同位素的足够能量。啊，如果我们假设，人类曾将某种核反应用于工业用途，可是没有妥善控制，甚至可能将它用在战争上——如果您能想象在一颗行星上所发生的战争，那么想必大多数的表层土壤，都会被转化成人工放射性物质。这种情形您又要怎么说？”

这时太阳已经下山，将天际染成一片血红。在残阳映照下，恩尼亚斯瘦削的脸庞显得分外红润。傍晚的微风徐徐吹来；庭园中经过仔细拣选的各种昆虫，此刻的鸣叫则特别动听，几乎有催人入眠的力量。

恩尼亚斯又说："在我听来十分牵强。举例来说，我无法想象将核反应用在战争中，或是在任何情况下，竟让它们失去控制到那种程度……"

"这是自然的事，尊驾，您很容易低估核反应的威力，因为您生长在这个时代，控制核反应已是轻而易举的事。可是如果某个人，或某支军队，在防护罩发明前使用这种武器，那又会怎么样？比方说，这就像在人类发现水或沙可以灭火前，使用燃烧弹当武器一样。"

"嗯——"恩尼亚斯说，"你这话的口气很像谢克特。"

"谢克特是谁？"艾伐丹立刻抬起头来。

"一个地球人，那种有教养的极少数——我的意思是，可以交谈的那种绅士。他是个物理学家，有一次他曾经对我说，地球也许并非一直具有放射性。"

"啊……这个嘛，也没什么好奇怪的，因为这个理论当然不是我首创的。它记载在《古人书》中，那本书收录了许多史前地球的传说或虚构历史。其实可以说，我刚才说的就是那本书的内容，只不过我将那些相当暧昧的语句，一一翻译成科学性的叙述。"

"古人书？"恩尼亚斯似乎很惊讶，而且有些坐立不安。"你从哪里找到的？"

"到处搜集的，这可不简单，我手头上的也不过是些片段。当然，一切有关无放射性的传说资料，即使完全不符合科学，对我的计划也非常重要……您为什么问呢？"

"因为那本书是地球上某个激进教派的圣典，他们严禁外人阅读。当你待在地球上的时候，我绝不会宣传这件事。曾经有些非地球人，也就是他们口中的外人，因为触犯更轻微的禁忌，而被他们处以私刑。"

“听您这么说，好像此地的帝国警力并不健全。”

“只有在发生亵渎行为的时候。这是我的忠告，艾伐丹博士！”

一阵优美的钟声突然响起，回荡的音符似乎与树木的飒飒声相互呼应。钟声久久未曾消逝，仿佛眷恋周遭的一切而流连忘返。

恩尼亚斯站起来。“我想晚餐时间应该到了。你愿意加入我们吗，博士，让住在帝国偏远角落的我们尽一点地主之谊？”

此地举行盛宴的机会实在很少，所以只要有任何名目，无论大小都不会轻易放过。因此菜肴十分丰盛，餐厅布置得极为奢华，男士刻意修饰一番，女士则打扮得艳光四射。此外必须一提的是，来自天狼星区拜隆星的贝尔·艾伐丹博士，几乎要醉倒在众人的奉承中。

宴会后半段，艾伐丹趁机抓住了出席晚宴的来宾，将刚才跟恩尼亚斯说过的话几乎重复了一遍。只不过这次，他得到的反应显然令他大失所望。

一位穿着华丽制服的上校，以军人对待学者一贯的假惺惺态度向他凑过来，说道：“假如我没弄错你的意思，艾伐丹博士，你是想告诉我们，这些地球贱种属于一个古老的种族，而这个种族有可能是所有人类的祖先？”

“上校，我不愿做这么直接的断言。不过我认为，这种有趣的可能性的确存在。一年以后，我有信心能作出明确的评断。”

“假如你发现事实的确如此，虽然我强烈质疑，博士，”上校回嘴道，“那我会被你吓得魂飞天外。如今，我在地球已经驻守四个年头，我的经验绝不算少。我发现地球人都是恶棍、无赖，没有一个例外。他们的智力绝对低我们一等；使人类征服整个银河的智慧火花，在他们脑袋里并不存在。他们懒惰、迷信、贪婪，没有一丝一毫高贵的灵魂。我向你或其他任何人挑战，谁要是能给我找个地球人来，只要他在任何方面称得上是真正的男子汉——比如说，像你或是像我——那个时候，我才会姑且相信你的话，承认他或许和我们的祖先属于同一种族。可是，在此之前，请原谅我无法作出那种假设。”

坐在桌角的一个肥胖男子，此时突然道：“人们都说只有死的地球人才是好的地球人，不过即使死了，他们通常还不忘放出恶臭。”说完便放肆地哈哈大笑。

艾伐丹对着面前的菜肴猛皱眉头，就这么低着头说：“我不想争论种族间的差异，尤其在这个问题上，它根本毫不相干，我讨论的是地球的史前史。那些人的后代，如今经过长期隔离，而且被困在最不寻常的环境中。即使如此，我仍不会太轻易妄下断语。”

他转向恩尼亚斯，又说：“大人，我相信在晚餐前，您曾经提到一个地球人。”

“有吗？我不记得了。”

“一名物理学家，谢克特。”

“哦，对，没错。”

“艾福瑞特·谢克特，是不是？”

“啊，没错，你听说过他吗？”

“我想我的确听过。由于您提到他，这顿晚餐从头到尾我都在动脑筋，不过我相信，现在我终于想了起来。他该不会是哪里的哪个核能研究所——哦，那个该死的地方叫什么名字？”他用掌根敲了一两下额头，“芝加核能研究所的那个谢克特？”

“你刚好说对了，他怎么了？”

“是这样的，八月号的《物理评论》中，刊载了他的一篇文章。我之所以会注意到，是因为我正在收集任何有关地球的资料，而在流通全银河的学术期刊上，地球人发表的文章少之又少。无论如何，我想要说明的是，那人声称发明出一种装置，他称之为突触放大器，据说能增进哺乳动物神经系统的学习能力。”

“真的吗？”恩尼亚斯的声音太尖锐了些，“我没听过这回事。”

“我能帮您找来这篇文章，它实在相当有趣。不过，当然，我不能假装了解其中的数学。然而，他只拿地球的某种原生动物做过实验——老鼠，我相信他们是这么叫的——利用突触放大器改造它们，再让它们穿越迷宫。您该知道我在说什么，就是在一个迷宫模型中，学习遵循正确的路径前进，终点处有食物做奖赏。他用未受改造的老鼠当对照组，发现在每次实验中，接受改造的老鼠走出迷宫的时间，不到正常老鼠的三分之一……您看出其中的意义了吗，上校？”

引发这场讨论的那位军人，以漠不关心的口气答道：“没有，博士，我没看出来。”

“那就让我来解释，我坚决相信，任何有能力完成这种工作的科学家，即使是个地球人，他的智力也至少和我不相上下。如果你不介意我冒昧，我要说他的智力也不会比你差。”

此时恩尼亚斯突然打岔：“对不起，艾伐丹博士，我希望能回到突触放大器这个话题。谢克特有没有拿人类做过实验？”

艾伐丹马上哈哈大笑。“我相信还没有，恩尼亚斯大人。接受突触放大器改造的老鼠，十分之九都在改造过程中死去。在没有重大进展之前，想必他不敢拿人类做实验。”

听完这番话，恩尼亚斯深深沉入座椅中，额头微微皱起来。在晚餐结束前，他没有再开口，也没有再吃任何东西。

不到午夜时分，行政官就悄悄离开众人。他只跟夫人说了一句话，便乘着他的私人飞艇，飞向两小时航程外的芝加市。他的额头始终微微皱着，心中则极其焦虑不安。

因此，那天下午，当亚宾·玛伦带着约瑟夫·史瓦兹来到芝加，想让他接受谢克特的突触放大器治疗时，谢克特本人已经跟不折不扣的地球行政官密谈了一个多小时。

# 第四章
# **捷 径**

到了芝加后，亚宾浑身不自在，感到自己被不知名的恐怖包围。芝加是地球上最大的城市之一，据说人口共有五万，而在芝加的某个角落，住着伟大帝国派来的重要官员。

事实上，他从未见过来自银河的人，而在这里，在芝加，他却不停扭转脖子，唯恐自己遇上一个。若是追根究底，他也无法解释即使真的遇见外人，他又如何能从地球人中分辨出来。不过，他有个根深蒂固的观念，觉得两者总会有些区别。

走进那个研究所的时候，他还不忘转头再望一眼。他将双轮车停在一座露天广场上，并买了一张六小时的停车券。这么奢侈的大手笔，会不会引起别人的怀疑？现在每样事物都令他害怕，空气中似乎处处是眼睛与耳朵。

但愿那个陌生人记得他的嘱咐，一直安分地藏在后座底部。他曾拼命点头，可是他真的了解吗？亚宾突然对自己生起闷气，他为什么要被格鲁说服，做出这么疯狂的举动？

面前的门不知何时已经打开，一个声音突然闯进他的思绪。

那声音说："你有什么事吗？"

口气听来有些不耐烦，也许同样一个问题，那人已经问了他好几遍。

他则以嘶哑的声音回答，每个字都像从喉咙挖出来的干粉。"这里是不是可以申请突触放大器实验的地方？"

接待员猛然抬起头，说了一句："在这里签名。"

亚宾却将双手放到背后，继续以沙哑的声音说："我能在哪儿先了解一下突触放大器？"格鲁曾经告诉他那个装置的名字，但他说起来仍然很奇怪，简直就是不知所云。

那个女接待员却以强硬的声音说："除非你以访客的身份在这里签名，否则我无法帮你任何忙，这是规定。"

亚宾掉头就走，一句话也没再说。柜台后面的年轻小姐紧紧抿起嘴唇，同时猛踢座椅旁的讯号杆。

亚宾宁死不愿留下任何不良记录，可是在他看来，他的努力已遭到惨败。这名少女刚才一直盯着他，即使一千年后，她仍会记得自己。他起了一个强烈的念头，想要立刻拔腿飞奔，跑回自己的车上，逃回自己的农场……

从另一个房间中，突然有个身穿实验袍的人匆匆走出来，那名接待员立刻指着亚宾说："突触放大器的志愿者，谢克特小姐。"

然后，她又补充了一句："他不愿提供姓名。"

亚宾抬起头，看到来人是另一个年轻女子。他显得十分惶恐，问道："你就是那台机器的负责人吗，小姐？"

"不，你完全弄错了。"她露出非常友善的微笑，亚宾随即感到焦虑消退了些。

"不过，我可以带你去见他。"然后，她又以热切的口吻问道："你真的志愿接受突触放大器的实验？"

“我只想见负责人。”亚宾木然地答道。

“好吧。”对于他断然的不合作态度，她似乎一点也不在意。说完，她便消失在原来那扇门的后面。亚宾等了一会儿，然后，终于看到一根指头向他招呼……

他跟她走进了一间小型会客室，感到心脏不停怦怦乱跳。

她以轻柔的声音说：“你只要等上顶多半小时，谢克特博士就会来见你。他现在非常忙碌……如果你想要些胶卷书和阅读机打发时间，我马上帮你拿。”

亚宾却摇了摇头。小房间的四面墙壁似乎渐渐向他迫来，将他夹在中间动弹不得。他落入陷阱了吗？那些古人是不是马上要来抓他？

这是亚宾一生中最长的一次等待。

当地球的行政官恩尼亚斯大人来找谢克特博士的时候，则未遇到类似的困难。不过，他的心情几乎与亚宾同样激动。他就任行政官已有四年，但访问芝加仍算一件大事。身为遥远的皇帝陛下的直接代表，就法理而言，他能跟银河各区的总督平起平坐，哪怕那些星区的领域横跨几百立方秒差距。然而，实际上，他的处境实在与流放无异。

他困在不毛、空旷的喜马拉雅山脉，并且夹在憎恨他的群众与他代表的帝国两者的冲突中。因此，即使是一趟芝加之旅，对他而言也是一种解脱。

事实上，他的解脱都很短暂。这是无可奈何的事，因为在芝加，他必须随时穿着灌铅的服装，即使睡觉时也不能脱下。而更糟的是，他还得持续不断服用代谢促进剂。

为此，他对谢克特大吐苦水。

“代谢促进剂，”他一面说，一面拿起朱红色的药丸仔细端详，“朋友，对我来说，它或许才是你们这颗行星的真正象征。它的功能是提高所有新陈代谢过程，因为我如今坐在这里，正被四周的放射性云雾包围，而你甚至无法察觉它的存在。”

他吞下药丸，又说：“好啦！现在我的心脏会跳得更快；我的呼吸会自动加速；我的肝脏会在这些化学合成物中气化——医护人员告诉我，这会使它成为人体中最重要的工厂。而我付出的代价，则是事后剧烈的头痛和倦怠感。”

谢克特博士饶有兴味地聆听这番话。他给人一种患了近视的强烈印象，这并非因为他戴着眼镜，或是眼睛真有毛病，只是因为长久以来，他习惯下意识地仔细观察一切事物，而在开口说话之前，则会谨慎地多方权衡。他的个子很高，已快要步入晚年，细瘦的身形有点轻微的佝偻。

他对银河文化相当精通，因此比较不像一般的地球人那样，对外人怀有普遍的敌意与猜疑——甚至对恩尼亚斯这种以宇宙公民自诩的帝国人，都毫无例外地充满反感。

谢克特说：“我确定你不需要这种药丸。代谢促进剂只是你们的迷信之一，而你自己也知道这件事。假如我暗中将它们换成糖丸，你的身体绝不会因而受损。而且，你还会由于心理作用，而在服用后产生类似的头痛症状。”

“你生活在自己习惯的环境中，当然可以说这种风凉话。你能否认你的基础代谢率比我高吗？”

“我当然不能，不过这又怎么样？恩尼亚斯，我知道帝国有种迷信，认为我们地球上的人和其他人类不同，但其实根本没这回事。难道你到这儿来，是为了宣传反地球分子的教条？”

恩尼亚斯哼了一声。“我可以向皇帝陛下起誓，你们地球上的同志才是这种教条的最佳宣传家。他们住在这里，挤在这个要命的行星上，在自己的愤怒中溃烂，他们根本就是银河中的慢性溃疡。

“我是说真的，谢克特。哪颗行星有那么多日常的仪典，而且像重度受虐狂那样坚守不移？每一天，毫无例外，我都得接见些这个、那个统治团体派来的代表，要求我批准某个可怜鬼的死刑。他们唯一的罪行不过是闯入禁区、回避六十大限，或只是多吃了些不该吃的食物。”

“啊，但你总是批准这些死刑。你的理想主义衍生出来的嫌恶感，似乎并未让你严拒这些要求。”

“众星是我的见证，我极力反对这些判决。可是我能做些什么呢？皇帝陛下有旨，帝国所有成员都应保有自己的惯例，绝不可强行干扰。这是正确而明智的决定，因为唯有这样，才能防止众人支持一些傻瓜，否则，那些傻瓜会三天两头煽起叛乱活动。此外，当你们的议会、议院、议厅代表坚持死罪的时候，我要是顽固地反对，会立刻招来鬼哭神嚎，以及对帝国政府的大肆抨击。这样一来，我宁可在一群恶魔中睡上二十年，也不愿再多面对地球十分钟。”

谢克特叹了一口气，又用手摸了摸后脑稀疏的头发。“对银河其他地区来说——如果他们知晓我们的存在——地球只是天空中一颗小石子。可是对我们而言，它是我们的家乡，我们唯一的家乡。然而，我们跟你们这些外世界人士并无不同，只是较为不幸罢了。我们挤在这个几乎死亡的世界上，放射线围墙将我们禁锢起来，周围庞大的银河全都排斥我们。那些折磨着我们的挫折感，我们又要怎样发泄？行政官，你是否愿意将我们多余的人口送到外星？”

恩尼亚斯耸了耸肩。“我会在乎吗？在乎的是其他世界的民众，他们可不愿成为地球疾病的受害者。”

“地球疾病！”谢克特面露不悦之色，“这是个荒谬的想法，应该尽快根除。我们不会传染致死的疾病，你跟我们在一起那么久，难道你早就死了吗？”

“老实说，”恩尼亚斯微微一笑，“我尽一切可能预防不当的接触。”

“因为你自己对那些宣传也心存恐惧。无论如何，只有你们那些顽固分子的愚蠢头脑，才会幻想出这种事情来。”

“啊，谢克特，难道那些认为地球人带有放射性的理论，根本没有一点科学根据吗？”

“有的，他们当然有放射性，他们怎能避免？而你也一样，帝国上亿颗行星中的每个人都一样。我们所带的比较多，这点我承认，但绝不足以伤害任何人。”

“不过，只怕银河中一般人的想法刚好相反，而且不会希望通过实验证明这一点。此外……”

“此外，你要说我们与众不同。我们不是人类，拜放射线之赐，我们突变得比较快，因而在许多方面都产生了变化……这也是未经证实的理论。”

“却是大家都相信的理论。”

“只要大家一直相信，行政官，只要我们地球人一直被当成贱民，你们就能在我们身上发现那些令你们反感的特质。假如你们逼得我们走投无路，我们反弹又有什么好奇怪的？既然你们憎恨我们，能抱怨我们回过头来恨你们吗？不，不，我们是被动的受迫害者，不能算是主动的一方。”

对于自己挑起的怒火，恩尼亚斯十分懊丧。即使最优秀的地球人，他想，也具有同样的盲点，同样觉得地球是整个宇宙的公敌。

他很有技巧地说：“谢克特，原谅我的鲁莽，好吗？就算我太年轻、太无聊了。在你面前的是个可怜人，一个刚满四十岁的年轻小伙子——在职业文官生涯中，四十岁只算婴儿的年龄——他正在地球上磨练实习。也许还要好多年，外星省管理局的那些蠢材才会想起我在此地待得太久，而提拔我转任比较不太要命的职务。所以说，我们都是关在地球上的囚犯，也都是心灵世界的公民，在伟大的心灵世界中，没有任何行星或任何有形特征的区别。伸出你的手来，让我们做个朋友吧。”

谢克特脸上的皱纹消失了，更精确地说，是被象征愉悦的皱纹取代。他开怀地哈哈大笑，然后说:“这番话的内容是恳求的言语，但语气仍属于帝国的职业外交官。你是个差劲的演员，行政官。”

“那就请你扮演一名出色的教师，向我说明有关你那台突触放大器的一切。”

谢克特明显地吃了一惊，再度皱起眉头。“什么，你听说过那个装置？这么说，你不但是一名行政官员，还是个物理学家？”

“所有消息都在我的职责范围内。可是说实在的，谢克特，我真希望知道。”

物理学家仔细打量着对方，似乎有些不大相信。然后他站了起来，将枯瘦的手掌举到嘴边，若有所思地掐着嘴唇。“我几乎不知道该打哪儿说起。”

“这个嘛，众星在上，如果你在考虑要从哪个数学理论说起，我就帮你省省事吧。那些全都别提，你那些函数、张量之类的东西，我根本一窍不通。”

谢克特的眼睛闪了一下。“好的，那么，如果仅做定性的描述，它就是用来增进人类学习能力的装置。”

“人类的学习能力？真的！有效吗？”

“但愿我知道，还需要做很多实验。我会把主要的原理告诉你，行政官，你就可以自行判断。人类的神经系统，动物的也一样，都是由神经蛋白组成。这种物质含有巨量的分子，处于很不安定的电平衡状态。即使最轻微的刺激，也会扰动其中一个分子，那个分子为了回复平衡，就会将扰动传给另一个分子，如此循环不已，直到扰动到达脑部为止。

“脑部本身也是类似分子的庞大集合体，所有分子都以各种可能的方式互相联系。因为脑部差不多有十的二十次方——也就是说，一的后面加上二十个零——那么多的神经蛋白，它们可能的组合方式，数量级相当于十的二十次方阶乘。这个数目实在太大了，如果宇宙中所有的电子和质子，每个都变成另一个宇宙，而在这么多新宇宙中的电子和质子，每个又再变成另一个宇宙，那么，这样造出的宇宙中每个电子和质子加起来，跟那个数目相比仍趋近于零……你明白我的意思吗？”

“众星保佑，我一个字也不听懂。即使我只是试图理解，也会因为脑汁被榨干而像疯狗那般嗥叫。”

“嗯，好吧，总之，我们所谓的神经脉冲，只不过是渐进性的电子失衡，这种失衡状态沿着神经一直传到脑部，再从脑部传回神经系统。这个道理你懂吗？”

“懂。”

“很好，这么说，你还真是天纵英才。这种脉冲在神经细胞内传递时，行进一律相当迅速，因为神经蛋白有实质的接触。然而，神经细胞的分布有限，在两个神经细胞之间，存在着一层极薄的非神经组织间隔。换句话说，两个相邻的神经细胞实际上并不相连。”

“啊，”恩尼亚斯说，“所以神经脉冲必须跳过那道障碍。”

“正是如此！那个间隔使脉冲的强度减弱，并降低传输速率，减弱降低的程度和它的厚度平方成正比，而脑部也不例外。现在你想想看，若能找到一种方法，可以减低这种细胞间隔的介电常数。”

“什么常数？”

“这种间隔的绝缘强度，我就是这个意思。如果能令它降低，脉冲就较容易越过那道鸿沟，你的思考和学习速率便会增加。”

“好吧，那么，我回到原先那个问题，它有效吗？”

“我曾用动物做过实验。”

“结果如何？”

“啊，大多都因为脑蛋白变性而很快死去，换句话说，就是脑蛋白凝聚，好像鸡蛋被煮熟那样。”

恩尼亚斯怔了一怔。“科学有时冷血残忍得无法形容，那些没死的又如何？”

“没有什么决定性的结论，因为它们不是人类。根据数据研判，对它们而言，似乎相当乐观……可是我需要人类做实验。你想想看，每个人脑部的电子性质都不尽相同，每个脑子都会产生特定的微电流，没有任何两组完全一样。它们就好像指纹，或视网膜的血管图样。照理说，它们应该更具特色。我相信，进行改造时应将这点纳入考量。假如我是对的，就不会再有变性作用发生……问题是我找不到人类做实验，我征求志愿者，可是——”他无奈地摊开双手。

“我当然不会怪他们不敢来，老兄。”恩尼亚斯说，“可是说真的，若是这个装置研发成功了，你打算拿它来做什么？”

物理学家耸了耸肩。“这不是我能说的，当然得由大议会作决定。”

“你不考虑将这个发明献给帝国？”

“我？我一点也不反对。但只有大议会才有裁判权……”

“哦，”恩尼亚斯以不耐烦的口气说，“去他妈的大议会，我以前跟他们打过交道。在适当的时候，你愿意跟他们谈谈吗？”

“为什么，我能有什么影响力？”

“你可以告诉他们，地球上若能制造出一个适用于人类，而且百分之百安全的突触放大器，又如果这个装置能和全银河分享，那么，你们移民外星所受到的某些限制，就有可能被撤销。”

“什么，”谢克特以讽刺的口吻说，“现在又不怕我们的传染病、我们的差异，以及我们非人类的特质了？”

“你们甚至有可能，”恩尼亚斯心平气和地说，“被整个迁移到另一颗行星，考虑一下。”

此时房门突然打开，一位年轻女子走了进来，轻快地掠过放置胶卷书的书柜。她自然而然带来一股春天的气息，驱散了这间隐秘书房里的霉味。看到那个陌生人，她有点脸红，立刻转身准备离去。

“进来，宝拉，”谢克特连忙叫道，“大人，”他又对恩尼亚斯说，“我相信您从未见过我女儿。宝拉，这是恩尼亚斯大人，地球的行政官。”

她正要屈膝行礼的时候，行政官很快站起来，以相当绅士的手势示意她免礼。

“亲爱的谢克特小姐，”他说，“我真不敢相信，地球上能孕育出像你这样的明珠。其实，将你放在我想得到的任何世界上，你都会是一颗耀眼的明珠。”

他端起宝拉的手，她赶紧带点腼腆地伸手向前。一时之间，恩尼亚斯似乎准备遵循古代礼仪，低下头来亲吻那只玉手。不过即使他动过这个念头，最后也没有付诸实现。他将她的手举到一半便放开来，也许动作快了点。

宝拉微微皱着眉头说：“大人，您对一名普通地球女子的亲切，实在令我受宠若惊。您竟然不畏惧传染病，敢亲自造访我们，可真是英勇无比、胆识过人。”

谢克特清了清喉咙，打岔道：“我这个女儿，行政官，正在芝加大学攻读学位。她每周有两天的时间，在我的实验室当技术员，以取得必要的实习学分。她是个能干的女孩，虽然我是她父亲，说话难免过分捧她，但我还是要说，她有一天可能取代我的位置。”

“父亲，”宝拉柔声道，“我有件重要的消息告诉您。”她显得有些迟疑。

“我该离开吗？”恩尼亚斯客气地说。

“不，不，”谢克特说，“什么事，宝拉？”

少女随即答道：“我们有了一个志愿者，父亲。”

谢克特瞪大眼睛，几乎愣在那里。“突触放大器的志愿者？”

“他是这么说的。”

“好啊，”恩尼亚斯说，“看来，我为你带来好运。”

“似乎的确如此。”谢克特又转身对女儿说：“告诉他等一下，把他带到丙室去，我很快会去见他。”

宝拉离去后，他又转向恩尼亚斯说：“我失陪了，你不介意吧，行政官？”

“当然不介意，手术需要多久时间？”

“只怕要几小时，你想参观吗？”

“这种事光是想想都很恐怖，亲爱的谢克特。我会在国宾馆一直待到明天，你会告诉我结果吗？”

谢克特似乎松了一口气。“会的，当然。”

“很好……考虑一下我刚才有关突触放大器的提议，那是你通往知识殿堂的一条新捷径。”

说完恩尼亚斯便走了，比来的时候内心更加不安。他没打听到什么，恐惧感却增加了许多。

## 第五章
# 非自愿的志愿者

客人走后，谢克特博士轻轻地、谨慎地按下了召唤钮。一位年轻技术员很快走了进来，他穿着一身雪白的实验袍，棕色的长发仔细地扎在脑后。

谢克特博士说:“宝拉有没有告诉你——”

“有的，谢克特博士。我已经借着显像板观察过他，他无疑是一名真正的志愿者，绝非经由通常的途径送来的实验对象。”

“我应不应该通知议会一声，你想呢？”

“我不知道该做什么建议，议会不会受理普通的通讯。任何波束都能被人截听，您也知道。”然后，他又热心地说:“让我把他打发走吧。我可以告诉他，我们需要三十岁以下的人，这个对象少说也有三十五岁。”

“不，不，我最好见见他。”谢克特的思绪像是一股冰冷的漩涡。直到目前为止，每件事都处理得很明智，公开的消息刚好足以构成坦白的假象，一点也不多。而现在，却来了一个真正的志愿者，而且恰好在恩尼亚斯来访后。这其中有什么牵连吗？在这个受到诅咒的地球表面，正开始涌起相互角力的巨大暗潮，谢克特自己却只有最模糊的概念。但就某种意义而言，他也知道得够多了，多得足以令他受他们摆布，而且绝对比任何一个古人想象中还要多。

可是他能怎么办？现在他的生命受到了双重威胁。

十分钟后，谢克特博士无奈地望着面前这个粗鲁的农夫。他将帽子抓在手上，脑袋转向一侧，仿佛想要避开过分仔细的端详。谢克特认为他一定还不到四十岁，但与土地搏斗的艰苦生活容易让人满面风霜。这个人的面颊棕里透红，虽然室内温度不高，在他的发际与两侧太阳穴附近，却挂着几滴明显的汗珠，一双手则不断在互相揉搓。

“好，亲爱的先生，”谢克特亲切地说，“我知道你拒绝提供姓名。”

亚宾的反应则是盲目的固执。“我听说如果来当志愿者，什么问题都不会问。”

“嗯，好吧，那你究竟有没有什么话要说？或是你只想要立刻接受手术？”

“我？此时，此地？”他突然吓了一跳，“志愿者不是我自己，我从来没有这么说过。”

“不是你？你的意思是，志愿者另有其人？”

“当然，我怎么会想要……”

“我了解。这个实验对象，另外那个人，跟你在一块吗？”

“可以这么说。”亚宾谨慎地回答。

“好吧，听好了，那就告诉我们你愿意说的事。你说的每句话，我们都会绝对保密，我们还会尽一切可能帮助你。同意吗？”

农夫忽然垂下头来，勉强可算是个表示敬意的动作。“谢谢你，事情是这样的，先生。我们农场里有个人，一个远——啊——

远亲。他帮我们的忙，你该了解——”

亚宾困难地吞着口水，谢克特则严肃地点了点头。

亚宾继续说：“他是个非常勤奋的工人，也是个非常优秀的工人。我们曾经有个儿子，你知道吗，可是他死了，而我的好太太和我，你知道吗，我们需要帮手——她的身体不大好，没有他的话，我们几乎没法应付。”他感觉这个故事好像乱成一团。

那位瘦削的物理学家却一直在点头。“而你这位亲戚，你就是要他来接受手术？”

“啊，没错，我以为我说过了。但我如果还没说到那里，也要请你原谅我。你知道吗，那可怜的家伙脑袋不——不完全正常。”他慌慌张张地一口气说下去，“他没有生病，你了解吧。他没什么不对劲，还不至于被剔除。他只是动作迟缓，而且不说话，你懂了吧。”

“他不会说话？”谢克特似乎吃了一惊。

“哦——他会。只不过他不喜欢说，而且说得不好。”

物理学家看来有些犹豫。“而你想用突触放大器来增进他的智力，是吗？”

亚宾缓缓点了点头。“假使他多懂点事，先生，啊，他就能做些我太太干不了的活，你懂了吧。”

“他也许会死，这点你可了解？”

亚宾一筹莫展地望着对方，十根指头猛力互相缠扭。

谢克特说：“我需要他的同意。”

农夫慢慢摇着头，表情十分倔强。“他不会了解的，”然后，他以几乎听不清楚的声音，尽力劝道：“啊，你听我说，先生，我确定你会了解，你看来不像个不知道苦日子是什么的人。那个人上了年纪，不是六十大限的问题，你知道吧，可是如果说，下次普查的时候，他们认为他心智鲁钝，而——而把他带走呢？我们不想失去他，这就是我们带他来这里的原因。

“我会这样神秘兮兮，是因为也许——也许——”亚宾不由自主地冲着墙壁转眼珠，仿佛想要凭借意志力穿墙透壁，以便侦测可能藏在外面的监听者。“好吧，也许古人不会喜欢我的所作所为，也许试图拯救一个残废，会被判定是违反俗例的举动。可是生活很艰苦，先生……而且这对你也会有帮助，你们一直在征求志愿者。”

“我知道。你的亲戚在哪里？”

亚宾趁机赶紧说：“在外面我的双轮车中，只要还没被人发现。他不会照顾自己，万一什么人……”

“好吧，我们希望他平安无事。你和我现在就到外面去，把那辆车开到我们的地下停车场。除了我们两人和我的助手，我一定不让其他人知道他的存在。而且我向你保证，兄弟团契绝对不会找你麻烦。”

他伸出一只友善的手臂按在亚宾肩头。农夫咧嘴笑了笑，面颊不自主地抽动，对他而言，就像一根套在脖子上的绳索终于松开了。

谢克特低头望着躺在睡椅上那个肥胖、秃发的男子。这个病人已失去意识，呼吸深沉而规律。刚才，他说的话完全不知所云，他自己也什么都不懂，可是，又找不出任何弱智的生理征候。对一名老年人而言，他的反射机能相当正常。

老年人！嗯。

他抬头望向对面的亚宾，后者正目不转睛地盯着整个过程。

“你要不要我们做骨骼分析？”

“不！”亚宾叫道，然后又用较温和的口气说：“我不要任何能确认身份的检查。”

“那样做对我们有帮助。你懂吗，假如我们能知道他的年龄，那就会更安全。”谢克特说。

“他五十岁。”亚宾立刻回答。

物理学家耸了耸肩，这并不重要，于是他再度审视沉睡中的实验对象。刚才被带进来的时候，他显得很沮丧，完全封闭自己，对一切漠不关心，至少看来绝对如此。即使那些安眠药丸，也没有引起他的疑心。当药丸递到他面前时，他迅速露出个神经质的笑容，便一口吞了下去。

技术员正将最后一组机件推进来，这些机件看来相当粗陋，但凑在一起就成了一台突触放大器。按下某个按钮后，手术室的偏光玻璃窗便开始进行分子重排，一下子全部变成不透明，唯一的光线只有病人头上耀眼的冷光。病人已被移到手术台上，借着数十万瓦功率的反磁力场，他整个身子悬浮在手术台上方两英寸。

亚宾仍坐在黑暗的角落，他什么也看不懂，却偏偏认定只要他在场，就能阻止任何不利的行为。虽然他也明白，自己根本不知道该如何阻止。

物理学家对他视若无睹，只是细心地将电极接到病人的头颅。那是个冗长的过程，首先要利用乌斯特氏技术，仔细研究颅骨结构，将蜿蜒曲折、严丝合缝的裂隙全弄清楚。谢克特绷着脸暗自笑了笑——要定量测定一个人的年龄，颅骨裂隙虽不是无可取代的途径，但对这个手术而言，它已足够精确，这个人的年龄绝对不止五十。

过了一会儿，他就笑不出来了，反而皱起了眉头。裂隙结构有点不对劲，它们似乎很奇怪，不太……

一时之间，他已经可以发誓，这个颅骨结构相当原始，表现出一种返祖现象。可是嘛……嗯，此人的智力本就异常，又有何不可呢？

他突然惊叫道：“啊，我没注意到！这个人的脸上有毛发！”他转向亚宾，“他一向都有胡须吗？”

“胡须？”

“就是他脸上的毛发！过来这里！你没看到吗？”

“有的，先生。”亚宾迅速搜寻记忆，当天上午他的确注意到了，后来却忘得一干二净。“他生来就是那样，”接着，他又有所保留地补充一句，“我这么想。”

“好吧，我们把它除去。你不想让他像个野兽般到处招摇吧，是吗？”

“不想，先生。”

技术员立刻戴上手套，小心翼翼地将脱毛软膏涂在史瓦兹脸上，那些胡须随即尽数脱落。

技术员说：“他胸部也生有毛发，谢克特博士。”

“银河啊，”谢克特说，“让我看看！啊，这个人简直是一张活地毯！没关系，别管它，穿上衬衣就看不见了。我要开始安插电极，让我们在这里、这里和这里各插一根。”细如毛发的白金电极扎了进去，“这里和这里也要。”

共有十几根电极穿过皮肤刺入裂隙，透过紧密的裂隙，电极能感受到脑细胞间微电流的细微回波。

几个人仔细盯着安培计，当连接电极的电线接上再拉开时，安培计的指针出现了纤细的跳跃动作。微型的针尖记录器在绘图纸上画出不规则的波峰与波谷，最后的图形就像许多细致的蛛网。

然后，那些图形被放在发光的乳白色玻璃上，大家弯下腰来，围在图形旁边窃窃私语。

亚宾只听到断断续续的语句：“……实在太规则了……看看这

个五阶峰值的高度……我想应加以分析……清楚得肉眼都能看出来……”

接着，他们似乎花了很长的时间，着手调整突触放大器。一面转动许多旋钮，一面盯着游标调节器，然后紧紧夹住，并将读数记录下来。他们一次又一次地检查各种不同的电表，每次都得重新做些调整。

然后，谢克特对亚宾微微一笑，说道:“很快就会结束了。”

巨大的机器向沉睡的病人推进，像个动作迟缓的饥饿怪兽。四条长电线悬垂在他手脚上方；一个黑色的垫子，看来像是硬橡胶制成的，仔细地垫在他的后颈，并用夹子固定在他的双肩。最后，一对像是巨大鸟嘴的电极张开来，咬在他灰白圆胖的头颅上，两极各指着两侧太阳穴。

谢克特的眼睛紧盯着精密计时器，开关则握在他手中。他的拇指突然动了一下，却未发生任何可见的变化，就连被吓得神经过敏的亚宾，也没看出什么究竟。时间仿佛又过了几小时，实际上还不到三分钟，谢克特的拇指再度动了动。

助手连忙弯下腰来，检视了一下仍在熟睡的史瓦兹，然后抬起头来，得意扬扬地说:“他还活着。”

不过这只是个开始，接下来好几个小时，记录报表逐渐堆积如山，大家几乎都兴奋得发狂。当皮下注射器将药剂打进史瓦兹体内，他的眼皮开始眨动的时候，天色早已暗了下来。

谢克特后退几步，脸色苍白但神情愉快。他一面用手背轻拍额头，一面说:“大功告成。”

他又转向亚宾，以坚决的口吻说:“他必须在这里待上几天，先生。”

亚宾眼中立刻射出万分惊慌的目光。“可是……可是……”

“不，不，你必须信任我。”他极力说服亚宾，“他会很安全，我可以拿性命担保，其实我已经把命赌进去了。将他留给我们，除了我们自己，没有人会看到他。假如你现在把他带走，他也许就活不成，这样对你又有什么好处？如果他真死了，你还得向古人解释尸体是打哪儿来的。”

最后一句话发生了作用。亚宾吞了一口口水，然后说：“可是我问你，我怎么知道什么时候回来接他？我才不要告诉你我的名字！”

无论如何，他已经屈服了。谢克特说：“我没有问你的名字。从今天算起，一个星期后，晚上十点钟的时候，你再回到这里来。我会在停车场门口等你，就是我们把你的双轮车开进来的那道门。你必须相信我，老兄，你没什么好怕的。”

亚宾驾车冲出芝加的时候，已是晚上八九点钟光景。从那个陌生人敲门算起，已经整整过了二十四小时。在这段时间中，他一再触犯俗例，可算是罪上加罪，今后他还能平安无事吗？

双轮车沿着空旷的道路飞驰，他不由自主地频频回首。会不会有什么人跟踪？一直跟到他家去？他的面容有没有被记录下来？现在，位于华盛的兄弟团契总部，是不是有人正在悠闲地比对着档案？在那里，所有活着的地球人，以及他们的统计资料全部记录在案，那主要是为了六十大限而准备的。

六十大限，所有的地球人最后都难逃这个劫数。还要再过四分之一世纪，他才会面对这一关。不过，由于格鲁的关系，他早已每天为这件事烦恼。如今，这个陌生人带来了同样的问题。

如果他再也不回芝加，会不会好一点？

不！他与洛雅无法长久持续三人的生产量。一旦他们撑不下去，他们最初的罪行——藏匿格鲁——就会被人发现。所以说，触犯俗例的罪行一旦开始，一定会像雪球一样越滚越大。

亚宾知道自己会回来，不论有任何危险。

直到午夜过后，谢克特才想到该就寝了，这还是忧虑的宝拉坚持之下的结果。即使如此，他并未入睡。枕头像是令人窒息的装置，裹在身上的床单则能使人疯狂。他站了起来，坐到靠窗的椅子上。现在整个城市一片漆黑，但在地平线上，在大湖的对岸，还映着象征死亡的暗淡蓝光。在地球表面，除了少数区域外，全都在这种蓝色光芒的笼罩下。

一整天处于兴奋状态的活动，仍在他心灵中一再重演。劝走那个受惊的农夫之后，他的第一个行动便是以影像电话联络国宾馆。恩尼亚斯一定在等他的消息，因为接电话的正是他本人，他仍套在灌铅的厚重衣物内。

“啊，谢克特，晚安。你的实验做完了？”

“我的志愿者也差点完了，可怜的家伙。”

恩尼亚斯现出嫌恶的神情。“当我想到最好别再待下去时，我的决定果然没错。你们科学家跟杀人凶手几乎没什么分别，我有这种感觉。”

“他还没死，行政官，我们也许能把他救活，不过……”说到这里，他耸了耸肩。

“我建议你，今后一律只拿老鼠做实验，谢克特……但你今天像是另一个人，朋友。至少，你对这种事一定早已麻木，虽然我做不到这一点。”

“我上了年纪，大人。”谢克特随口说。

“在地球上，这可是一种危险的游戏。”他淡淡地答道，“上床睡觉吧，谢克特。”

于是谢克特此时坐在那里，凝望着垂死世界中一个黑暗的都市。

突触放大器的测验工作已进行了两年，在这两年中，他一直是古人教团的奴隶与玩弄的对象。古人教团就是兄弟团契，后者是他们自己的称呼。

他早已写成七八篇论文，本来可以发表在《天狼星区神经生理学期刊》，真要那样的话，他就会在整个银河享有盛名，而他十分渴望这个荣誉。如今，这些论文锁在他的书桌里发霉，他却写了一篇词意晦涩又故意误导读者的文章，刊登在《物理评论》上。那就是兄弟团契的行事方法，一半的实话胜过全然的谎言。

而恩尼亚斯却认真追究起来。为什么呢？

这一点，跟他所知道的其他事情合拍吗？他所怀疑的事，难道帝国同样起了疑心？

过去两百年间，地球曾有过三次起义，每一次都打着所谓古代光荣的旗帜，以武力反抗帝国驻军。结果三次都失败了，这是当然的事。若非帝国本质上相当开明，银河议会大体而言也很有政治家风度，那么地球早被血洗一空，从住人行星的名单上除名。

不过现在情势或许有所不同……真的不同了吗？一个垂死的疯子讲的话，四分之三都语无伦次，他又能听信多少？

那又有什么用？无论如何，他什么也不敢做，唯一能做的就是等待。他已上了年纪，正如恩尼亚斯所说，在地球上，这可是一种危险的游戏。六十大限眼看就要来临，这个无所遁逃的死劫，只有极少数例外得以幸免。

即使生活在地球，在这个悲惨而不断燃烧的泥丸上，他也想要继续活下去。

想到这里，他又躺回床上，而在快要进入梦乡之际，他在心中暗自嘀咕：他打给恩尼亚斯的那通电话，不晓得有没有被古人窃听。这时，他还不知道古人另有其他情报来源。

直到第二天早上，那名年轻的技术员才完全下定决心。

他十分崇拜谢克特，可是他很明白，秘密改造一名未经认可的志愿者，是违反兄弟团契直接命令的行为。而那个命令，曾被赋予等同于俗例的法律地位，违反这样的命令就是犯了死罪。

他翻来覆去地推想，接受改造的这个人究竟是谁？征求志愿者的行动进行得很小心，那样做的目的，是为了透露一些有关突触放大器的消息，以消除帝国间谍潜在的疑心，并非真正鼓励志愿者前来。古人教团一直送他们自己人来接受改造，这已经足够了。

那么，这个人是谁派来的？是古人教团暗中派来的吗？为了测验谢克特的可靠程度？

或者，难道谢克特是一名叛徒吗？当天稍早的时候，他曾与某人密谈许久。那人穿着厚重的衣物，而外人为了防范放射线毒害，一律会穿上那种服装。

不论何者为真，谢克特皆将注定灭亡，自己为什么也要被拖进棺材呢？他还是年轻人，还有将近四十年好活，为什么要提早自己的六十大限呢？

此外，这还代表他能因此晋升……反正谢克特老了，下次普查也许就会把他除掉，所以对他而言不会有什么损失。实际上，是一点损失也没有。

技术员终于做出决定。他的手伸向通话器，按下数个密码，这样便能直接接通地球教长的私人房间。教长的地位仅次于帝国皇帝与行政官，他掌握着地球上每个人的生杀大权。

第二天晚上，由于一阵鲜明的疼痛，史瓦兹脑中迷蒙的印象才开始明朗。他记起自己沿着湖边来到一堆低矮的建筑群中，又在车子后座伏着身子等了许久。

然后呢，是什么？是什么？他的心灵用力拉扯迟钝的思绪……

对，他们来找他，将他带到一个房间，里面有许多仪器与仪表，此外还有两颗药丸……就是这些了。他们把药丸递给他，他高高兴兴接了过来。他有什么好怕的？即使是毒药，对他而言也甘之如饴。

接下来——什么都没有了。

慢着！还有些意识的片段……许多人俯下身来看他……突然间，他又记起冰冷的听诊器按在胸口的动作……还有个女孩喂过他一些食物。

他忽然恍然大悟，自己曾接受过什么手术。他感到惊慌失措，用力拉开被单，在床上坐了起来。

一名少女出现在他面前，双手按向他肩膀，坚决地将他按回枕头上。她以安抚的语气说了一些话，他却完全听不懂。他试图推开那双纤细的手臂，可是办不到，他没有一点力气。

他将两只手伸到面前，看来似乎没有异状。他又动了动双腿，立刻听见床单发出沙沙声，他的两只腿绝未被截掉。

他转向那名少女，抱着姑且一试的心情问道："你听得懂我的话吗？你知道我在哪里吗？"他几乎连自己的声音都已无法分辨。

少女微微一笑，突然以流畅的声调，吐出一大串快速的言语。史瓦兹哼了一声，感到有些失望。然后，一个年纪较大的男人走了进来，就是当初给他药丸的那个人。他跟那位少女交谈了一会儿，不久，少女又转身面对着他，并指着他的嘴唇，做出一个劝诱的小动作。

"什么？"他说。

她热切地点了点头，美丽的脸蛋露出喜悦的光彩。最后，连史瓦兹都不禁感到赏心悦目，浑然忘却其他的一切。

"你要我开口说话？"他问道。

那个男的坐到床缘，对史瓦兹做着手势，示意他张开嘴巴。他先说："啊——"然后用手指轻抚史瓦兹的喉结，于是史瓦兹也跟着说："啊——"

"怎么回事？"那人松开手后，史瓦兹不悦地说，"我能说话使你感到很惊讶吗？你把我当成了什么？"

几天后，史瓦兹知晓了一些事实。那个男的是谢克特博士——自从他跨过那个布娃娃，这还是他第一次知道某人的名字。那个少女则是他的女儿，名叫宝拉。史瓦兹还发现自己再也不必刮胡子，脸上的胡须一直没再长出来。这点令他害怕，他以前真有胡须吗？

他的体力很快恢复。现在他们准许他穿上衣服，下床走动一会儿。除了浓粥外，也开始喂他一些别的食物。

那么，他的问题是失忆症吗？他们帮他治疗的就是这个毛病吗？这个世界是否一直都很正常、很自然，而他自以为记得的那个世界，只是一个失忆的头脑产生的幻想？

但他们从不准他踏出这个房间，连到走廊上也不准。这么说，他是一名囚犯吗？他是否犯了什么罪？

再可怕的迷途经验，也比不上迷失在自己孤寂的心灵中那么可怕——在那些庞大繁复的心灵回廊里，什么也抓不到，什么也抱不住。再也没有什么人，会比一个丧失记忆的人更加无助。

宝拉以教他说话自娱。他学得很轻松，也都能记住，但他一点也不感到惊讶。他记得以前自己的记性就很好，至少，这项记忆似乎是正确的。只花了两天时间，他就能了解简单的句子，而在三天内，他就能让别人懂得自己的意思。

然而，第三天发生的事，则的确令他惊讶。谢克特开始教他算术，还出题目考他，史瓦兹每次都能说出正确答案。谢克特一面盯着计时装置，一面用铁笔迅速做成记录。接着，谢克特又对他解释"对数"的定义，并问他二的对数是多少。

史瓦兹仔细选取所用的字眼，他学到的词汇仍然太少，因此特别利用手势强调。“我——不——说，答案——不是——数字。”

谢克特兴奋地猛点着头，然后说：“不是数字，不是××，不是××；一部分××，一部分××。”

史瓦兹十分明白谢克特的意思，他是在肯定自己的说法正确。那个答案并非整数，而是个小数。因此他又说：“零点三零一零三，更——多——数字。”

“够了！”

然后他开始感到讶异，他是怎么知道答案的？史瓦兹确定自己从未学过对数，却在听到问题之后，心中立刻冒出答案。至于究竟是怎么算出来的，他一点概念也没有。仿佛他的心灵是个独立的个体，把他的身体当成传话筒而已。

或者，在他丧失记忆前，他曾经是个数学家？

他开始感到日子极难熬，觉得自己必须到外面的世界去闯一闯，想办法找出答案，而这种念头越来越强烈。这样像囚犯一样被关在房间中，只不过是个医学实验品（他突然有了这个想法），他永远无法知道真相。

到了第六天，机会终于来临。他们变得过分信任他，有一回谢克特离去后，竟然未将房门锁上。通常，房门锁得十分紧密，连门缝都看不出来。这一次，却留下四分之一英寸的空隙。

他等了一会儿，确定谢克特不会立即回来。然后，他模仿着他们开门的动作，慢慢将手按在一个小灯泡上。房门随即轻巧无声地滑开……走廊上没有人。

于是史瓦兹“逃走”了。

他又如何能知道，在这六天中，古人教团的特务一直在监视这间医院、这个房间，以及他自己？

## 第六章
# 深夜的忧虑

入夜后，行政官的府邸几乎与仙境无异。夜花（并非地球土生土长的）绽开白色肥厚的花瓣，将淡雅的清香传遍府邸各个角落。府邸建筑采用不锈铝合金做材料，巧妙地掺入人造硅酸盐纤维。在经过偏振的月光照耀下，那些纤维闪着暗淡的紫光，与周围的金属光泽相映成趣。

恩尼亚斯凝望着天上的星辰。在他看来，众星才是真正的美，因为它们代表了帝国。

地球的夜空介于两个极端之间。它不像中央世界的夜空，有着无法逼视的壮观天象——灿烂的星辰挤成一团，竞相发出耀眼的光芒，在星光爆满的情况下，几乎见不到所谓的黑夜。反之，它也不像外缘的夜空那般孤寂庄严——天球上只挂着几颗遥遥相对的暗淡孤星，勉强打破浓密的黑暗，银河则是横跨天际的乳白色透镜，也好像飘浮在天边的钻石粉末，完全看不出由无数恒星组成。

在地球上，随时能看见两千颗恒星。现在恩尼亚斯可以看到天狼星，而围绕着它的某颗行星，是帝国人口最多的十大行星之一。

他也看得到大角，那是他故乡星区的首府所在地。至于帝国首都世界川陀的太阳，则隐藏在星河某个角落，即使利用望远镜，也无法从一片光海中分辨出来。

一只柔软的手掌突然按在他肩头，他也伸出手来握住了那只手。

“芙洛拉？”他悄声道。

“最好没错，”传来的是她半开玩笑的声音，“你可知道，你从芝加回来一直没合过眼？还有你可知道，现在已经接近清晨？……要不要我叫人把早餐送到这儿来？”

“有何不可？”他爱怜地抬头望着她，在黑暗中摸索着她脸颊旁一绺棕发，然后紧紧抓在手中。“你一定要跟我一起守夜，模糊了这对银河中最美丽的眼睛？”

她拉回自己的头发，柔声答道：“而你，则想用甜言蜜语糊住我的眼睛。但我以前也看过你这个样子，你的心事一点都瞒不了我。今晚什么事让你操心，亲爱的？”

“啊，就是一向让我操心的那件事，就是我让你埋没在这里。其实，不论在银河哪个总督社会中，你都会是最出色的佳人。”

“还有别的！好啦，恩尼亚斯，我可不要被你愚弄。”

恩尼亚斯在黑暗中摇了摇头，又说：“我不知道。我想，是许多小难题累积在一起，终于使我吃不消了。谢克特和他的突触放大器是一桩；这个考古学家，艾伐丹，和他的那些理论又是一桩。还有其他的事，其他的事。哦，有什么用呢，芙洛拉，我在这里什么事都做不好。”

“今天清晨这个时候，当然不是测验自己士气的最佳时机。”

恩尼亚斯却咬牙切齿地说：“这些地球人！为何这么小的一群，会成为帝国这么大的负担？你记得吗，芙洛拉，我刚被指派接任行政官职位时，那个老法劳尔——前任的行政官——对我所做的警告，说这个职位有多难做？……他是对的。若说他说错了什么，就是他的警告还不够彻底。我当时却嘲笑他，私底下，我认为那是他年老力衰的结果。我却是个年轻、积极、勇敢的人，我会做得更好……”

说到这里他突然住口，也不知道在想什么。等他再开口的时候，显然跳到了另一个话题。“然而，有这么多互相独立的证据，似乎都显示地球人又误入歧途，再度梦想要造反了。”

他抬起头来，望着他的妻子。“你可知道，古人教团的中心教条是什么？他们认为地球曾是人类唯一的故乡，所以地球注定是人类的中心、人类真正的代表。”

“啊，前天晚上艾伐丹就是这么说的，对不对？”在这种时候，让他一吐为快总是最好的办法。

“是的，他的确说过。”恩尼亚斯以沮丧的口气说，“即使如此，他却仅提到过去，古人教团则同时谈论过去和未来。他们说，地球将再次成为人类的中心。他们甚至声称，虚幻的地球第二王国即将来临。他们发出警告，说帝国将毁于一场全面性灾难，而地球——”他的声音开始发颤，“一个落后、蛮荒、土地遭到污染的原始世界，最后将成为光荣的胜利者。过去，这种荒谬的教条曾挑起过三次叛乱，地球因此遭致的破坏，却一点也没有动摇他们的愚蠢信念。”

“他们只不过是一群可怜人，”芙洛拉说，“我是说这些地球人。除了那个信念，他们还能有什么呢？他们显然被剥夺了一切，包括像样的世界，像样的生活。他们甚至失去做人的尊严，因为银河的其他人类，都不能在平等的基础上接受他们。所以他们封闭在自己的梦想中，你能因此怪他们吗？”

“是的，我可以怪他们。”恩尼亚斯中气十足地叫道，“他们应该从梦中醒来，尽力和整个银河同化。他们不否认与众不同，但他们只想用‘较佳的’取代‘较差的’，你不能指望其他人允许他们那样做。他们应当抛弃排外意识，以及那些过时而粗野的俗例。他们自己要像个人，别人才会把他们当人看待。要是他们非当地球佬不可，就只会被视为那种东西。

“不过别管这件事了。比方说，突触放大器的进展如何？就是像这种小问题，害我一直睡不着觉。”恩尼亚斯皱着眉头，若有所思地望着东方的天际，漆黑的夜空已渐渐透出朦胧的曙光。

“突触放大器？……啊，不就是艾伐丹博士晚宴中提到的那个装置吗？你到芝加去，就是为了调查这件事？”

恩尼亚斯点了点头。

“你在那里发现了什么？”

“什么也没有发现。”恩尼亚斯说，“我认识谢克特，对他非常熟悉。我看得出他什么时候悠然自在，什么时候忧心忡忡。我告诉你，芙洛拉，他这次跟我谈话，从头到尾都忧虑得要死。当我离去时，他感激得差点痛哭流涕。这是个令人不快的谜，芙洛拉。”

“可是那个机器有效吗？”

“请问我是神经物理学家吗？谢克特说它没效。后来他打电话给我，告诉我一名志愿者差点被害死。但我可不相信，他太兴奋了！还不止如此，他简直得意万分！他的志愿者还活着，这就代表实验成功了。如果说他当时还不算快乐，我这辈子就从未见过快乐的人……好，你想他为什么要对我说谎？你认为那个突触放大器开始运转了吗？你认为它能制造一群天才了吗？”

“但若是那样，为什么还要保密呢？”

“啊！为什么？难道你看不出这很明显吗？地球的叛乱为何总是失败？他们寡不敌众，根本没有胜算，对不对？如果能将地球人的智力普遍提升，成为原来的两倍、三倍，他们的胜算又会变成多少？”

“哦，恩尼亚斯。”

“那时我们的处境，也许会像人猿和人类对敌一样。人数的多寡又有什么用？”

“你实在有点草木皆兵，他们不可能瞒得了这种事。你随时可以请外星省管理局派几个心理学家来，在地球上持续进行随机抽样测验。若有任何异常的智商增长，当然可以立即检查出来。”

“对，我想你说得没错……不过事情也许不是这样。我什么事也无法确定，芙洛拉，除了确定马上就要爆发一场叛乱。就像上次的那种叛乱，只不过也许要更糟。”

“我们有所准备吗？我的意思是，如果你这么肯定……”

“准备？”恩尼亚斯的笑声好像狗叫，“我的确做了，驻军已经完成战备，装备补给一律齐全。在我能力范围内做得到的，我全都已经做了。可是，芙洛拉，我不希望发生叛乱，我不希望历史将我记载为镇压叛乱的行政官，我不希望自己的名字和死亡、屠杀连在一块。我会因此获颁勋章，可是一个世纪后，历史课本却会称我为血腥的暴君。六世纪时那个圣塔尼的总督，难道不是最好的例子吗？他令数百万民众丧生，但除了那样做，他还有什么别的办法吗？当时他被大大表扬了一番，但现在谁还对他有一句好话？我倒宁愿让后人记得，我曾经阻止一场叛乱，拯救了两千万个傻瓜不值钱的性命。”他的口气听来相当绝望。

“你确定无法做到吗，恩尼亚斯——即使现在？”她坐到他身边，用指尖轻抚他的下颚。

他抓住她的手指，紧紧握在手中。“我怎能做得到？一切都在和我作对。管理局本身也来凑热闹，还跟那群地球狂徒站在一边，竟然把那个艾伐丹送到这里来。”

“可是，亲爱的，我看这个考古学家不会做出什么可怕的事。我承认他看来像个好奇心重的人，可是他会有什么害处呢？”

“啊，难道还不明显吗？他想证明地球的确是人类的发源地，想要为那种颠覆性的言论，提出一个科学证据。”

“那就赶紧阻止他。”

“我办不到，坦白说，你戳到痛处了。有人认为总督无所不能，事实却并非如此。那个人，艾伐丹，拥有外星省管理局发给的许可令，那是由皇上亲自批准的。面对这一纸令状，我完全无可奈何。我什么事也不能做，除非先诉请中央议会批准，那得花上好几个月……而我又能给他们什么理由？另一方面，假如我强行阻止他，就等于我自己叛变，你也知道，自从八十年代发生内战后，对于那些他们认为越界的行政官员，中央议会一律毫不犹豫地撤换。然后又会怎么样呢？会有另一个人接替我的职位，他对整个情况毫不知情，艾伐丹照样会如愿以偿。

“那还不是最糟的事，芙洛拉。你可知道，他准备如何证明地球的古老？你猜猜看。”

芙洛拉轻声笑了笑。“你是在跟我开玩笑，要我怎么猜呢？我又不是考古学家。我想，他会设法挖出古代的雕像或骨头，再用诸如放射性的方法，来测定它们的年代。”

“我倒希望真是这样。艾伐丹真正准备做的，他昨天告诉我，是进入地球的放射性地带。他想要在那里寻找人造器物，再用类似的定年方法，证明地球的土壤带有放射性前，那些器物就已经存在，因为他坚持地球的放射性是人为的结果。”

“但这跟我刚才说的几乎一样。”

“你可知道进入放射性地带代表了什么？那些地方都是禁区，

这是地球人最严格的俗例之一。没有人能进入禁区，而所有的放射性地带都属于禁区。”

“可是这样好啊，艾伐丹会被地球人自己阻止。”

“哦，好啊，他会被教长阻止！然后，我们又如何能说服他，让他相信整个计划并非政府资助，帝国并未纵容这种蓄意的亵渎行动？”

“教长不可能那么敏感。”

“他不会吗？”恩尼亚斯站起来，双眼盯着他的妻子。夜色已逐渐淡去，在灰蒙蒙的晨曦中，她的面容依稀可见。“你拥有最动人的纯真天性，他当然会那么敏感。你可知道，哦，大约五十年前，发生过一件什么事？让我告诉你，然后你可以自行判断。

“事情是这样的，地球人绝不允许在他们的世界上，出现任何帝国统治的标记。因为他们一向坚持，唯有地球才是银河的合法统治者。然而，年轻的斯达涅尔二世——就是那个有点精神错乱的娃娃皇帝，他在位两年就被暗杀了，你应该记得！——他却下令要将帝国的国徽，悬挂在位于华盛的地球议会厅中。这个命令本身不算无理要求，因为在银河各行星的议会厅中，全都悬挂有这个国徽，作为帝国一统银河的象征。可是这样做的结果如何呢？国徽挂起来的那一天，整个城市立刻发生暴动。

“华盛的那些疯狂分子拆下国徽，并武装起来和驻军对抗。斯达涅尔二世也实在够疯狂，竟然坚持贯彻他的命令，即使杀光地球人也在所不惜。不过在大屠杀展开之前，他自己就遇刺身亡，继位者厄达德取消了原来的命令，才使一切重归太平。”

“你的意思是，”芙洛拉以不敢置信的口吻说，“帝国国徽没有挂回去？”

“我正是那个意思。众星在上，在帝国亿万行星中，唯有地球议会厅内没有国徽，就是我们如今立足的这颗卑贱的行星。即使到了今天，假如我们想再试试，他们为了阻止我们，还是会奋战至最后一人。而你还问我他们是不是敏感，我告诉你，他们简直就是疯狂。”

在渐渐变作灰色的曙光中，两人维持了一阵沉默。然后芙洛拉才再度开口，她的声音细微而缺乏自信。

“恩尼亚斯？”

“嗯。”

“你所操心的事，不只是你预期中的叛乱会影响你的名誉。假使我不能读懂你一半的心思，我就不配当你的妻子。在我的感觉中，你料到某种事物会对帝国构成真正的威胁……你不该对我隐瞒任何事，恩尼亚斯。你在害怕这些地球人会赢。”

“芙洛拉，我无法谈论这件事。”他的眼中露出痛苦的神情，“那甚至不算一种预感……也许在这个世界待上四年，对任何正常人而言都太长了。可是这些地球人为何如此自信？”

“你又怎么知道？”

“哦，绝对没错，我自己也有情报来源。毕竟，他们先后已被彻底打垮三次，不可能再存有任何幻想。然而，他们面对着两亿个世界，任何一个都比地球强大，他们却仍信心十足。他们对于所谓的命运，或是某种超自然力量，某种对他们才有意义的东西，真有如此坚强的信念吗？也许……也许……也许……”

“也许什么，恩尼亚斯？”

“也许他们拥有独门武器。”

“能让一个世界打败两亿个世界的武器？你紧张过度了，没有任何武器具有这种威力。”

“我已经提到过突触放大器。”

“我也告诉了你怎么应付它。你知道他们手上还有其他形式的武器吗？”

“没有了。”回答得很勉强。

“一点都没错，根本不可能有这样的武器。让我告诉你该怎么做，亲爱的。你何不主动跟那个教长联络，以认真诚恳的态度，把艾伐丹的计划告诉他？再以旁敲侧击的方式，坚决主张不该让他获得批准。这样他们就不会——或者说应该不会——怀疑帝国政府跟这桩触犯俗例的蠢行有任何牵连。与此同时，你还得躲在幕后，不露痕迹地阻止艾伐丹的行动。然后，再让管理局派两名优秀的心理学家来——或者最好要四名，这样就能保证他们至少会派两名——让他们检查突触放大器改变智力的可能性……其他的事，我们的战士都能应付，至于未来的问题，就留给我们的后代解决吧。

“现在，你何不就在这里睡一会儿？我们可以把椅背放下，你可以用我的毛皮披肩当毯子。等你醒来后，我会叫下人把早餐推来。在阳光底下，每件事都会变得不一样。”

因此，彻夜未眠的恩尼亚斯，终于在日出前五分钟进入梦乡。

八小时后，教长第一次听到贝尔·艾伐丹这个名字，以及他身负的特殊任务，这都是行政官亲口告诉他的。

## 第七章

## 与疯子聊天？

至于艾伐丹，则只顾着尽情享受他的假期。他的飞艇“蛇夫号”至少还要一个月才能送达，也就是说，他有一个月的逍遥时光，可以想做什么就做什么。

因此，在抵达埃佛勒斯峰六天后，贝尔·艾伐丹便向东道主告别，搭乘“地球空运公司”最大的一架平流层喷射机，从埃佛勒斯峰直飞地球上人口最多的芝加市。

至于他为何舍弃恩尼亚斯提供的私人快艇，搭乘商用班机旅行，答案其实很简单，他是故意这么做的。这是基于一个陌生人兼考古学家合理的好奇心——住在像地球这样一颗行星上的普通居民，他们的生活究竟如何？

此外，还有另一个原因。

艾伐丹来自天狼星区，人人都知道，在整个银河中，该星区的反地球偏见最为强烈。然而，他总喜欢自认从未沾染这种恶习。身为一名科学家，尤其是一名考古学家，绝不允许他存有那样的心态。当然，他难免习惯成自然，将地球人想象成某些类型的漫画人物。即使到了今天，他仍觉得“地球人”是个丑恶的名词。纵然如此，他并没有什么真正的偏见。

至少，他自己不这么想。比如说，假如一个地球人希望加入他的考古队，或是为他个人工作，而且所受的训练与本身的能力都合格，那么他是不会拒绝的。不过，前提是的确要有工作机会。而且，还要考古队其他成员不致太在意，而这可就难了。通常，队员们会一致反对，那他又有什么办法呢?

他继续思索这个问题。跟一个地球人一同进餐，这种事他当然不会介意。甚至有必要的时候，分享一个卧铺也没关系——假设那个地球人足够干净，而且身体健康。事实上，不论在哪方面，他对待地球人都不会有任何差别，他这么想。但有一点不可否认，就是他总会意识到地球人就是地球人，他自己也无可奈何。这是童年浸淫在偏执气氛中的必然结果，那种气氛纯粹而彻底，使人几乎没有感觉，却会在你心中深深扎根。当你离开那个社会，再回头反省之际，才能真正看清它的本质。

可是在这里，他有了自我测验的机会。他坐在飞机上，周围全部是地球人，而他感到百分之百自然——几乎百分之百。好吧，只是有点心虚罢了。

艾伐丹看了看同行旅客的脸孔，每张脸都很普通，看不出有什么特别。这些地球人应该有所不同，但若是在人群里无意间遇到他们，他有办法将他们从普通人中分辨出来吗?他自认办不到。女性外貌并不难看……他的眉毛突然打了个结。当然，即使包容也该有明确的界线，比方说通婚就是无法想象的事。

在他的眼中，这架飞机只是个不完美的小玩具。它当然是核动力交通工具，但对核能的应用实在太欠缺效率。举例而言，动力系统的屏蔽就没做好。艾伐丹突然又想到，大气中若出现杂散伽马射线或高密度中子，一般人虽然会认为很严重，但地球人的感受很可能没有那么深刻。

这时，窗外的景观吸引了他的目光。从紫红色的平流层顶向下望去，地球呈现出难以置信的面貌。他可以望见下方广大迷蒙的陆块（映着阳光的云朵零星散布，因此视野并不清楚），看得出是沙漠独有的橘红色。朦胧模糊的昼夜界线落在他们后方，渐渐远离飞驰的平流层班机。而在夜幕中，则有放射性地带散发出的闪耀光芒。

他突然听到许多人的笑声，便将注意力从窗外收回来。那阵笑声似乎围绕着一对老夫妇——两人都体态丰满，脸上挂着愉快的笑容。

艾伐丹用手肘推了推邻座的旅客。“怎么回事？”

邻座那人止住了笑，对他说：“他们结婚满四十年了，正在进行他们的‘大旅游’。”

“大旅游？”

“你知道，就是环绕地球一周。”

老先生正兴高采烈、口若悬河地述说他的经历与观感。他的妻子偶尔会插一句嘴，细心地更正一些毫不重要的细节，两人的心情都好极了。他们说的每一句话，周围的人都听得极其专注。艾伐丹不禁感到地球人也很热情、很有人情味，与银河各个角落的人并无不同。

然后，有人问道：“你的六十大限定在什么时候？”

“差不多一个月后，”他回答得干脆而欣然，“十一月十六日。”

“很好，”刚才那人又说，“我希望你遇上一个好天气。我父亲的六十大限那天，碰到一场该死的倾盆大雨，后来我再也没见过那么大的雨。我陪他一起去——你也知道，像这种日子，谁都喜欢有个伴——他一面走一面抱怨，我们开的是敞篷双轮车，你懂了吧，两个人全身都湿透了。‘我跟你讲，’我说，‘你有什么好抱怨的，老爹？我还得回去呢。’”

机舱内掀起一阵哄堂大笑，老夫妇也毫无顾忌地随众人笑成一团。然而，艾伐丹心中却生出一种明显而不安的疑虑，令他陷入恐怖的情绪之中。

他对旁边的乘客说：“这个六十大限，他们谈论的这个话题，我想他们指的是安乐死。我的意思是，你到六十岁生日那天，就会被送到另一个世界，对不对？”

不过艾伐丹的声音越来越小，因为邻座的男子硬生生咽下最后几下笑声，猛然转过头来，以狐疑的目光瞪视他良久。最后，那人终于开口道：“嗯，你又认为他老人家是什么意思呢？”

艾伐丹做了个含糊的手势，傻傻地笑了笑。他早就听说过这个习俗，不过那只是一种学术知识，是书本上的记载，是科学论文讨论的题目。但他现在终于有了切身的感受，明白它真正用到了活人身上。根据这个习俗，周围这些男女老幼全都只能活到六十岁。

旁边那个人仍在瞪着他。“嘿，老兄，你是打哪儿来的？在你家乡那个城市，他们不知道六十大限吗？”

“我们管它叫‘时辰’，”艾伐丹有气无力地说，“我是从那里来的。”他伸出右手拇指，用力朝肩膀后面一甩。又过了十五秒钟，对方才收回质疑的锐利目光。

艾伐丹突然噘起嘴唇。这些人的疑心病可真重，至少，漫画人物的这项特征是真实的。

那位老先生又开始说话。“她要跟我一道去，”他一面说，一面冲着和蔼的老妇人点了点头。“她的期限比我大约晚三个月，但她认为等下去没什么意义，不如我们一道走还比较好。对不对，我的胖太太？”

“哦，没错。”她咯咯地笑得很开心，“我们的子女都已经结婚，有了他们自己的家庭，我只会成为他们的累赘。何况，老头不在了，我反正也没法享受剩余的时光，所以我们决定一道上路。”

于是，所有乘客似乎同时开始计算自己剩下的日子。这牵涉到了将月数转换成日数的公式，有几对夫妻还因此起了争执。

一个穿着紧身衣裳，一脸毅然表情的矮小男子，以激昂的口吻说：“我刚好还剩下十二年三个月零四天。十二年三个月零四天，一天也不多，一天也不少。”

有人对这句话加了个合理的注脚。“要是你提早死了，自然另当别论。”

“胡说八道，”那人立刻回嘴，“我绝无意提早死去，我像是那种会提早死去的人吗？我还要活十二年三个月零四天，这里谁也没有胆量否认这一点。”他的样子看来的确非常激昂。

有个瘦削的年轻男子，本来叼着一根高级的长型香烟，此时他把香烟拿在手中，以阴沉的口吻说：“能把日子算得那么清楚实在不错。有很多人活过了自己的时限。”

“啊，的确如此。”另一人附和道，大家也都点了点头，一股愤慨的气氛开始出现了。

“不过，”那年轻人一面吞云吐雾，一面以夸张的动作弹掉烟灰，“一个男人或是女人，想要活过六十岁生日，直到下个议会日来临，我倒看不出有什么好反对的，尤其是他们如果有事要交代清楚。可是某些卑鄙无耻的寄生虫，竟然想要活到下个普查日，白白消耗下一代的粮食……”对于这种事，他似乎有一肚子的牢骚。

艾伐丹轻声插嘴道：“不是每个人的年龄都登记有案吗？他们生日过后就不可能再活多久了，对不对？”

接下来是一片沉默，有些人则对这个愚蠢的理想主义言论嗤之以鼻。最后，终于有人再度开口，那人仿佛试图结束这个话题，以圆滑的外交辞令说："反正，我想，活过六十大限也没什么意义。"

"如果你是农夫，当然没有意义。"另一个洪亮的声音回嘴道，"你在田里工作半个世纪后，要是不想结束这种生活，你就一定是疯了。可是，那些行政官员，还有生意人又如何呢？"

最后，那位老先生勇敢地提出自己的见解（这场讨论就是他结婚四十周年纪念引起的）。也许因为他的六十大限即将来临，已经没有什么顾虑，他才生出平常没有的勇气。

"这一点，"他说，"要看你认识些什么人。"他狡狯地眨了眨眼睛，显得若有所指。"我知道有个人，在八一〇年普查后年满六十，却一直活到八二〇年的普查才被抓到。他上路的时候已经六十九岁，六十九岁！想想看哪！"

"他是怎么做到的？"

"他有那么点钱，他的弟弟又是古人教团的成员。只要有这两个条件，没有什么是你做不到的。"

大家都表示颇有同感。

"我告诉你们，"抽烟的年轻人以激动的口气说，"我有个伯父就多活了一年，只不过一年而已。他就是那种自私的家伙，不想到另一个世界去，懂了吧。他可真是关心我们这些家人啊……我当初却不知道，懂了吧，否则我就会告发他，相信我。因为一个人时候到了就该上路，唯有这样对下一代才算公平。反正，最后他还是被抓到了，然后我立刻倒霉，兄弟团契马上来找我和我哥哥，想知道我们为何不告发他。我说，妈的，我对这档子事毫不知情，我的家人也都被蒙在鼓里。我还说我们有十年没见过他了，我家老头也支持我的说法。可是我们仍被罚款五百点，这就是没人照应你的结果。"

艾伐丹脸上烦乱的表情越来越深刻。难道这些人都是疯子吗？竟然如此看待死亡，还对逃避死亡的亲友恨之入骨。他会不会在无意间，搭上一架运送精神病患到收容所（或去执行安乐死）的特别班机？或者说，地球人就是这个样子？

邻座那人对他仍没有好脸色，他的声音闯进艾伐丹的思绪。“嘿，老兄，‘那里’究竟是哪里？”

“什么？”

“我说，你是从哪里来的？你刚才说‘从那里来’，‘那里’是什么意思？嘿？”

艾伐丹发现，众人的视线现在都集中在自己身上，每双眼睛都在瞬间冒出怀疑的目光。他们以为自己是古人教团的一员吗？他提出那样的问题，像是个卧底的人施展的诡计吗？

因此，他突然以坦白的态度，诚恳地回答对方的问题。“我不是从地球上什么地方来的，我是来自天狼星区拜隆星的贝尔·艾伐丹。阁下尊姓大名？”说完，他便伸出右手。

他这句话一出口，简直就像在机舱中丢下一颗微型核弹。

每张脸孔随即现出无声的恐惧，又迅速转变成气愤、痛恨、充满敌意的表情。坐在他旁边的人僵硬地站起来，挤到另一组座位去，原来坐在那里的两个人则挤成一团，以便帮他腾出空位。

众人的脸一一转开，大家都用肩膀或后背对着他。一时之间，艾伐丹感到怒火中烧。地球人竟然这样对待他！地球人哪！他对他们伸出友谊之手，他，一个天狼星区居民，纡尊降贵向他们示好，他们却悍然拒绝了。

然后，他勉力放松紧绷的情绪。根深蒂固的偏见显然不是单向的，恨意能滋生恨意！

他觉得又有人坐到他身边，于是转过头去，以愤怒的口气说：

“什么事？”

来的正是那个抽烟的年轻人，他一面开口，一面点燃另一根香烟。“嗨，”他说，“我叫可伦……别让那些蠢材把你气坏了。”

“没人惹我生气。”艾伐丹不耐烦地说。他对身旁这个人没什么好感，现在也没那种心情向一个地球人请益。

但是可伦不善于察言观色，他使劲吸了一大口烟，再将香烟伸出座椅扶手，把烟灰弹到走道上。

“乡下土包子！”他轻蔑地悄声道，“只不过是一群农人……他们欠缺银河观。别跟他们一般见识……你可以跟我做朋友，我的人生哲学不一样。将心比心，人人都有生存的权利，我常这样说。我对外人毫无成见，只要他们对我友善，我就会对他们友善。他妈的有什么分别，他们身为外人不是自己的选择，就像我身为地球人一样无可奈何。你难道不认为我说得对吗？”他亲热地拍了拍艾伐丹的手腕。

艾伐丹点了点头，被那人拍了一下，令他有一种毛毛虫爬到身上的感觉。这个人由于错失机会，未能亲自将伯父送上死路，因而感到愤恨不已，跟这种人打交道绝不是愉快的事，这跟他的星籍可说毫无关系。

可伦上身靠向椅背，又说：“要去芝加吗？你刚才说你叫什么名字？阿巴丹？”

“艾伐丹。是的，我是要去芝加。”

“那是我的故乡，是地球上最好的一个该死的城市。要待很久吗？”

“也许，我还没定好计划。”

“嗯……喂，我希望你不会怪我这么说，我一直在注意你的衬衣。介不介意我仔细看一看？天狼星区制品，是吗？”

“是的，没错。”

“这是上好的质料，在地球上找不到这种货色……嘿，兄弟，你的行李箱里，应该还有像这样的衬衣吧？如果你想卖掉，我愿意跟你买，它穿起来可真潇洒。”

艾伐丹用力摇了摇头。“抱歉，我没带太多衣物，我还打算在地球上沿途添购些。”

“我付你五十点。”一阵沉默后，可伦带着一丝愤恨的语气，补充了一句：“那是个好价钱。”

“很好的价钱，”艾伐丹说，“可是，我已经告诉过你，我没有多余的衬衣可卖。”

“好吧……”可伦耸了耸肩，“准备在地球待不少时日吧，是吗？”

“也许。”

“你是干哪行的？”

考古学家终于让心中的怒意浮出表面。“听我说，可伦先生，如果你不介意，我有点累了，想要小睡一会儿。你认为可以吗？”

可伦皱起眉头。“你怎么搞的？你们这些人不是认为对人应当文明吗？我只不过客客气气地问你一个问题，没有必要把我的耳朵咬掉。”

这段对话本来一直压低声音进行，现在突然变成近乎吼叫。许多充满敌意的面孔纷纷转向艾伐丹，考古学家则紧紧抿起嘴唇。

这是他自找的，他忿忿想道。若是他一开始就保持距离；若是他没想要夸耀自己的包容力，未曾将它强行加在不想要的人身上，他就不会惹上这种麻烦。

于是，他以平稳的口气说：“可伦先生，我没有要求你来陪我，也没有表现得不文明。我再说一遍，我有点累了，想要休息一下。

我想，这句话没什么不对劲。”

“听我说，”年轻人站了起来，以粗暴的动作丢开香烟，再伸出一根指头指着对方。“你别把我当成一条狗，或是其他什么东西。你们这些可恶的外人，带着优雅的谈吐和局外人的眼光来到这里，就以为你们有权践踏在我们身上。我们没必要吃这一套，懂了吧。假如你不喜欢这里，你大可回老家去。你只要再啰唆几句，我就会好好修理你一顿。你以为我怕你不成？”

艾伐丹别过头去，目不转睛地望着窗外。

可伦不再说什么，默默回到原先的座位。机舱四处又响起热烈的谈话声，艾伐丹却充耳不闻。他感到——而不是看到——有许多凌厉恶毒的目光投到自己身上。最后，那些目光终于渐渐消失，就像所有的事物一样。

剩下的那段旅程，他一直保持着孤独与沉默。

降落芝加机场的感觉真好。当他还在天空的时候，看到这个“地球上最好的该死城市”第一眼，艾伐丹就发出会心的微笑。他发现由于这个城市已遥遥在望，机舱内凝重而不友善的气氛顿时改善了许多。

他指挥着搬运工人卸下行李，转运到一辆双轮计程车上。在计程车中，他就是唯一的乘客了。因此，只要注意别跟司机做不必要的交谈，他就几乎不可能惹上麻烦。

“国宾馆。”他把目的地告诉司机，他们便上路了。

就这样，艾伐丹首度来到芝加市。也就在这一天，约瑟夫·史瓦兹从核能研究所逃了出来。

可伦露出皮笑肉不笑的表情，望着艾伐丹远去的背影。然后他掏出小笔记簿，一面抽着香烟，一面仔细研究其中的记载。虽然说了那个“伯父的故事”（过去他经常使用，而且成效卓著），他并未从旅客身上打探出太多情报。其实，那老家伙的确说了些，他抱怨某人活过了自己的日子，并归咎于他跟古人教团有“关系”。光是这几句话，诋毁兄弟团契的罪名就能成立。可是，反正那老头的六十大限就在一个月后，把他的名字记下来也没用。

可是这个外人完全不同。他以愉悦的心情审视着这一条：“贝尔·艾伐丹，天狼星区拜隆星——对六十大限十分好奇——自己的事守口如瓶——十月十二日，芝加时间上午十一点，搭乘商用班机来到芝加——反地球倾向非常显著。”

这回，他也许有了真正重要的收获。揪出一些口没遮拦、胡乱发表叛逆言论的小角色，实在是一件无聊的工作。不过，像今天这种事则是最好的补偿。

半小时内，兄弟团契便会收到他的报告。想到这里，他便以悠闲的步伐走出机场。

# 第八章
# 会师芝加

这是谢克特博士第二十次翻阅最近的研究笔记，当宝拉走进他的办公室时，他抬了一下头。而她刚刚套上实验袍，就立刻皱起眉头。

“哎呀，父亲，你还没吃呀？”

“啊？我当然吃过了……哦，这是什么？”

“这是午餐，或者说曾经是顿午餐，你吃掉的一定是早餐。我特地去买这些食物，再送来这里，你要是不吃，我这样做一点意义也没有，以后我赶你回家吃饭就行了。”

“别激动，我马上吃。我不能因为每次你认为我该吃饭了，就中断某个重要的实验，你知道的。”

开始吃甜点的时候，他又变得兴高采烈。“你根本想象不到，”他说，“这个史瓦兹是个什么样的人。我有没有告诉你，他的颅骨骨缝是什么样子？”

“它们很原始，你告诉过我。”

“可是还有别的。他有三十二颗牙齿，上、下、左、右各有三颗臼齿，其中一颗是假牙，而且一定是自制的。至少，我从没见过齿桥上有金属钩子，用来将假牙挂在两旁牙齿上，而不是将它融在颚骨中……可是，你看过什么人有三十二颗牙齿吗？”

“我不会无缘无故数别人的牙齿，父亲。正确的数目是多少——二十八颗？”

“当然……不过，我还没说完。昨天我们做了一次内科分析，你猜我们发现了什么？……猜猜看！”

“肠子？”

“宝拉，你故意要气我，可是我不在乎。你不必猜啦，让我来告诉你。史瓦兹有一条阑尾，长度是三英寸半，而且是开口的。银河啊，这真是史无前例！我曾向医学院查询——当然，我做得很谨慎——阑尾从来没有超过半英寸的，而且绝对没有开口。”

“这究竟代表什么意义呢？”

“啊，这是百分之百的返祖现象，他简直就是个活化石。”他从椅子上站起来，快步走到墙边，又快步走回来。“我告诉你该怎么做，宝拉，我认为我们不该放弃史瓦兹，他是个太珍贵的标本。”

“不，不，父亲。”宝拉立刻说，“你不能那样做。你答应过那个农夫，说你会把史瓦兹还给他。为了史瓦兹自己，你也一定要这么做，他在这里并不快乐。”

“不快乐！哈，我们待他有如一个富贵的外人。”

“这又有什么分别？那个可怜人习惯了他的农场，还有他的家人，他一辈子都住在那里。现在，他有了一段可怕的经验——在我看来，还是段痛苦的经验——而且他的心灵运作方式改变了。你不能指望他有办法明白，我们必须考虑到他的人权，一定要把他送回家人身边。”

“可是，宝拉，为了科学……”

“哦，得了吧！科学对我而言又值什么？万一兄弟团契听说你在进行未经批准的实验，你想他们会怎么说？你认为他们会关心科学吗？我的意思是，即使你不为史瓦兹着想，也得为你自己着想。你把他留得越久，被抓到的机会越大。明天晚上，你就把他送回家去，就用你原先计划的方式，听到没有？……我现在下楼去，看看史瓦兹在晚饭前是否需要什么。”

但她不到五分钟就回来了，她的表情沮丧，脸色惨白。“父亲，他走了！”

“谁走了？”他吃了一惊。

“史瓦兹！”她叫道，眼泪已经快掉下来。“你离开他的时候，一定忘了把门锁上。”

谢克特猛然站起来，伸出一只手稳住了身子。“多久了？”

“我不知道，但不可能太久。你最后在那里是什么时候？”

“顶多十五分钟前。你进来的时候，我在这里才待了一两分钟。”

“好吧，那么，”她突然下定决心，“我马上出去找他，也许他只是在附近乱逛。你，待在这里。如果别人发现他，绝不能让他们知道他和你有牵连。明白了吗？”

谢克特只能拼命点头。

约瑟夫·史瓦兹逃离医院的囚室来到广阔的市区后，心中的大石头并没有落下。他未曾欺骗自己，让自己相信已有一个行动计划。他明白，而且非常明白，他只是在见机行事而已。

若说有什么合理的冲动在指导他（而不是盲目地期望只要能有行动就好），那就是他希望凭借不期而遇的事件，能帮助他寻回走失的记忆。如今，他已经百分之百相信，自己是一名失忆症患者。

然而，对这个城市的匆匆一瞥，却使他感到十分气馁。现在是午后近黄昏时分，芝加市在阳光下呈现一片乳白色。建筑物采用的可能都是瓷质材料，就像他最初碰到的那间农舍一样。

在他内心深处翻腾的印象，告诉他城市的色调应该是褐色与红色。而且它们应该脏得多，这点他绝对肯定。

他慢慢向前走。不知怎么回事，他感觉不会有组织化的搜捕行动。他知道这一点，却不明白自己为什么知道。事实上，过去这几天，他觉得自己对“气氛”，以及对周遭事物的“感觉”都变得越来越敏感。这是他心灵中奇妙的变化之一，自从……自从……

他的思绪逐渐淡去。

无论如何，医院囚室中的气氛神秘兮兮，而且似乎带有惊惧的成分。所以说，他们不会大呼小叫地追捕他，他明白这点。可是他为什么明白呢？他心灵中这种奇异的活动，也是失忆症的症状之一吗？

他走过另一个十字路口。双轮车辆算是十分稀少，而行人，嗯，就是行人。他们的衣着相当可笑，没有缝线、没有扣子、五颜六色，但他自己的衣服也是一样。他感到很纳闷，不知道自己原来的衣服在哪里，然后心中又在嘀咕，记忆里的那些衣服，他真曾经穿过吗？一旦开始彻底怀疑自己的记忆，任何事都会变得难以确定。

可是他清清楚楚记得他的妻子，以及他的两个女儿，她们不可能只是幻想。他在走道中央停下脚步，想要拾回内心突然失去的平静。也许她们是由真实人物转变来的，在这个如此不真实的真实世界中，的确有这些人物存在，而他必须找到她们。

许多路人与他擦肩而过，有几个不客气地咕哝了几句。他继续前进，脑海中突然出现一个强烈的念头——他肚子饿了，或者说很快就要饿了，而他却没有钱。

他环顾四周，看不到任何像餐厅的店面。算了，他怎能明白呢？他又读不懂那些招牌。

他一面走，一面望进每家商店……不久，他发现一家店面里头，有些设在壁凹中的小桌，其中一张桌子旁坐着两个人，另一张旁边有一个人，而那些人都在进食。

至少有一件事未曾改变，人们吃东西的方式仍是咀嚼与吞咽。

他刚走进去，便停下了脚步，站在那里茫然不知所措。里面没有柜台，没有人在烹调食物，也看不见厨房的标示。他本来打的主意，是想靠洗盘子换取一顿晚饭。可是——他要跟谁打交道呢？

他怯生生地走向那两名用餐者，指了指餐桌，吃力地说："食物！哪里？拜托。"

两人抬头看了看他，显得有些惊讶。其中一人一口气说了好些话，简直听不懂是在说什么。他一面说，还一面敲着摆在餐桌靠墙那端的一样小装置。后来另外那个人也说了几句，样子显得很不耐烦。

史瓦兹低下头。正当他转身准备离去时，衣袖被人一把抓住……

葛兰兹早就注意到史瓦兹，当时后者只不过是窗外一张圆胖而巴望着的脸孔。

他说："他想要什么？"

麦斯特坐在小餐桌的对面，背对着街道。他转过头去，向外面看了一眼，又耸了耸肩，什么话也没说。

葛兰兹又说："他进来了。"

麦斯特答道："那又怎样？"

"不怎么样，只不过说说罢了。"

不料过了一会儿，那人无助地四下张望一番之后，竟然向他们走来，指着他们的炖牛肉，以古怪的口音说："食物！哪里？拜托。"

葛兰兹抬起头。“食物就在这里，兄弟。随便选一张餐桌，拉出椅子坐下，然后使用自助食物机……自助食物机！你不知道自助食物机是什么吗？……看看这个可怜的蠢材，麦斯特。他这样望着我，好像我的话他一个字也听不懂。嘿，老兄——这个东西，看到了吧，只要投下一枚硬币就行。让我继续吃饭好吗？”

“别理他，”麦斯特咕哝道，“他不过是个无业游民，想要讨些施舍。”

“嘿，等一等。”当史瓦兹转身准备离去时，葛兰兹抓住他的衣袖。然后，他转头对麦斯特说：“太空在上，让这家伙吃点东西吧。他也许很快要到六十大限了，至少我能帮他这点小忙……嘿，兄弟，有钱没有？……算啦，真是见鬼了，他还是不懂我的话。钱，兄弟，钱！这个——”他从口袋掏出一枚亮晶晶的半点硬币，将它向上一弹，半空中便出现一道闪亮的弧线。

“有没有？”他问道。

史瓦兹缓缓摇了摇头。

“好吧，那么，我这个给你！”他将半点硬币放回口袋，掏出一枚小额硬币丢过去。

史瓦兹抓住了，却不知道该怎么办。

“好啦，别净是站在那里。把它投进自助食物机里面，就是这里这个东西。”

史瓦兹突然发觉自己听懂了。自助食物机有一排投币孔，大小各不相同。此外还有一排按钮，每个按钮对面有一张乳白色的长方形卡片，但他看不懂卡片上写些什么。于是史瓦兹指了指桌上的食物，再用食指在一排按钮上晃了晃，同时扬起眉毛做询问状。

麦斯特以厌烦的口吻说：“他嫌三明治还不够好，如今这年头，我们这个城出了不少高级无业游民。他们不值得同情，葛兰兹。”

“好吧，就算我损失零点八五点。反正明天就是发薪的日子……来吧。”最后两个字是对史瓦兹说的。他又掏出几枚硬币投入自助食物机中，再从壁槽内取出一个宽大的金属容器。“现在把这个拿到另一张餐桌上……算啦，那十分之一点你留着吧，用它买杯咖啡好了。”

史瓦兹小心翼翼地将那个容器举到隔壁餐桌上。容器旁边附有一把汤匙，借着薄膜状的透明材料粘在上面。他用指甲轻轻一压，只听得一下微弱的声响，那把汤匙便掉下来。与此同时，容器的盖子一分为二，各自向一旁卷开。

他刚才看到，隔壁两人吃的是热腾腾的食物，这个容器中的食物却是冷的，不过这只是小事一桩。没想到过了一分钟左右，他便发觉里面的食物越变越热，容器本身摸起来也很烫。他停了下来，绷紧神经静观其变。

那碗牛肉浓汤先是开始冒气，然后冒了一会儿泡泡。等它变凉后，史瓦兹很快便解决了这一餐。

当他离开餐馆的时候，葛兰兹与麦斯特仍留在那里。另外一名顾客也尚未离去，史瓦兹从头到尾都没留意那个人。

此外，史瓦兹也未曾注意到，自从他离开研究所，一个瘦小的男子就以高明的手法跟踪他，一直设法与他保持目力可及的距离。

贝尔·艾伐丹沐浴更衣之后，随即根据原先的打算，准备好好观察一下“智人地球亚种”在固有栖息地的生活。天气晴朗而温和，微风使人神清气爽，而这个村落——抱歉，这个城市——则显得明朗、宁静而清洁。

还不错嘛。

芝加是第一站，他想，它是这颗行星上人口最多的城市。华盛是下一站，那是本星的首都。然后是神路！三藩！布宜诺！……他已定好旅程，将要遍游西半球各陆地（地球残存的零星人口，大多数分布在这些地方）。每个城市他都能停留两三天，这样，等他再回到芝加的时候，他的探险飞艇差不多也该到了。

这将是一趟收获颇丰的旅行。

下午即将结束的时候，他走进一家自助餐馆。当他进餐时，碰巧看到一幕真实剧。主角是两个地球人——他们紧跟在他后面进了这家餐馆——以及最后进来的那个肥胖的老者。他仅是置身局外顺便观察一下，只不过注意到，这件事与喷射机上不愉快的经验是个强烈对比。餐桌旁那两个人显然是计程飞车司机，不可能如何富有，但他们却能做出慈善义举。

那名乞丐离去后，又过了两分钟，艾伐丹也离开了这家餐馆。

街道明显拥挤了许多，因为上班时间已经接近尾声。

一名年轻女子匆匆地迎面走过来，他连忙闪到一旁，以免跟她撞个正着。

“对不起。”他说。

她穿着一身白色，那种式样一看就知道是一种制服。她似乎未曾留意差点发生的碰撞；她脸上现出焦虑的表情，不停来回猛转着头，再加上心事重重的神态，说明情况极为明显。

他伸出一根手指，轻轻按在她的肩头。“我能帮你什么吗，小姐？你有什么麻烦吗？”

她停下脚步，转过头来，以惊讶的目光望着他。艾伐丹不自觉地估计她的年龄介于十九到二十一岁，又不知不觉地仔细打量她褐色的头发、黑色的眼珠、高挺的颧骨、尖细的下巴、苗条的腰肢，以及优雅的体态。但他又突然发觉，一旦想到这个小女人是地球土生土长的，她的吸引力便立刻大打折扣。

但她仍是瞪着他，当她正要开口的时候，却好像忽然间泄了气。“哦，没有用的，请别管我。如果你想找什么人，却对他可能的去处没半点概念，竟然还期望能找到他，那只是痴心妄想罢了。”她沮丧地垂下头来，两眼泪汪汪的。但她随即抬头挺胸，做了几下深呼吸。“你有没有看到一个胖胖的男人，大约五英尺四英寸，穿着绿色和白色的衣服，没有戴帽子，头有点秃？”

艾伐丹望着她，露出讶异的神色。“什么？绿色和白色？……哦，我不敢相信……我问你，你说的这个人，他说话是不是有困难？”

“是的，是的，哦，没错。这么说，你见过他喽？”

“不到五分钟前，他还在那里面跟两个人一起吃东西……他们来了……喂，你们两位。”他向他们招了招手。

葛兰兹最先走过来。“要车吗，先生？”

“不是，但你如果告诉这位小姐，那个跟你们一起吃饭的人到哪儿去了，就值得我付你一趟车钱。”

葛兰兹顿了一下，现出懊丧的表情。“唉，我愿意帮助你们，但刚才是我这辈子第一次见到他。”

艾伐丹转向那名少女。“听好，小姐。他不可能朝你来的方向走去，否则你应该会发现他，而他也不可能走得太远。我们向北方走几步吧，如果再看到他，我能认得出来。”

他纯粹基于一时冲动，才会如此自告奋勇，而在一般情况下，艾伐丹并不是个冲动的人。现在，他发觉自己正对着她微笑。

葛兰兹突然打岔道：“他做了什么，小姐？他没有触犯什么俗例吧？”

“没有，没有，”她急忙答道，“他只不过有点小病，如此而已。”

两人离去后，麦斯特望着他们的背影说：“有点小病？”他将鸭舌帽向上一推，捏了捏下巴，一副大难临头的模样。“你吃这一套吗，葛兰兹？有点小病。”

说完，他瞟了同伴一眼。

“你是怎么了？”葛兰兹不安地问道。

“看来我也要有点小病了。那家伙一定是从医院跑出来的，那个则是出来找他的护士，而她担心得像什么似的。如果他只不过有点小病，她又何必担心呢？他几乎不能说话，也几乎听不懂别人的话。你也注意到了，对不对？”

葛兰兹的双眼突然射出惊恐的目光。“该不会是热病吧？”

“我想到的当然就是‘放射热’，而且他病得不轻。他曾经和我们距离不到一英尺，那绝不是什么好事……”

一个瘦小的男子忽然来到他们身边，他的目光凌厉且炯炯有神，说话的声音则近似鸟鸣，也不知道他是哪里冒出来的。“怎么回事，两位先生？谁得了放射热？”

两人以厌恶的眼光望着他。“你是什么人？”

“呵，”瘦小男子答道，“你想要知道，是不是？老实跟你们说，我是兄弟团契的差使。”他将翻领向外翻了一下，露出一个亮晶晶的小徽章。“现在，奉古人教团之名，所谓的放射热是怎么回事？”

麦斯特以惊恐阴沉的语调说：“我什么都不知道。有个护士在找一个病人，我疑心会不会是放射热。这样做并没有违反俗例吧？”

“呵！你想告诉我什么是俗例，是吗？你最好专心管你自己的事，俗例的问题交给我来操心。”

瘦小男子搓了搓手，迅速向四面八方观望一番，匆匆朝北方走去。

“他在那里！”宝拉得意忘形地抓住同伴的手肘。这个变化实在太快、太容易、太意外了。从全然绝望的一片空虚中，他突然间凝聚成形，出现在一家自助百货商店正门口，距那家自助餐馆还不到三条街。

“我看到他了，”艾伐丹悄声道，“你待在这里，让我去跟着他。万一他看到你，一下子冲进人群中，我们就再也找不到他了。”

他们像噩梦中的魔鬼一样紧追不舍。商店中的人潮好像流沙，可以慢慢地（或迅速地）将猎物吞噬，藏在没人找得到的地方，又会不期然地再吐出来，还会筑起牢不可破的障壁。大群人潮集结在一起，本身或许就拥有一个恶毒的意识。

此时，艾伐丹小心翼翼地绕过柜台，将史瓦兹当做一条上钩的大鱼。他伸出巨大的手掌，抓住史瓦兹的肩头。

史瓦兹迸出一堆谁也听不懂的话，惊慌失措地拼命想要挣脱。然而，即使比史瓦兹强壮许多倍的人，在艾伐丹的爪下也只能束手就擒。

艾伐丹对自己的表现很满意，露出一个会心的微笑。为了不让旁观群众感到好奇，他故意以普通的语调说：“嗨，老兄，几个月不见了，你好吗？”

这个幌子实在很容易被人看穿，他想，因为对方正在叽哩呱啦说个不停，幸好宝拉及时赶到。

“史瓦兹，”她压低声音说，“跟我们回去。”

一时之间，史瓦兹现出不肯服从的强硬态度，但不久便软化了。

他以困倦的口吻说：“我——跟——你们——走。”可是他这句话，却被商店扩音系统突然发出的巨响淹没。

“注意！注意！注意！管理处要求光临本店的所有顾客，很有秩序地由第五街出口离去。各位在经过门口时，需要向警卫出示自己的登记卡。此项疏散行动务必迅速进行。注意！注意！注意！……”

这段广播重复了三遍，最后一次播放的时候，还混杂着许多沙沙的脚步声，因为人群已开始在各个出口排队。许多人七嘴八舌地大吼大叫，以各种方式问着永远没有答案的问题，诸如“发生了什么事？怎么搞的？”

艾伐丹耸了耸肩，说道：“我们去排队吧，小姐，反正我们要走了。”

宝拉却摇了摇头。“我们不能，我们不能……”

“为什么？”考古学家皱起眉头。

少女只是不断向后退。她怎能告诉他，说史瓦兹没有登记卡？他是什么人？为什么一直在帮自己？她陷入了疑心与绝望的漩涡中。

最后，她以沙哑的声音说：“你最好自己走吧，否则你会惹上麻烦。”

每层楼的人群都从电梯中蜂拥而出，艾伐丹、宝拉与史瓦兹成了人潮中的小孤岛。

艾伐丹事后回顾，发觉自己此刻大可离开那名少女！离她而去！再也见不到她！根本没有任何愧疚！……若是那样，未来的一切都会有所不同。就连伟大的银河帝国也将崩溃，陷入一片混沌之中。

幸好他并未离开那名少女。现在她脸上布满恐惧与绝望，变得一点也不好看，谁在这种情况下也不会好看。可是艾伐丹看到她无助的神情时，却不禁感到心乱如麻。

他已经走出一步，现在又走回来。“你准备待在这里吗？”

她点了点头。

“可是为什么呢？”他追问。

“因为，”她的眼泪终于落下，“我不知道还能怎么办。”

纵使她是个不驯的地球女人，现在，她却只是个受惊的小女孩。艾伐丹以较温柔的声音说：“如果你告诉我到底有什么问题，我会试图帮助你。”

他没有得到回答。

三人僵持在原处，形成一幅静止画面。史瓦兹早已蹲在地上，感到伤心透顶，根本不想试图听懂两人的对话，也对商店突然疏散一空毫不好奇。除了将头埋在手中，绝望得欲哭无泪，他不知道还能做些什么。宝拉则一直哭泣，她只知道自己现在惊恐至极，以前从未想到一个人能害怕到这种程度。艾伐丹搞不清楚状况，只好耐心等待，并笨拙地拍着宝拉的肩膀，想给她一点鼓励，但显然没有效果。而他心中只是想到，这是他生平第一次碰触地球女子。

此时，那个瘦小的男子向他们走了过来。

# 第九章
# **大闹芝加**

芝加驻军马克·柯劳第中尉望着不远处，慢吞吞地打了个呵欠，内心浮起一阵无以名状的厌倦感。他在地球服役刚刚届满两年，正急切等待被调到别处去。

在银河其他任何角落，想要维持一批驻军，都不比在这颗可怕的行星上问题那么复杂。在其他世界上，军人与平民之间，尤其是女性平民之间，总是存在着某种程度的友爱情谊。此外，也不缺乏自由自在、海阔天空的感觉。

可是在这里，驻地像一所监狱。他们住在抗放射线的营房内，呼吸着滤除放射性灰尘的大气，并穿着灌铅的服装——那种衣服又冷又重，却绝对不能脱掉，否则会为自己带来很大的危险。因此，与当地居民产生情谊根本是不可能的事（即使由于寂寞难耐，战士们会不顾一切想要跟“地球雌性”交往）。

所以说，除了短短哼上几声，长长睡个午觉，以及慢慢发疯之外，又还能做什么呢？

柯劳第中尉摇了摇头，试图使头脑清醒些，不过并没有效果。

他又打了个呵欠，坐起身来，开始慢慢套上鞋子。他看了看手表，认定现在距离晚餐时间还差一点。

然后，他突然蹦起来，虽然才穿上一只鞋，而且明明意识到头发还没梳好，他却顾不得这么多，只晓得赶紧举手敬礼。

上校以轻视的目光上下打量他，却未就此借题发挥。反之，他明快地下达命令：“中尉，据报商业区发生骚动，你立刻率领污染消除队，前往当翰百货公司，并负责坐镇指挥。要确定手下人员彻底做好保护措施，绝不可让任何人感染放射热。”

“放射热！”中尉大声叫道，“对不起，长官，可是……”

“十五分钟内，你就要做好出发的准备。”上校以冷峻的口吻说。

艾伐丹最先看到那个瘦小男子，那人做了个打招呼的小动作，他就不禁感到全身僵硬。“嗨，老大，嗨，大块头，告诉这姑娘没必要泪流满面。”

宝拉猛然抬起头，深深吸了一口气。她自然而然地向艾伐丹靠去，感到他高大的身躯可以保护自己。而他也以保护者自居，伸出一只手臂搂住她。这回他倒没想到，这是他第二次接触地球女子。

他厉声问道：“你要干什么？”

那个目光锐利的瘦小男子，从堆满货品的柜台后面怯生生走出来。

他的口气同时表现出逢迎与厚颜。“外面发生了怪事，”他说，“可是不劳你烦心，小姐，我会帮你把你的人带回研究所。”

“什么研究所？”宝拉心虚地明知故问。

“哦，得了吧。”瘦小男子说，“我叫纳特，在核能研究所对面街口摆水果摊的就是我，我在那里看到你好多次。”

“我问你，”艾伐丹突然说，“这到底是怎么回事？”

纳特高兴得很，瘦小的身躯不停晃动。“他们认为这个家伙得了放射热……”

“放射热？”艾伐丹与宝拉异口同声叫道。

纳特点了点头。“没错。两个计程车司机跟他一起吃过饭，他们就是那么说的。这种消息传得最快了，你该知道。”

“外面那些警卫，”宝拉追问，“只是在找一个患了热病的人？”

“没错。”

“你又为何不怕热病？”艾伐丹突然质问他，“照我看来，有关单位将这家百货商店疏散一空，就是因为害怕疾病蔓延。”

“当然，而且有关单位等在外面，根本不敢进来，他们在等外人的污染消除队。”

“而你却不怕热病，是吗？”

“我为何要怕？这家伙根本没病。看看他，他的嘴哪里生疮了？他的脸没发红，眼睛也好好的。我知道热病是什么样子的。来吧，小姐，那就让我们大步走出去吧。”

宝拉却再度惊慌失措。“不，不，我们不能。他是……他是……”她无法再说下去。

纳特拐弯抹角地说：“我可以把他带出去，不会有人问问题，也不需要看登记卡……”

宝拉不自禁地轻声叫出来，艾伐丹则以极为厌恶的口气说：“你怎么会有这种地位？”

纳特发出嘶哑的笑声，将他的翻领翻了一下。“古人教团的差使，没人会来质问我的。”

“你这样做图的是什么？”

“钱！你们走投无路，我可以帮你们，再也没有比这更公平的了。这值得你们花上，比方说，一百个信用点，也值得我赚上一百个信用点。现在先付五十点，事成之后再付另一半。”

可是宝拉吓坏了，压低声音说：“你会把他交给那些古人。”

“为了什么？他对他们根本没用，对我却值一百点。你要是等那些外人来了，他们在搞清楚这家伙没热病前，就很可能把他杀掉。你也知道那些外人，他们不会在乎杀一个地球人。事实上，他们还挺喜欢这样做。”

艾伐丹说：“你带这个小姐一块走。”

纳特却瞪着一双既尖锐又狡猾的小眼睛，答道：“哦，不成，老大，那样行不通。我冒的险都是所谓精打细算过的，我带一个人通得过，带两个也许就不行。既然我只能带一个走，就要带那个比较值得的。难道你不认为这样很合理吗？”

“假如，”艾伐丹说，“我把你抓起来，扯掉你的两条腿呢？那又会怎么样？”

纳特吓得缩头缩脑，但很快就恢复镇定，还勉强笑了一声。“啊，那么，你就是个傻蛋。他们总有法子逮到你，你会列在死亡名单上……好啦，老大，把你两只手拿开。”

“拜托，”宝拉一面拉艾伐丹的手臂，一面说，“我们必须碰碰运气。就让他照他的话去做……你会对我们守信用，对……不对，纳特先生？”

纳特撅起嘴来。“你的大块头朋友扭疼了我的手臂，他没必要那样做，我也不喜欢有人逼我做什么。为了这件事，我要再多收一百点，总共是两百点。”

“我父亲会付给你……”

“预付一百点。”他以顽强的口吻答道。

“但我没有一百点啊。”宝拉又哭起来。

“没关系，小姐。”艾伐丹硬生生地说，“我应付得了。”

他打开自己的皮夹，抽出几张钞票丢给纳特。“赶紧走吧！”

“跟他去吧，史瓦兹。”宝拉悄声道。

史瓦兹乖乖照做，什么也没有说，根本就感到无所谓。此时此刻，即使要他下地狱，他也不会有更强烈的反应。

然后，便只剩下他们两人，互相茫然瞪着对方。宝拉也许直到现在才真正望向艾伐丹，没想到他竟然身材高大，相貌堂堂，表情冷静而充满自信。在此之前，她只把他当成一个未经世事、毫无动机的见义勇为者，可是现在……她突然害羞起来，过去一两小时发生的事，在她的脑海中乱成一团，她的心跳也不知不觉加快许多。

他们甚至还不知道彼此的姓名。

她微微一笑，说道：“我叫宝拉·谢克特。”

艾伐丹一直没见她笑过，发觉自己对她的笑容十分有好感。她的脸庞似乎开始发亮，像是映着一团光辉。令他感到……但他猛然将这种想法抛到脑后。一个地球女子！

因此，他的口气也许不如本意那么诚挚。他说：“我的名字叫贝尔·艾伐丹。”他伸出一只古铜色的手掌，将她的小手抓了一会儿。

她说：“你帮了我那么多忙，我一定要好好谢你。”

艾伐丹耸了耸肩，表示不算什么。“我们是不是该走了？我的意思是，既然你的朋友已经离去，而且我相信是安然离去的。”

“我想他们要是逮到他，我们应该会听见一阵骚动，你难道不这么想吗？”她以眼光恳求他的支持，他却拒绝这个诱惑，并未因此变得更加温柔。

“我们该走了吧？”

她的口气也变得有些冰冷。“是啊，为何不走呢？”

不料空气中突然传来一阵哀鸣，那是来自地平线的一阵刺耳的呼啸。少女张大眼睛，伸出的手忽然缩了回去。

“现在又是怎么回事？”艾伐丹问。

“是帝国人。”

“你也怕他们吗？”说这句话的，是自觉并非地球人的艾伐丹——来自天狼星区的考古学家。不论有没有偏见，不论如何强词夺理，帝国军队的到来总是代表稳健与人道。现在这个机会值得对她示好，于是他变得亲切了些。

“不必担心那些外人，”他甚至不惜采用他们对非地球人的称呼，“我会应付他们，谢克特小姐。”

她突然显出关切之情。“哦，不，别试图做那种事。只要别跟他们说一句话，一切照他们的话去做，甚至别看他们一眼。”

艾伐丹笑得更灿烂了。

当两人与正门还有一段距离时，警卫便看到了他们。那些警卫立刻后退，腾出一个小空间，而且变得出奇肃静。现在，军车的鸣声几乎已经来到面前。

然后，广场上出现几辆装甲车，一队戴着球形玻璃头盔的士兵跳了出来。附近的群众惊慌地四下散去，在一团混乱中，还夹杂着清脆的吼叫，以及神经鞭手柄戳刺的动作。

领队的是柯劳第中尉，他正走向一名站在正门口的地球警卫。“好啦，你说，什么人患了热病？”

由于戴着充满纯净空气的玻璃头盔，他的脸孔看来有点扭曲。此外，他的声音则带着点金属性，那是电波放大器造成的结果。

那名警卫极恭敬地低头敬礼。“禀报尊贵的阁下，我们已将病人隔离在百货商店里面。原来跟病人在一起的两个人，现在正站在您面前那个门口。”

“他们，是吗？很好！让他们站在那里。现在——首要之务，我要这些乌合之众离开这里。中士！清理广场！”

接下来的行动冷酷而充满效率。等到群众融入变暗的空气中，夜幕已经渐渐笼罩整个芝加市，街道上开始亮起柔和的人工光芒。

柯劳第中尉用神经鞭手柄拍打着自己厚重的皮靴。“你确定那个生病的地球佬在里面？”

“他没有离去，尊贵的阁下，他一定还在里面。”

“好吧，我们就假设他还在，不要浪费任何时间。中士！彻底消毒整座建筑！”

一支身穿密封防护衣，与地球环境完全隔绝的特遣队，立刻冲进那栋建筑物。漫长的一刻钟慢慢过去，艾伐丹——一直全神贯注地观察这一切。这是相异文化互动关系的一项田野实验，基于职业上的好奇心，他绝不愿横加干预。

特遣队又纷纷跑出那栋建筑，当最后一名士兵出现时，整个百货商店已被黑夜吞没。

“封闭所有门窗！”

又过了几分钟，借由遥控装置，开启了每层楼都放上几罐的消毒剂。分散在建筑物各个角落的钢罐打开后，浓厚的烟雾立刻滚滚而出，沿着墙壁向上爬窜，每一平方英寸都不放过，并且渗入空气中，进而钻进最隐秘的隙缝。从细菌到人类，没有任何原生质在这种烟雾中得以幸存。为了消除消毒剂的污染，最后还需要动用最费事的化学药剂。

现在，中尉正向艾伐丹与宝拉走去。

“他叫什么名字？”他的声音甚至没有一丝冷酷，那只是一种彻底漠不关心的口气。杀死了一个地球人，他想。不过，刚才他还拍了一只苍蝇，所以今天总共杀了两只动物。

他没有得到回答，宝拉温顺地低着头，艾伐丹则好奇地张望着。这位帝国军官并未将视线从他们身上移开，他随便做了个手势，说道："检查他们是否受到感染。"

一名佩戴帝国医疗队徽的军官走近他们，他的检查一点也不客气。他用戴着手套的双手，在他们腋下用力碰触，再把他们嘴角扯开，以便检查他们的面颊内侧。

"未受感染，中尉。假如他们今天下午受到感染，现在症状应该已经明显可见。"

"嗯——"柯劳第中尉仔细除下头盔。接触到"活生生"的空气是很愉快的经验，即使是地球上的空气。他将那个难看的玻璃球挟在左臂腋下，粗暴地说："你叫什么名字，地球婆娘？"

这个称呼本身就充满侮辱，他的口气更是十足轻蔑，但宝拉没有显出任何忿恨。

"宝拉·谢克特，阁下。"她悄声答道。

"你的证件。"

她将手伸进白色外衣的小口袋中，掏出一本粉红色小册子。

他接过证件，借着手中电筒的光芒翻阅着，翻完后便将它丢回去。小册子哗啦啦地掉到地板上，宝拉立即弯腰想要捡拾。

"站起来。"军官不耐烦地命令道，同时将那本证件踢得老远。宝拉吓得脸色苍白，连忙缩回手指。

艾伐丹皱起眉头，决定现在应该插手了。他说："喂，你听我说。"

中尉猛然转过头来，对他龇牙咧嘴。"你刚才说什么，地球佬？"

宝拉连忙站到他们中间。"禀报阁下，这个人跟今天发生的事毫无牵连。我以前从没见过他……”

中尉一把将她拉开。“我说，你刚才说什么，地球佬？”

艾伐丹以沉稳的目光回瞪他。“我说，你听我说。现在我还要说，我不喜欢你对待女士的方式，奉劝你应该改善你的态度。”

他实在太过气愤，虽然那中尉误会他的星籍，他竟然没想到纠正。

柯劳第中尉冷冷地笑了笑。“你是哪里养大的，地球佬？你跟别人交谈的时候，不晓得该称呼对方‘阁下’吗？你根本不清楚自己的身份，对不对？好吧，我已经有好一阵子，没教训过地球上的雄性大块头，我很怀念那种乐趣。来，这个怎么样——”

他猛然伸出手掌，像毒蛇吐信一般迅疾，立刻一掌打到艾伐丹脸上。他左右开弓，一下，两下。艾伐丹惊讶之余连忙后退，耳中顿时嗡嗡作响。他随即抓住那只再度袭来的手臂，只见对方的脸孔因吃惊而扭曲变形……

他肩头肌肉轻轻松松扭动了一下。

中尉马上摔倒在人行道上，随着一声砰然巨响，玻璃盔摔得粉碎。中尉躺在地上爬不起来，艾伐丹则露出凶狠的笑容，轻轻拍了拍手，作势拍掉手上的灰尘。“这里还有哪个杂种，以为他可以请我吃巴掌？”

不料一名中士已经举起神经鞭，并在下一刻按下开关。一道暗紫色光芒疾射而出，如火舌一般卷向高大的考古学家。

艾伐丹感到一阵无法忍受的痛苦，体内每条肌肉都僵住了。他慢慢跪倒在地，然后全身麻痹，眼前一片漆黑。

艾伐丹渐渐恢复神志的时候，首先意识到额头传来一阵冰凉，令他感觉舒服极了。他试图张开眼睛，却发现眼睑动弹不得，像是挂在生锈的铰链上。他只好继续闭着眼，以慢到不能再慢的动作（肌肉的每一分运动，都带给全身针扎般的痛楚），将一只手臂举到面前。

一块又软又湿的毛巾，拿在一只小手中……

他勉力睁开一只眼睛，眼前是雾茫茫的一片。

“宝拉。”他说。

立刻传来一阵惊喜的叫声。“是的，你感觉如何？”

“好像已经死了，”他以低哑的声音说，“可惜痛苦没有消失……发生了什么事？”

“军车把我们带到基地来了。有个上校来过这里，他们搜了你的身——我不知道他们准备怎么做，可是——哦，艾伐丹先生，你实在不该攻击那个中尉，我想你折断了他的手臂。”

艾伐丹脸上挤出一抹无力的笑容。“太好了！我希望折断的是他的脊骨。”

“但反抗一名帝国军官，那可是死罪一条。”她悄声道，声音中充满了恐惧。

“真的吗？我们等着瞧吧。”

“嘘，他们又回来了。”

艾伐丹闭上眼睛，全身肌肉再度放松。宝拉的叫声听来不真切，好像与他的耳朵距离很远。后来，当他感到在接受皮下注射时，根本无法牵动任何一丝肌肉。

不久，他全身的血管与神经觉得舒畅异常，所有的痛苦随即消失无踪。他的手臂肌肉不再打结，原本像一张硬弓的脊背，现在也渐渐恢复正常。他迅速掀动眼睑，接着用手肘使劲一撑，整个人便坐了起来。

那名上校正在若有所思地端详他，宝拉看来虽然忧心忡忡，却又显出几分喜色。

那上校说：“嗯，艾伐丹博士，今天傍晚，城里似乎发生了一件不愉快的意外。”

艾伐丹“博士”。宝拉这才注意到，她对他的了解实在太少，甚至不知道他的职业……她从来没有像这样的惊讶感觉。

艾伐丹冷淡地笑了几声。“你说那是不愉快，我认为这个形容词还不够分量。”

“一名正在执行任务的帝国军官，被你折断了一只手臂。”

“那名军官率先攻击我，他的任务绝不包括需要粗鄙地羞辱我，言语上和肢体上的双重羞辱。他既然那样做，就不配被视为一名军官和一位绅士。身为帝国的自由公民，我完全有权对这种蛮横待遇表示愤慨，更别提那是不合法的。”

上校干咳一声，似乎不知如何回答。宝拉则张大眼睛，以无法置信的眼神望着他们两人。

最后，上校终于柔声道：“好啦，我不必说我感到多么遗憾了。显然双方的痛苦和屈辱已经扯平，也许最好还是把这件事忘掉吧。”

“忘掉？我可不这么想。我是行政官的座上客，他也许会有兴趣听听，他的驻军究竟用什么方式维持地球的秩序。”

“听我说，艾伐丹博士，如果我向你保证，你会获得公开的道歉……”

“去他妈的。你打算怎样处置谢克特小姐？”

“你有什么建议？”

“你立刻释放她，归还她的证件，并且表达你的歉意——就是现在。”

上校涨红了脸，然后很勉强地说：“当然，”他转向宝拉，“希望这位年轻女士，能接受我最诚挚的歉意……”

他们终于走出黑暗的基地围墙。搭乘计程飞车回到市区，只花了短短十分钟的时间，一路上两人都没开口。现在，他们站在空旷、漆黑的研究所门口，时间已经是第二天凌晨。

宝拉说:“我想我还是不太明白。你一定是很重要的人物，我真是糊涂，竟然不知道你的名字。我从来没想到，外人会如此敬重一个地球人。”

艾伐丹虽然感到万般不愿，却不得不主动拆穿这个假象。“我不是地球人，宝拉，我是来自天狼星区的考古学者。”

她迅速转过头来瞪着他，在月光下，她的脸色分外苍白。过了好长一段时间，差不多可以从一慢慢数到十，她才终于打破沉默。“那么，你胆敢和那些军人作对，是因为你根本不会有危险，你自己也很明白。而我还以为——我早就该想到。”

她的语调变作充满愤慨的讽刺。“我谦卑地请求您的宽恕，阁下。如果今天任何时候，由于我的无知，竟然对您表现出任何不敬的亲昵……”

“宝拉，”他气愤地叫道，“怎么回事？我不是地球人又怎么样？在你心目中，现在的我和五分钟以前又有什么不同？”

“您可以早点告诉我，阁下。”

“我可没有叫你称呼我阁下，别像他们其他人一样，好不好？”

“像其他什么人一样，阁下？其他那些住在地球上的恶心动物？……我欠您一百信用点。”

“忘掉吧。”艾伐丹以厌恶的口气说。

“我无法遵命。假如您将地址给我，明天我就会寄给您这个数额的汇票。”

艾伐丹突然火冒三丈。“你欠我的远不止一百点。”

宝拉咬住下唇，又以低沉的声调说：“我欠您的实在太多，阁下，但我能偿还的只有这一部分。请问您的地址？”

“国宾馆。”他头也不回地答了一句，便消失在黑夜中。

宝拉发觉自己再度泪流满面！

谢克特在他的办公室门口遇到了宝拉。

“他回来了，”他说，“一个瘦小的男子带他回来的。”

“很好！”她现在连说话都有困难。

“他跟我要两百信用点，我付给他了。”

“应该只要一百点，不过算了吧。”

她与她的父亲擦肩而过时，他心虚地说：“我担心极了。附近发生的那场骚动——我根本不敢问；我有可能为你带来危险。”

“没关系，什么事也没发生……今晚让我睡在这里吧，父亲。”

然而，她虽然精疲力尽，却久久无法成眠，因为有些事已经发生了。她遇到了一名男子，而他是个外人。

可是她有他的地址，她有他的地址。

# 第十章
## 事件的解释

这两个地球人形成强烈的对比——在这个世界，其中一人表面上拥有最大的权力，另一人则拥有最大的实权。

在地球上，教长是最重要的一个地球人。根据统治全银河的帝国皇帝直接颁布的诏令，他就是这颗行星的统治者——当然，他得听从钦命行政官的命令。至于教长秘书，则似乎真是个无足轻重的角色，只不过是古人教团的一员，理论上由教长指派，负责处理某些非特定事务，而且理论上，教长能随意解雇他。

教长是地球上无人不知、无人不晓的人物，并被奉为至高无上的俗例仲裁者。只有他可宣布豁免某人的六十大限；也只有他，才能判定何人触犯破坏仪典、违反粮食配给、不符生产日程、侵入禁地等等的罪行。反之，教长秘书默默无闻，甚至连他的名字都无人知晓。认识他的人只有古人教团的成员，当然还有教长自己。

教长口才极佳，时常对民众发表演说。他的演说充满高昂的情绪，以及丰富流畅的感情表达。他有一头留得很长的金发，仪表优雅且具贵族气质。教长秘书却有个狮子鼻与一张苦瓜脸，平时一律沉默寡言，顶多只是哼上一声，必要时才开口说一两个字，非常必要时才肯说几句话——至少在公开场合如此。

表面上拥有权力的当然是教长，拥有实权的则是教长秘书。当两人在教长办公室独处时，这种情况变得相当明显。

因为教长现在显得困惑焦躁，教长秘书则神态自若、毫不在乎。

“我看不出的是，”教长说，“你送来的这些报告究竟有什么关联。报告，报告！”他将手臂举过头顶，再狠狠砸向一堆幻想中的文件。“我没时间读那些东西。”

“正是如此，”教长秘书毫不动容地说，“这正是您雇用我的原因。由我负责阅读报告、消化报告、转达报告。”

“好吧，我的好玻契斯，那就开始办公吧。说快一点，因为这些都是小事。”

“小事？假如殿下不将判断力训练得更敏锐，总有一天会一败涂地……让我们看看这些报告有什么意义，然后我会再问您，您是否还认为它们是小事。首先，我们来讨论最初的报告，那是七天前，由谢克特的手下送来的。最初，就是由于这份文件，使我注意到事有蹊跷。”

“什么蹊跷？”

玻契斯的笑容带着些许嘲讽之意。“请准许我提醒殿下，在我们地球上，有几个重要计划已经进行了好几年。”

“嘘！”教长顿时尊严尽失，忍不住连忙四下张望一番。

“殿下，让我们赢得最后胜利的，不是紧张的神经，而是十足的信心……此外您也知道，这个计划的成功，有赖于明智地使用谢克特的小玩具，突触放大器。直到目前为止，至少据我们所知，它一直在我们监督之下使用，而且仅限于特定用途。如今，谢克特未曾知会我们，就径自改造一个来历不明的人，完全违背了我们的命令。”

“这，”教长说，“其实很简单。处分谢克特，将受改造的人拘留起来，这件事就算了结了。”

“不，不，您的想法太过直截了当，殿下。您没抓到重点，问题不是谢克特做了什么，而是他为何那样做。请注意这里头还存在一个巧合，它是一连串巧合中的第一个。同一天，地球行政官曾去拜访谢克特，而谢克特对我们表现得既忠诚又可靠，亲自向我们报告了会谈的所有内容。恩尼亚斯想让那个突触放大器为帝国所用，他似乎做出承诺，说皇上愿意提供慷慨的支援和仁慈的协助。”

“嗯——”教长答道。

“您有兴趣了？和目前的计划伴随的危险比较之下，这样的折中方案似乎很吸引人？……可是，您还记得五年前大饥荒的时候，帝国答应援助我们粮食吗？您记得吗？每个世界都拒绝出货，因为我们欠缺帝国信用点，而地球的产品又无人接受，因为它们全部遭到放射线污染。承诺中的免费粮食送来了吗？是不是连借贷都没有？结果总共饿死了十万人。所以说，您可千万别相信外人的承诺。

“不过这点不重要，重要的是，谢克特借此好好表现了一番忠诚，我们当然再也不会怀疑他。一旦对他的信赖倍增，我们不可能疑心他会在同一天叛变。然而，事实正是如此。”

“你的意思是，这个未经批准的实验是叛逆的行动，玻契斯？”

“我就是这个意思，殿下。接受改造的人是谁？我们有他的相片，谢克特的技术员还帮我们弄来了网膜图样。跟全球登记资料库比对后，我们发现根本没有他的记录。因此必然的结论是：他并非地球人，而是个外人。此外，谢克特必定知晓这点，因为登记卡无法伪造或盗用，网膜图样检查能立刻辨别真伪。所以，经过简单的推理，千真万确的事实只能让我们导出一个结论，那就是谢克特使用突触放大器，改造了一个他明知是外人的人。这是为什么呢？……

“答案也许简单得可怕，那就是谢克特并非我们理想的工具。他年轻的时候，曾是一名同化主义者；他甚至参加过选举，想入主华盛议会，他的竞选政见是主张跟帝国和解。不过，结果他被击败了。”

教长打岔道：“我不知道这件事。”

“不知道他被击败了？”

“不是，我不知道他曾经参选。为什么没有人告诉我这件事？谢克特现在所占的位置，使他成为一个很危险的人物。”

玻契斯露出温和宽容的微笑。“谢克特是突触放大器的发明者，而且仍是对它的操作真正有经验的人。他已经受到监视，今后的监视会更加严密。别忘了一件事，藏在我们之间而被我们识破的叛徒，对敌人所能构成的危害，比忠诚之士对我们的建设性更大。

“现在，让我们继续讨论那些事实。谢克特用突触放大器改造了一个外人，为什么呢？动用突触放大器的可能理由只有一个，就是增进人的心智。而这又是为什么？因为我们的科学家接受过突触放大器的改造，那个外人唯有这样做，才能超越那些科学家的心智，嗯？这就意味着，对于地球上正在进行的事，帝国至少有轻度的怀疑。这是小事吗，殿下？”

教长的额头冒出零星的汗珠。“你真这么认为吗？”

“这些事实就像拼图游戏，只能有一种拼法。接受改造的那个外人，外表看来并不起眼，甚至可以说其貌不扬。这也是高招，因为一个又秃又胖的老头，仍能是帝国最高明老练的谍报人员。哦，没错，没错。除了他，这种任务还能托付给谁？……不过我们一直在跟踪这个陌生人，顺便提一下，据我们所知，他用的化名是史瓦兹。现在，我们再来看第二份报告。”

教长向那叠文件瞥了一眼。“有关贝尔·艾伐丹的那些资料？”

“贝尔·艾伐丹博士，”玻契斯表示肯定，“杰出考古学家，来自剽悍的天狼星区，那些世界满是英勇、侠义的偏执狂。”他以不屑的口吻说出最后半句，又道：“好啦，别管那些。总之，这个人和史瓦兹形成诡异而强烈的对比，几乎是种戏剧化的对称。他并非默默无闻，恰恰相反，他是个很有名气的人物。他不是秘密的入侵者，他的到来在大众心目中卷起一阵旋风。警告我们注意他的，不是小小的技术员，而是地球行政官本人。”

“你认为其中有关联吗，玻契斯？”

“殿下可以这么想，其中一人的作用，是故意转移我们对另一个的注意力。或者，既然帝国的统治阶级都是老奸巨猾，这两人可能代表着两种不同的伪装。史瓦兹尽可能避人耳目，艾伐丹则大肆招摇。对于这两个人，我们打算探究任何真相吗？……好，关于艾伐丹，恩尼亚斯警告过我们一些什么？”

教长若有所思地摸着鼻头。“他说，艾伐丹领导了一支帝国资助的考古队，希望进入禁区从事科学研究，他还特别声明，绝不会有亵渎行为。我们若能以温和的方式阻止此人，他会在帝国议会中支持我们的行动。差不多就是这样。”

“所以说，我们会严密监视艾伐丹，可是这样做为了什么？哈，以确定他没擅闯禁区。他是个考古队的领队，却没有任何人手、船舰或装备；他是个外人，本来只该待在埃佛勒斯峰，他却偏偏不肯安分，为了某种原因在地球上东奔西跑，而第一站就跑到芝加。面对所有这些最古怪、最可疑的情状，我们的注意力是如何被转移的？哈，就是怂恿我们去监视毫无重要性的事。

“可是请注意，殿下，史瓦兹曾被藏在核能研究所六天，然后就脱逃了。这难道不奇怪吗？房门突然不再上锁，走廊突然没人守卫，多么诡异的疏忽啊。他又是在哪天脱逃的呢？哈，就是在艾伐丹抵达芝加的同一天，这是第二个奇特的巧合。”

“那么，你认为……”教长紧张兮兮地说。

“我认为史瓦兹是外人派驻地球的间谍，谢克特是此地同化主义叛徒的联络人，而艾伐丹则是帝国的联络人。看看史瓦兹和艾伐丹的会面安排得多高明：史瓦兹被故意放出来，一段适当的时间过后，他的护士——谢克特的女儿——便跑出来找他，这是另一个不太令人惊讶的巧合。万一他们的精密时间表出了任何差错，想必她就会突然找到他；他则会变成一个可怜的病人，以满足任何人的好奇心；之后他会被安然地带回研究所，等待下一个机会。事实上，她曾告诉两个过分好奇的计程车司机，说他是一名病人。讽刺得很，他们这么做反而弄巧成拙。

“现在，请仔细听我说。史瓦兹和艾伐丹最先在自助餐馆相遇，那时他们装作不知晓彼此的存在。那是个预备性会面，目的只是指出目前为止一切顺利，可以继续采取下一步行动……至少他们并未低估我们，这点值得我们欣慰。

“然后史瓦兹首先离开，几分钟后，艾伐丹也走出餐馆，而谢克特小姐便遇到他，这简直是用马表控制的日程。在刚才提到的两名计程车司机面前，他们两人演了一会儿戏，便一同前往当翰百货公司，此时三个人就凑在一起了。为什么哪不好去，偏偏要选百货商店呢？因为那是个理想的会面场所，高山中的洞穴都不比它隐秘。由于过分公开，所以不至令人起疑；由于过分拥挤，所以没人能够凑近。太妙了——太妙了——我对这个对手实在钦佩万分。”

教长在座椅中不安地扭动身子。“假如我们的对手这么值得钦佩，那他就会赢。”

“不可能，他已经失败了。而这一点，我们必须归功于杰出的纳特。”

“纳特又是谁？”

“一个微不足道的特务，不过从今以后，我们一定要好好重用他，他昨天的行动简直无懈可击。他的长期任务是负责监视谢克特，为了这项任务，他在研究所对面街口摆个水果摊。过去一周以来，他又接受了一个特别任务，那就是监视史瓦兹事件的发展。

“史瓦兹逃脱时他刚好在场。他看过史瓦兹的相片，当初他被带到研究所的时候，纳特也曾瞥见他一眼。他观察到每一项行动，自己却没被发现。就是他送来的报告，详述了昨天整个事件的经过。他以不可思议的直觉，研判出史瓦兹‘脱逃’的唯一目的，就是要设法跟艾伐丹碰一面。他明白自己单枪匹马，无法利用这次会面打探任何情报，因此决定阻止他们的计划。那两个计程车司机——就是谢克特小姐对他们说史瓦兹有病的那两个——猜想他患的是放射热。纳特立即发挥急智的天分，抓住这点大做文章。一旦发现会面将在百货商店进行，他马上向有关单位报告热病的传闻。感谢地球，芝加当局也有足够的智慧，能迅速采取合作的态度。

“百货商店随即疏散一空，他们原本指望以人群做掩护，用来掩饰他们的交谈，现在这个掩护却被撤掉。他们孤立在那里，看来非常可疑。纳特一不做、二不休，主动和他们接触，劝他们将史瓦兹交给他，由他护送回研究所。他们接受了，不然他们又能怎么办？……所以昨天从头到尾，艾伐丹和史瓦兹没交谈一句话。

“他没有做出逮捕史瓦兹的蠢事，那两个人还不知道形迹已然败露，将来还会引导我们捉到更大的猎物。

“纳特更进一步通知了帝国驻军，这个行动真令人拍案叫绝，使艾伐丹陷入一种绝未料到的情状。当时他只有两个选择：或是暴露自己外人的身份，令自己变得毫无用处，因为他在地球上，显然得扮成地球人，才能顺利展开工作。否则，他就必须保密到底，不论发生多不愉快的事，都得咬紧牙关忍耐。结果，他选择了英勇的第二条路，为了力求逼真，甚至折断了一名帝国军官的手臂。那件事，至少一定会记在他的账上。

“他所采取的这些行动，本身便有重大的意义。若非极其重要的事物遭到威胁，他，一个外人，为什么为了一个地球女子，就甘愿当神经鞭的活靶？”

教长将两只手放到面前的办公桌上。他露出凶狠的目光，脸上原本和缓的线条皱成一团，显得苦恼万分。“你做得很好，玻契斯，从那么贫乏的线索中，竟能织出一张这么复杂的蛛网。你的分析很高明，我觉得你说的都很有道理。根据逻辑研判，我们无法得出第二个结论……但这就意味着，他们已经太接近了，玻契斯。他们太接近了……而这一次，他们绝不会留情的。”

玻契斯耸了耸肩。“他们不可能太接近，否则，面对整个帝国可能毁灭的潜在危机，他们早已主动出击……而他们的时间已所剩无几。如果想有所进展，艾伐丹就必须再和史瓦兹碰面。因此，我可以为您预测未来的发展。”

“说啊——说啊。”

“现在史瓦兹一定会被送走，好让过紧的风声渐渐平息。”

“但他会被送到哪里去呢？”

“这点我们也知道。史瓦兹是另一个人带到研究所去的，那人显然是名农夫。谢克特的技术员和纳特两人，都向我们描述过那人的相貌。我们清查了芝加附近方圆六十英里每个农夫的登记资料，结果纳特认出一个名叫亚宾·玛伦的人，而技术员也支持这项指认。我们暗中调查那个人，发现他似乎在帮他的岳父——一个没希望的残废——躲避六十大限。”

教长一拳重重打在桌上。“这种案件实在层出不穷，玻契斯。今后必须从严执法……”

“现在问题不在这里，殿下。重要的是这名农夫既然违犯俗例，他就有了供人勒索的把柄。”

“哦……”

“谢克特和他的外人盟友，需要的就是这样一个工具。也就是说，史瓦兹必须找个地方隐居起来，要比在研究所中能安全地躲藏更久。这个也许无助又无辜的农夫，正是一个完美的选择。别担心，他会受到监视，史瓦兹绝不会逃出我们的视线……好，不久之后，他和艾伐丹必定会设法进行另一次会晤，而下次我们就会有所准备。现在您了解全盘状况了吗？”

“了解了。”

“好的，感谢地球，那么我要告辞了。”然后，他带着一丝讽刺的微笑，补充了一句：“当然，需要您的恩准。”

教长完全没有想到其中的讥嘲之意，只是挥了挥手，示意教长秘书退下。

教长秘书向自己的小办公室走去，此时周围没有其他人。独处的时候，他的思绪有时会逃脱严密的自我控制，跑到心灵的暗角独自嬉戏。

那些思绪与谢克特博士、史瓦兹、艾伐丹没什么关联，与教长有关的成分更少。

反之，他脑海中浮现出一颗行星——川陀，整个银河都在这个巨大环球都会统治之下。此外，还有一座皇宫的画面，那些尖塔与宏伟的拱门他从未亲眼得见；其实，没有任何地球人曾经见过。他想到了权力与荣耀的无形网络，从一颗太阳延伸到另一颗，每一根隐形的线、绳、索，最后都汇集到中央那座皇宫，以及权力的象征——那位皇帝身上，而皇帝毕竟只是个凡人。

他的心灵紧紧抓住那个念头：只有神人才配拥有的权柄，却集中在一个凡人身上。

只不过是个凡人！像他自己一样的凡人！

他也可以……

# 第十一章
# 变化的心灵

在约瑟夫·史瓦兹的感觉中，变化的过程相当模糊。有许多次，在绝对静寂的夜晚，在新鲜的静寂中，他回溯着过去。如今的夜晚变得多么宁静，以前曾有过嘈杂、明亮、热闹的夜晚，笼罩着数百万生气蓬勃的生命吗？他喜欢认为此时、此地就是“现在”。

那天，他孤单地来到这个陌生的世界，那是个充满恐惧、一团混乱的日子。如今在他的心灵中，那天与他对芝加哥的记忆同样迷蒙。后来他去了一趟芝加，结局却奇怪而复杂。他常常会想到那些经历。

好像跟一架机器有关，还有他吞服的药丸。数天的恢复期过后，他逃了出去，开始在外面游荡，最后又在百货商店发生了些令人费解的事。他无法将那段经过记得明确。然而，往后两个月，每件事都是那么鲜明，他的记忆变得多么正确无误。

即使如此，情况还是开始变得有些奇怪。当初，他忽然对周遭的气氛相当敏感，感受得到老博士与他女儿一直心神不宁，甚至恐惧不安。他当时就知道这点吗？或者说，那原本只是个飘忽的印象，如今的感觉是后见之明强化的结果？

可是，在那间百货商店，那个壮汉正要伸手抓他之际——在前一瞬间——他突然意识到即将来临的袭击。只是警告来得太晚，无法使他及时脱险，但那确是他心灵发生变化的明确指标。

接下来的变化是头痛。不，并非真正的头痛，应该说是一阵阵悸动，仿佛脑部藏着一架发电机，突然之间开始运转，由于这种动作太过陌生，使他的每片颅骨都跟着震动。在芝加哥的时候——姑且假设他幻想的芝加哥确有其事——甚至在来到真实世界的头几天，都没发生过这样的现象。

在芝加的那天，他们对他做了什么吗？那架机器？那些药丸——一定是麻醉剂，所以是一次手术吗？这是他第一百次想到这点，但他的思绪又在这里戛然而止。

在他的逃亡计划流产后，第二天就被带离芝加，现在日子则过得很轻松。

坐在轮椅上的格鲁，常常一面对着他说个不停，一面东指西指、比手画脚，就像那个叫宝拉的女孩当初一样。直到有一天，格鲁不再说些毫无意义的话，而开始说起英语。或者不是那样，而是他自己——他，约瑟夫·史瓦兹——不再使用英语，也开始说起那种毫无意义的话。只不过现在对他而言，那些话都有了意义。

那实在很简单，他在四天内便能识字，令他自己也大吃一惊。以前，在芝加哥的时候，他也拥有高人一等的记忆力，或者说他自己这么认为。然而，当时他也无法做到这种程度。

不过格鲁似乎毫不讶异，于是史瓦兹不再去想这个问题。

到了深秋，大地变成一片金黄的时候，所有事物又显得一清二楚，他也开始在田间工作。他的学习能力实在惊人，不可思议的事再度发生——他从未犯过任何错误，即使相当复杂的机器，经过一番解说，他也立刻就能毫不费力地操作。

他一直在等待寒冷的天气，却始终没真正等到。整个冬天，他们都在忙着整地、施肥，以及为春耕进行各项准备工作。

他曾问过格鲁，并试图向他解释雪是什么。但格鲁只是瞪大眼睛，答道："冻结的水像雨点一样落下，啊？哦！它的名字叫雪！我知道在其他行星上有这种现象，可是地球上面没有。"

从那天开始，史瓦兹便细心观察温度的起伏，发现每天几乎都没什么改变——然而白昼渐渐变短，就像一个偏北的地区，例如芝加哥这种纬度的城市必然发生的变化。他不知道自己是否在地球上，一直只是半信半疑。

他曾试着阅读格鲁的一些胶卷书，但很快就放弃了。书中的人物还是普通人，可是日常生活的各种细节、各种视为理所当然的知识，以及历史与社会性的隐喻，对他而言一点意义也没有，终于令他再也读不下去了。

奇怪的事情接二连三。例如分布均匀的温雨，例如他曾受到严厉警告，说有些地区绝对不可接近……

某一天的黄昏，他望着闪亮的地平线，以及南方出现的蓝色光芒，终于再也压抑不住自己的好奇心。

晚餐后，他偷溜了出去。结果尚未走出一英里，双轮车引擎超低的噪音就从身后传来，亚宾气冲冲的喊叫在黄昏中响彻云霄。他很快遭到挡驾，被带回了农场。

亚宾在他面前来回踱步，说道："只要是夜晚会发光的地方，你都不可接近。"

史瓦兹温和地问道："为什么？"

回答的口气尖锐而锋利。"因为那是禁忌。"顿了好一会儿，他又说："你真不知道那里是怎么回事，史瓦兹？"

史瓦兹摊开双手。

亚宾说："你是打哪儿来的？你是一个——一个外人吗？"

"什么是外人？"

亚宾耸了耸肩，掉头便走。

不过对史瓦兹而言，那是个极其重要的夜晚。因为就在那短短的一英里路中，他心灵中奇怪的感觉聚结成了"心灵接触"。那是他自己对它的称呼，而无论当时或是后来，他始终找不到更贴切的名称。

那时，他独自走在暗紫色的黄昏中，踩在具有弹性的车道上，连一点脚步声也没有。他并未看见任何人，并未听见任何声音，也没有接触到任何东西。

并不尽然……有一种类似接触的感觉，但并非接触到他身体的任何部分，是在他心灵中……不是真正的接触，而是一种存在——像是天鹅绒轻搔着他的心灵。

那种接触忽然变成两个——两个不同的、分别的接触。而第二个（他是怎么分辨这两者的？）变得越来越响亮（不，那不是个恰当的词汇），越来越不同，越来越明确。

然后他便知道那是亚宾。当他明白这点的时候，距离他听见双轮车声至少还有五分钟；距离他看见亚宾，则至少还有十分钟的时间。

从此以后，这种事一而再、再而三地不断发生，而且越来越频繁。

他渐渐明白了一件事，每当亚宾、洛雅或格鲁来到附近百英尺之内，自己总会立刻察觉——有时甚至没有任何察觉的理由，甚至各种迹象都要他做出相反的预测。将这种现象视为理所当然是很困难的事，但它渐渐变得似乎相当自然。

他开始进行一些实验，发现自己能知道他们每个人的确切位置，随时都能知道。他可以分辨出他们三人，因为心灵接触因人而异。不过，他从来没胆量跟其他人提起。

有时他会暗自嘀咕，很想知道自己朝闪亮的地平线走去时，感到的第一个心灵接触究竟是谁的？那既不属于亚宾或洛雅，也不是格鲁的。嗯？这又有什么关系呢？

后来，那的确有了关系。某天傍晚，当他将牛牵回去的时候，竟然再度遇到那个“接触”，正是原先那一个。于是他去找亚宾，问道：“南山后面那片林子，究竟有些什么东西，亚宾？”

“什么都没有，”亚宾板着脸答道，“那是教长地产。”

“那又是什么？”

亚宾似乎被惹恼了。“对你无关紧要，不是吗？大家都管它叫教长地产，因为它是地球教长的财产。”

“为何不耕种呢？”

“它不是做那种用途的。”亚宾的声音透着几分震惊，“在古老的日子里，它曾经是个伟大的中心。现在它仍旧非常神圣，普通人绝对不可侵扰。听好，史瓦兹，假如你想安全地待在这里，就把好奇心收起来，专心自己的工作。”

“可是如果它那么神圣，就不可能有人住在那里喽？”

“正是这样，你说对了。”

“你确定吗？”

“我确定……你绝不能闯进去，否则你会完蛋。”

“我不会的。”

史瓦兹走开了，心中仍是一团疑惑，而且有种说不出的不安。那个心灵接触就是来自那片林地，它的力量相当强。现在，它更加入了一些别的感觉，成了一个不友善的接触，一个具威胁性的接触。

为什么？为什么？

他仍不敢说出来。他们不会相信他的，万一他说了，必定会发生什么不愉快的事。这点他也知道，其实，他知道得太多了。

这些日子以来，他也变得较为年轻。不过，这主要不是指生理方面。虽然他的小腹缩了，肩膀宽了，肌肉变得更结实、更有弹性，消化机能也变得更好——这些都是他从事户外工作的结果。不过他察觉到的，主要还是另外一种变化，那就是他的思考方式有了改变。

老年人容易忘记自己年轻时是怎么想的，他们忘了当初迅捷的心灵活动、大胆的年轻直觉，以及敏捷且充满朝气的洞察力。他们会变得习惯于更沉重的思考模式，但由于经验的累积足以弥补这方面的退化，老年人还是认为自己比年轻人聪明。

然而对史瓦兹而言，改变的并不是经验，令他感到雀跃不已的，是他发现自己能在瞬间了解各种事物。他从原本必须根据亚宾的说明行事，逐渐进步到预测他会说些什么，甚至还能抢先完成。因此，让他觉得自己年轻的原因十分微妙，绝非肉体上的强健所能解释。

整整过了两个月，他才终于恍然大悟。当时，他正在凉亭中与格鲁下西洋棋。

不知是什么原因，除了棋子的名称，西洋棋完全没有变化，与他记忆中一模一样，这对他始终是一种安慰。至少，在这一方面，可怜的记忆没有捉弄他。

格鲁曾经告诉他许多新式棋戏，例如“四人西洋棋”：每个人拥有一个棋盘，四个棋盘再拼成一个正方形，中间的空隙补上第五个棋盘，当做公用的“真空地带”。此外还有“三维西洋棋”：将八个透明棋盘叠成塔状，原先在平面上行走的棋子，现在可以做三维的运动。棋子的数目则是原来的两倍，必须将对方的两个国王同时将军才算赢棋。

此外，甚至还有些普及的新式规则。例如掷骰子来决定棋子最初的位置，或是在某些棋格上，定出一些对棋子有利或有害的条件，或是引进几个具有奇特功能的新棋子。

不过，西洋棋本身——原始的西洋棋——仍旧没有任何变化。

史瓦兹与格鲁的西洋棋大赛，现在已经下完五十盘。

刚开始的时候，史瓦兹对棋艺仅有粗浅的认识，所以最初数盘连连败北。不过情势慢慢有了转变，他输棋的次数逐渐减少。格鲁的动作则越来越缓慢，越来越谨慎，在两步棋之间拼命吸着烟斗，令烟丝烧得通红。最后，他终于难挽颓势，变成个常败将军，于是牢骚也多了起来。

格鲁下的是白子，现在，他的卒子来到“国王四”的位置。

“下棋吧。”他以酸酸的口气催促对方，他的牙齿使劲咬着烟斗，眼睛已经紧盯着棋盘。

史瓦兹坐在渐浓的暮色中，不禁叹了一口气。棋戏实在变得很没意思，因为他将格鲁的心思摸得越来越清楚，甚至猜得出他下一步要怎么走，就像格鲁的头颅开了一扇朦胧的天窗。他几乎能凭直觉知道该如何下棋，这一点，与他的其他问题其实同出一源。

他们使用的是“夜间棋盘”，在黑暗中，这种棋盘会发出蓝橙相间的光芒。在阳光下看来是红色黏土捏成的棋子，晚间便会发生奇异的变化。半数棋子会沐浴在乳白色光芒中，看来好像冰冷明亮的瓷器，另一半则会闪耀着红色的微光。

开始的几步棋下得很快。史瓦兹的“王前”卒子向前挺进，正面阻挡敌方的进攻。格鲁将“王侧”骑士移往“主教三”的位置，史瓦兹则将“后侧”骑士移到“主教三”招架。然后，白主教跳到“后侧骑士五”，史瓦兹的“后侧堡前”卒子向前滑出一格，把那个主教逼回“城堡四”。接着，他又将另一个骑士移往“主教三”。

那些闪亮的棋子在棋盘上横冲直撞，好像自己拥有奇异的意志，因为操纵它们的手早已隐没在黑暗中。

史瓦兹感到十分心虚，他准备问的问题，可能会暴露出他精神失常，但他无论如何要弄明白。他突然说：“我在哪里？”

格鲁正慎重地将他的“后侧”骑士移往“主教三”，他抬起头来说：“什么？”

史瓦兹不知道“国家”或“邦”该怎么讲，于是他问：“这里是什么世界？”他一面说，一面将他的主教移往“国王二”。

格鲁简单地答了一句：“地球。”说完，他便以夸张的动作进行“入堡”，先是高大的国王向一侧移动，再让笨重的城堡从国王头上掠过，然后放到国王的另一侧。

那是个完全无法令人满意的答案。格鲁说的那个名字，史瓦兹在心中翻译成“地球”。但“地球”又是什么？居住在任何行星上的居民，都会将他们自己的世界称为“地球”。

史瓦兹将他的“后侧骑前”卒子向前移两格，再度迫使格鲁的主教撤退，这回它退到“骑士三”。接着，史瓦兹与格鲁一先一后，都将他们的“后前”卒子向前推一格，帮各自的主教开路，为即将在中央进行的大战预作准备。

史瓦兹尽可能以冷静而不经意的口气，又问：“现在是哪一年？”说完，他也开始进行“入堡”。

格鲁顿了一顿，大概是吃了一惊。“你今天不停地在唠叨些什么？你不想玩了是吗？现在是八二七年，如果这会使你高兴的话。”他又以讽刺的语气补充道：“银纪。”说完，他皱着眉头望着棋盘，然后将他的“后侧”骑士重重放到“王后五”的位置，那是它进行的首度攻击。

史瓦兹迅速闪躲，将自己的“后侧”骑士移往“城堡四”作为反击。于是前哨战便如火如荼地展开，格鲁的骑士吃掉对方的主教，那个棋子便从棋盘上飞起来，有如一道红色的火焰，然后伴随着一声清脆的响声，掉进一旁的棋盒中。它躺在那里，像是个被埋葬的战士，要等到下盘棋才能再度上场。接下来，立功的骑士立刻被史瓦兹的王后吃掉。一时之间，格鲁由于小心过度，攻势变得迟疑不定，还将另一个骑士拉回“国王一”避难，但它在那里几乎无法发挥作用。现在，史瓦兹的“后侧”骑士模仿对方的自杀攻击，先吃掉对方的主教，自己再成了“堡前”卒子的猎物。

接下来是另一次小歇，史瓦兹柔声问道：“什么是银纪？”

“什么？”格鲁不高兴地追问，“哦——你是说你仍然不知道今年是哪一年？怎么有这么笨……唉，我总是忘记你差不多一个月前才学会说话，不过你实在很聪明。你真不知道吗？好吧，现在是银河纪元八二七年，银纪就是银河纪元。懂了吧？从银河帝国的建立算起，如今已经过了八百二十七年；也就是说富兰肯一世的加冕大典，至今已有八百二十七年的历史。现在，拜托，轮到你了。”

史瓦兹却将骑士紧紧抓在手里，迟迟不肯放下，他心中充满挫折感。“等一等，”他一面说，一面把骑士放到“王后二”。“你是否听过下列名称？美洲、亚洲、合众国、俄罗斯、欧洲……”他极力想要确认身在何处。

在黑暗中，格鲁的烟斗发出暗红色光芒，而他昏暗的身影压在闪亮的棋盘上，仿佛比棋盘更欠缺生命力。他或许随便摇了摇头，但史瓦兹无法看见。他不需要看见，也能感知对方的否定，就像格鲁曾经开口一样清楚。

史瓦兹却不死心。“你知道我在哪里可以找到地图？”

“根本没有地图，”格鲁咆哮道，“除非你冒着生命危险到芝加去。我不是地理学家，也从没听过你提到的那些名字。那些是什么名字？人名吗？”

冒着生命危险？为什么？史瓦兹感到一阵寒意。他犯了什么罪吗？格鲁知道这件事吗？

他以不大肯定的口吻问道：“太阳有九颗行星，对不对？”

“十颗。”对方回答得非常坚决。

史瓦兹迟疑了一下。嗯，他们也许发现了另一颗，只是他从未听说。可是，格鲁又为什么知道呢？他扳了一下手指，又问了一句：“第六颗行星什么样子？旁边是不是有好些光环？”

格鲁将“王侧教前”卒子慢慢向前移动两格，史瓦兹随即采取相同的行动。

格鲁说：“你是说土星吧？它当然有光环。”他开始暗自盘算：他可以选择吃掉对方“教前”或“王前”的卒子，但两者的后果还看不太清楚。

“那么在火星和木星之间，是不是有小行星带？我的意思是，介于第四和第五颗行星之间。”

“没错。”格鲁喃喃答道，然后再度点燃烟斗，陷入忘我的沉思。史瓦兹捕捉到那种痛苦的不确定感，令他感到极为厌烦。对他而言，既然确定了地球的身份，棋戏就变得一点也不重要。他脑海中摆荡着许多问题，其中一个突然溜了出来。

“这么说，你那些胶卷书的内容都是真的？真有其他的世界？上面也有人类居住？”

格鲁从棋盘上收回视线，抬起头来，在黑暗中无意义地定睛凝视。“你是认真的吗？”

“有没有？”

“我向银河发誓！我、相、信、你、真、不、知、道。”

史瓦兹为自己的无知感到羞愧。“拜托——”

“当然有其他的世界，至少有好几百万！你看到的每颗恒星都拥有数个世界，而大多数恒星你根本看不见。它们都是帝国的一部分。”

当格鲁激动地答话时，史瓦兹的内心微妙地感到模糊的回声，像火花般直接跃过两人心灵间的空隙。而且，史瓦兹感到这种精神触觉变得一天比一天强。或许不久之后，即使对方不开口，他的心灵也能听见对方脑海中的话语。

直到现在，对于这整个谜团，他才终于想到精神失常之外的解释。他是否以某种方式跨越了时间？也许，是睡了一大觉？

他以沙哑的声音说：“这一切已经发生多久了，格鲁？只有一颗行星的时代，距离现在已有多久了？”

“你这话是什么意思？”他突然变得分外谨慎，“你是古人的一员吗？”

“什么的一员？我不是任何组织的成员。可是，难道地球不曾是唯一的行星吗？……嗯，不是吗？”

“古人是那么说的，”格鲁绷着脸答道，“可是谁知道呢？谁又真正知道呢？据我所知，天上那些世界有史以来就一直存在。”

“但那究竟有多久了呢？”

“好几万年吧，我想。五万，十万，我不敢说。”

好几万年！史瓦兹感到喉咙咯咯作响，连忙强压下去，心中则有说不出的惊慌。一切都只是两步之间的事？一眨眼、一次呼吸、一个瞬间，他就跃进好几万年？他发觉自己又遁入失忆症的解释，他对太阳系的错误认知，一定是受损的记忆穿透迷雾的结果。

不过格鲁继续开始下棋——他拿下对方的“教前”卒子，史瓦兹立刻注意到那是个错误选择，这个心灵反应几乎是机械式的。现在每一步棋环环相扣，根本无须多加思索。面对两个白卒子构成的前锋，他的“王侧”城堡向前冲去，攫获了最前面那一个。接着，白骑士又走到“主教三”，史瓦兹的主教则移到“骑士二”，这是投入战场的准备动作。格鲁有样学样，也将他的主教移往“王后二”。

在发动最后进攻前，史瓦兹歇了一下。他说：“地球是头儿，对吗？”

“什么的头儿？”

“当然是帝……”

不料格鲁猛然抬起头来，发出一声狂吼，令所有的棋子为之震撼。“你听好了，我对你的问题厌烦透啦。你是真正的傻子吗？地球看来像是什么东西的头儿吗？”随着一阵平缓的嗡嗡声，格鲁的轮椅绕过小桌，史瓦兹感到手臂被几根指头紧紧抓住。

“听好！你给我听好！”格鲁将粗哑的声音压得很低，“你看到地平线了吗？你看到它在闪闪发光吗？”

“看到了。”

“那就是地球——整个地球都是那样。只有东一块、西一块，像此地这样的几块土地例外。”

“我不懂。”

“地球的地壳具有放射性，土壤会发热发光，始终在发热发光，会发热发光直到永远。没有任何作物能生长，没有任何人能生存——这点你真不知道吗？你以为我们为什么要有六十大限？”

半身不遂的老者终于息怒，他操纵轮椅绕过小桌，回到原来的位置上。“轮到你走了。”

六十大限！现在的心灵接触再次带有一种无法形容的威胁。当史瓦兹以紧绷的心揣测这件事的时候，他的棋子好像自己知道该如何行动。

他的“王前”卒子吃掉对方的“教前”卒子；格鲁将他的骑士移往“王后四”；史瓦兹的城堡横向移动，攻取“骑士四”的位置；格鲁的骑士再度进攻，来到“主教三”；史瓦兹的城堡仍避免冲突，前往“骑士五”暂避。

现在，格鲁的“王侧堡前”卒子怯生生地向前走了一格，史瓦兹的城堡则向前冲锋，吃掉对方的“骑前”卒子，对敌人的国王将军。格鲁的国王随即吃掉那个城堡，但史瓦兹的王后立刻把握良机，来到“骑士四”再将一军。格鲁的国王慌忙逃往“城堡一”，史瓦兹拿起他的骑士，放到“国王四”的位置。

格鲁再将他的王后移到“国王二”，极力试图动员防御力量。而史瓦兹的应变之道，则是将他的王后向前推两格，来到“骑士六”，使战斗变成短兵相接。格鲁别无选择，只好将他的王后移往“骑士二”，这两位女性至尊终于面对面。接下来，史瓦兹的骑士继续进攻，吃掉对方位于“主教六”的骑士。白主教眼看就要受到攻击，连忙前往“主教三”，黑骑士则追到“王后五”的位置。格鲁犹豫好几分钟后，决定让遭到围攻的王后跨过长长的对角线，去吃掉史瓦兹的主教。

然后他停了一下，如释重负地吁了一口大气。狡猾的对手有个城堡岌岌可危，而且眼看就要被他将军。他自己的王后已做好准备，马上就要大肆蹂躏战场。此外，他比对方多了一座城堡，而对方却只多了一个卒子。

“该你了。”他满意地说。

史瓦兹终于开口：“什么——什么是六十大限？”

格鲁的声音明显地透着不友善的情绪。“你为何要问？你究竟想干什么？”

“拜托，”史瓦兹说得低声下气，他已经没什么斗志了，“我是个不具任何威胁性的人，我不知道自己是谁，以及在我身上发生了什么事，或许我是个失忆症患者。”

“很有可能。”格鲁轻蔑地应道，“你在逃避六十大限吗？照实回答。”

“我告诉你，我可不知道六十大限是什么！”

这句话果然生效了，接下来是很长的沉默。在史瓦兹的感觉中，格鲁的心灵接触充满不祥之兆，但他无法将它化为清晰的语句。

格鲁慢吞吞地说：“六十大限就是你的六十岁生日。地球只能供养两千万人，不能再多了。想要活下去，你必须生产；假如你不能生产，你就不能再活下去。而过了六十，你就无法从事生产。”

“所以就……”史瓦兹的嘴合不拢了。

“你就会被除掉，不会有痛苦的。”

“就会被杀掉？”

“那不是谋杀，”他硬生生地说，“一定要这样做。其他世界不肯收容我们，我们必须设法为子孙腾出空间，上一代必须让位给年轻的一代。”

“假如你不让别人知道自己六十了呢？”

“你为什么要那样做？反正过了六十，活着就没什么意思……每十年会举行一次普查，把那些笨得想要多活几年的人一网打尽。此外，你的年龄他们都记录在案。”

“我的可没有。”史瓦兹说溜了嘴，却收不回来了，“何况，我只不过五十岁——下个生日才满五十。”

“那不重要。他们可以检查你的骨骼结构，这点你不知道吗？根本没有任何方法能够掩饰。下回他们就会抓到我……喂，轮到你走了。”

史瓦兹不理会对方的催促。“你的意思是，他们会……”

“当然，我只有五十五岁，可是你看看我的两条腿。我不能工作了，对不对？我们这家人登记了三口，因此我们的生产定额以三个工作人口为准。我中风后，本该立刻向上报告，然后定额就会减少。不过这样一来，我的六十大限将提早来临，而亚宾和洛雅不愿这么做。他们两个都是傻子，因为这代表他们得累个半死——直到你来了为止。无论如何，他们明年就会抓到我……轮到你走了。”

“明年又是普查年吗？”

“是的……该你走啦。”

“慢着！”史瓦兹急切地问道，“是不是每个人过了六十都会被除掉？完全没有例外吗？”

“你我不会有例外。教长可以寿终正寝，此外还有古人教团的成员，以及一些科学家，或是某些做出重大贡献的人。没多少人合格，也许每年只有一打……轮到你啦！”

“由谁决定哪些人有资格？”

“当然是教长，你到底下不下？”

史瓦兹却站了起来。“不必下了，再五步棋你就会被将死。我的王后先吃掉你的卒子，然后将你的军，你就必须到‘骑士一’去；那我就把骑士移到‘国王二’，再将你一军，你就必须走到‘主教二’；我的王后再到‘国王六’将军，你就必须逃到‘骑士二’；接着我的王后走到‘骑士六’，当你被迫前往‘城堡一’的时候，我的王后就会在‘城堡六’把你将死。

“好棋。”他自然而然地加了一句。

格鲁瞪着棋盘愣了良久，然后发出一声怒吼，并将棋盘从桌上掀掉。闪闪发光的棋子尽数落在草地上，无精打采地滚了一阵子。

“都是你该死的喋喋不休害我分神。”格鲁高声喊道。

但史瓦兹对一切浑然不觉，只是感到无论如何也得逃避六十大限。因为，虽然伯朗宁曾说：

“与我共同老去！

良辰美景可期……”

可是那时的地球拥有几十亿人口，以及取之不尽的粮食。而如今，所谓的良辰美景则是六十大限——也就是死亡。

史瓦兹已经六十二岁。

六十二岁……

# 第十二章
# 杀人的心灵

在史瓦兹有条不紊的心灵中，已将这个问题考虑得很周到。既然他不想死，他就必须离开农场；假如他继续留在这里，普查很快会来临，死亡也会跟着敲门。

那么，离开这个农场吧。可是他要到哪儿去呢？

在芝加有一家——是什么，一家医院吗？那里的人照顾过他。但是为什么呢？因为他曾经是个医学“个案”。然而，难道现在就不是吗？而且他现在会说话了，能将症状告诉他们，这点他以前根本做不到。他甚至可以告诉他们有关心灵接触的事。

或者说，是不是每个人都具有心灵接触？他有什么办法能判断吗？……周围几个人都没有，亚宾没有，洛雅没有，格鲁也没有，他绝对可以确定。除非他们看到或听到他，否则无从判定他身在何处。哈，假如格鲁也有这种能力，他跟格鲁下棋就不会赢了……

且慢，西洋棋是种大众化的游戏。若是大家都有心灵接触，那就根本玩不成，不是真正的下棋了。

因此这点使他与众不同——一个心理学的活标本。身为标本的日子也许不会特别快活，但至少能让他活下去。

假如再考虑他刚想到的另一个可能性，假如他并非失忆症患者，而是迷失在时光中的人。啊，那么除了心灵接触，他还是个来自过去的人，也就是一个历史标本、一个考古学标本；他们绝对不能杀害他。

只要他们能相信自己。

嗯，只要他们能相信自己。

那个博士一定会相信他。亚宾带他去芝加的那一天，他还想先刮刮胡子，这件事他记得非常清楚。后来，他的胡子再也没长出来，所以他们一定对他做了些什么。这就意味着，那个博士知道他——他，史瓦兹——脸上曾经生有毛发。这难道不算意义重大吗？格鲁与亚宾从来不需要刮脸，格鲁甚至跟他说过，只有动物脸部才生有毛发。

所以他得去找那个博士。

他的名字叫什么？谢克特？……谢克特，没错。

但他对这个可怕的世界了解太少。若是在夜间离去，或是横跨乡间小径，都会令他有如坠入迷雾中，还可能闯进他一无所知的放射性危险区。因此在毫无选择的情况下，他鼓足勇气，午后便立刻跑到公路上。

在晚餐前，他们不会想要找他。可是开饭时，他已经远走高飞。而且他们都没有心灵接触，不会察觉到他早已失踪。

最初半个小时，他心中兴起一阵洋洋得意的情绪。自从变故发生以来，这是他第一次有这种感觉。他终于在做一件有意义的事，在试图对外界展开反击。这回他有明确的目标，不像上次在芝加那样，只是毫无理由地逃跑。

啊，就一个老年人而言，他的表现不坏，他自会证明给他们看。

他突然停下脚步——停在公路正中央，因为某样东西引起了他的注意，某样已被他遗忘的东西。

那是个陌生的心灵接触，一个不明的心灵接触。他首次感知这个接触，是在他试图向闪耀的地平线走去，却遭亚宾挡驾的那一天。而当天，它躲藏在教长地产内向外窥探。

现在它又出现了，在他身后监视着他。

他仔细倾听，或至少就心灵接触而言，他所做的与普通的倾听相当。它没有越来越接近，却紧紧黏住他不放。它包含了警觉与敌意，却没有想要拼命的意思。

其他的情况已经明朗，跟踪者一定不能将自己跟丢，而且他还带了武器。

史瓦兹小心翼翼，几乎自然而然地转过头去，极目朝向地平线仔细眺望。

那个心灵接触立即有所改变。

它变得多疑而谨慎，担心起自身的安危，以及这个计划的成败，姑且不论是什么计划。跟踪者拥有武装的事实变得更显著，似乎他正在思索，倘若受困就一定要动用武器。

史瓦兹明白自己的处境，他手无寸铁且孤立无援。他也明白另一件事实，那名跟踪者宁可杀了他，也不愿让他逃脱掌握；只要他做错一步，那人就会将他杀死……但他却看不见任何人。

因此史瓦兹继续向前走，十分清楚跟踪者与自己很接近，随时可以将他杀害。他不知道将会发生什么事，不禁紧张得脊背僵硬。死亡是什么感觉？……死亡是什么感觉？……这个想法与他的脚步频率一致，在他心灵中震动，在他的下意识间摆荡，直到几乎超过他的忍耐极限。

他唯一的解脱之道，是紧紧抓住跟踪者的心灵接触。假如它的紧张程度突然增加，就代表对方准备举起武器，准备按下扳机或开关，而他便能立时察觉。在那一刻，他会立即卧倒，他会立即逃跑……

可是为什么呢？若是为了六十大限，何不将自己就地处决？

时间滑移的理论在他脑海中淡去，他再度接受失忆症的解释。他可能是一名罪犯，一个危险人物，因此必须受到监视。或许他曾是一位高级官员，必须接受法律审判，不能私下将他杀害。他的失忆症也有可能是潜意识发挥的功能，避免自己发觉曾经犯下滔天大罪。

现在，他走在空旷的公路上，向一个充满问号的目的地前进，身边还有个死神做伴。

天色越来越黑，迎面而来的风越来越冷。这似乎不太对劲，就跟过去两个月的经验一样。史瓦兹判断现在是十二月，四点半的落日当然支持这一点，然而，冷风的寒意却不像中西部冬季那般刺骨。

史瓦兹早就认定气候普遍温暖的原因，是由于这颗行星（地球？）并非全然依赖太阳的热量。放射性土壤本身便会发热，虽然每平方英尺的热量很小，几百万平方英里放出的就很可观。

如今在黑暗中，跟踪者的心灵接触逐渐接近。他仍旧全神贯注，准备进行一场赌博。在漆黑的夜晚，跟踪是一件困难的事。那人曾经跟踪过他，跟着他走向闪耀的地平线。难道他就不敢再冒一次险吗？

“嘿！嘿，老兄……”

那是个鼻音浓重而高亢的声音，史瓦兹立刻站住。

他慢慢地、硬邦邦地转过身去。一个瘦小的身影向他走来，还不断挥着手，但在这个没有阳光的时段，他无法看清对方的面貌。那个身影不慌不忙地渐渐接近，他则一动不动地等在原处。

“嗨，你好，很高兴见到你。走在路上没伴可真不好玩，介不介意我跟你一道走？”

“你好。”史瓦兹生硬地说了一句。正是这个心灵接触，他就是那名跟踪者。而且他的面孔也不陌生，它属于那段懵懂的时光，是他在芝加时见过的。

跟踪者表现出一副跟他很熟的模样。“嘿，我认识你。绝对没错！……你不记得我吗？”

假使换成普通情况，换成另一个时间，史瓦兹不敢肯定是否会相信对方在讲真心话。可是现在，他能清清楚楚地看出来，在由“相识”伪装的薄薄一层外皮下，包覆着心灵接触的深层内容，它们在告诉他——对他高声呐喊——这个具有尖锐目光的瘦小男子，从一开始就认识他。不但认识他，还准备了致命的武器，必要时会置他于死地。

史瓦兹摇了摇头。

“绝对没错，”瘦小男子仍旧坚持，“在那个百货商店里，我把你从人群中救走。”他装模作样地哈哈大笑，似乎快笑弯了腰。“他们以为你染上放射热，你记得吧。”

史瓦兹的确记得，不过印象很模糊，很朦胧。先是有个像这样的男子，几分钟后，又出现另一伙人，先拦住他们两个，后来又为他们让出一条通路。

“是的，”他说，“很高兴遇到你。”这不是什么精彩的对话，但史瓦兹无法做得更好，那个瘦小男子则似乎不在意。

“我叫纳特，”他一面说，一面伸出一只软绵绵的手，“那一次，我没机会跟你说太多话——可以说是由于情况紧急，所以我忽略了——但我很高兴能有第二次的机会……让我们握个手。”

“我是史瓦兹。”说完，他轻轻握了握对方的手掌。

“你怎么会走在这里？”纳特问道，“要走到哪儿去吗？”

史瓦兹耸了耸肩。“只是随便走走。”

“健行，是吗？我也一样。我一年到头都在健行——闲来没事穷解闷儿。”

“什么？”

“你知道的，这能使你精神饱满。你能呼吸到新鲜空气，感到血液循环加速，不是吗？……这回走得太远了，我讨厌晚上孤单地回去，总喜欢找个伴。你要到哪里去？”

这已是纳特第二次问这个问题，而心灵接触明确显示这个问题的重要性。史瓦兹不知道自己能搪塞多久，在那人心中，有种急于探究事实的渴望。说谎绝对无济于事，史瓦兹对这个新世界所知不多，想说谎也无从说起。

于是他说：“我要到医院去。”

“去医院？什么医院？”

“我在芝加时，就住在那里。”

“你的意思是研究所，对不对？我上次就是带你回那里去，我的意思是，在百货商店那一次。”他的心灵显出焦虑与渐升的紧张情绪。

“我要去找谢克特博士，”史瓦兹说，“你认识他吗？”

“我听说过他，他是个大人物。你生病了吗？”

“没有，不过我得偶尔向他报到一次。”这句话听来合理吗？

“走路去？”纳特说，“他不派车来接你？”那句话听来似乎不太合理。

史瓦兹现在什么也不说了——那是令人冒冷汗的沉默。

然而，纳特却显得心情愉快。“听我说，老友，我们很快会经过一个公用通讯波台。我会从城里叫一部计程车，叫它开到这里来接我们。”

“通讯波台？”

“没错，整段公路沿途都有。看，那里就有一个。”

他刚离开史瓦兹一步，后者突然尖声叫道：“停下来！别动。”

纳特随即停下脚步，当他转身时，表情中有一种诡异的冷静。“什么东西咬到你啦，兄弟？”

“你别再作戏，我已经看腻了。我知道你的底细，也知道你要做什么。你要打电话给某人，告诉他们我要去找谢克特博士。他们就会在城里等我自投罗网，还会派一辆车来接我。假如我试图逃跑，你就会把我杀掉。”史瓦兹这番话像连珠炮般迅速，令他觉得这个新的语言几乎不够用。

纳特皱起眉头，喃喃道：“你最后那句话果然一语中的……”那不是说给史瓦兹听的，史瓦兹也没真正听到，但这些字眼都浮在他的心灵接触最表层。

反之，他大声说：“先生，你把我搞糊涂了，简直让我摸不着头脑。”但他却在渐渐后退，右手慢慢移向臀部。

史瓦兹失去了控制，疯狂而激动地挥动双臂。“别纠缠我，好不好？我哪里惹到你了？……走开！走开！”

最后他发出一声嘶哑的尖叫，他的前额挤满皱纹，对这个渐渐走近、内心充满敌意的人又恨又怕。他自己的情绪陡然提升，再用力推向那个心灵接触，试图躲避它的纠缠，与它保持距离……

然后它便消失了，突然间消失无踪。有那么一瞬间，曾经出现极其短暂、极其强烈的痛苦意识——并非源自他自己的心灵，而是对方的心灵发出的——接下来就什么也没有了。那个心灵接触再也未曾出现，好像原本握紧的拳头逐渐松开，最后终于撒手。

纳特在越来越暗的公路上瘫成一团，看来像是个黑色斑点。史瓦兹蹑手蹑脚地走近他，纳特身材瘦小，很容易就被翻过来。他脸上的痛苦表情像是深深、深深烙印上去的，那些线条仍留在他脸上，丝毫没有放松的迹象。史瓦兹想要探触他的心跳，结果根本摸不到。

他站了起来，感到一股铺天盖地的恐惧。

他杀了一个人!

接着，又是一阵铺天盖地的惊讶……

完全没有碰到他！自己只不过恨着这个人，只不过向他的心灵接触发动攻击，竟然就能杀死他。

他还拥有什么其他的威力?

他很快作出决定，开始搜纳特的口袋，结果找到了一些钱。太好了！他正好需要。然后他将尸体拖到田野间，让半人高的野草遮住它。

他继续走了两小时，并没有其他的心灵接触打扰他。

当天夜里，他睡在一片空旷的田野。第二天早上，又走了两小时，他终于来到芝加的外缘。

在史瓦兹眼中，芝加只能算一个村落，与他记忆中的芝加哥相较，人群的活动稀疏而零星。即使如此，他却第一次遇到那么多的心灵接触，令他感到既讶异又困惑。

那么多！有些轻轻飘来荡去，有些尖锐强烈。某些人从他身边经过时，带来一阵心灵中的砰然巨响；其他人头颅中却什么也没有，即使有点东西，或许也只是在回味刚吃过的早餐。

开始的时候，每当一个接触擦身而过时，史瓦兹都会转过头来，还会吓一跳，好像那些人真的在跟他打招呼。但还不到一个小时，他就学会了对它们不闻不问。

现在他能听见许多话语，虽然它们不是真正说出来的。这是种新奇的经验，他不禁听得出神。那些都是细微、奇异的只字片语，毫无连贯且时断时续，距离很远、很远……而在那些话语中，充满了活生生的七情六欲，以及其他无法形容的微妙念头。因此，这是个由沸腾的生命组成的大千世界，却只有他一个人看得见。

他发觉走在路上，竟能看穿路旁的建筑，能将自己的心灵送进去，就像它是一只拴着皮带的小狗，有办法钻到肉眼看不见的隙缝中，将他人思想最内层的“骨头”叼出来。

此时，他伫立在一座巨大的石面建筑物前，正在思索下一步的行动。他们（不管他们是谁）正在追捕他，虽然他杀了那名跟踪者，可是一定还有别人，就是那个跟踪者当初想联络的人。或许这几天他最好别采取任何行动，而想要这么做，最好的办法是什么呢？……找一份工作？……

他开始探测面前这座建筑物，其中有个隐约的心灵接触，他认为那似乎代表工作机会。他们正在招募织品工人，而他从前正是一名裁缝。

他走了进去，等到站定后，却没人对他望第二眼，于是他拍了拍某人的肩膀。

“请问，我该到哪里去申请工作？”

“从那扇门进去！”传到他心中的心灵接触充满厌烦与怀疑。

他走了进去，里面有个尖下巴的瘦削男子。那人一面向他提出一连串问题，一面敲打着分类机，将答案记录在打孔卡片上。

史瓦兹结结巴巴地回答，不论谎言还是实话，他同样没有自信。

不过，至少在刚开始的时候，那个管人事的绝对没有多加留意。他的问题一个接一个问得很快：“年龄？……五十二？嗯。健康状况？……结过婚吗？……经验？……做过织品工吗？……好的，什么种类的？……热塑性的？弹性的？……你认为全都有，那是什么意思？……你的前任雇主是谁？……拼出他的名字……你不是芝加人，对不对？……你的证件在哪里？……如果你想被录取，就得带证件来……你的登记号码是几号？……”

史瓦兹开始连连后退，当初进来的时候，他未曾预见这样的结果。面前这个人的心灵接触逐渐改变，他的疑心达到了毫无通融余地的程度，而且变得极为谨慎。表面的亲切友善是那么肤浅，底下的恨意隐约可见，这种阴险的伪善最是危险不过。

“我想，”史瓦兹紧张兮兮地说，“我不适合这份工作。”

“不，不，回来。”那人向他招手，“我们有适合你的工作，让我稍微翻一下档案。”虽然他一直面露微笑，但他的心灵接触现在非常明显，甚至变得更不友善。

他已经按下办公桌上的蜂鸣器……

史瓦兹突然惊恐万分，连忙冲向门口。

“抓住他！”那人一面大叫，一面从办公桌后面跳出来。

史瓦兹向那个心灵接触发动攻击，用自己的心灵凶狠地将它痛打一顿，立刻听到身后传来一下呻吟。他很快回过头去，只见那个管人事的坐在地板上，脸孔扭曲变形，双手紧紧按住两侧太阳穴。另一名职员俯身看了看他，便急忙向史瓦兹冲来，史瓦兹拔腿就跑。

他跑到大街上，完全明白了自己的处境，有关单位一定已经发出对他的通缉令，而且到处散发他的相关资料。至少，那个管人事的就认出了他。

他盲目地沿着街道匆匆逃跑。行人的注意力渐渐被他吸引，越来越多的人注意到他，因为街道上充满怀疑的情绪，每个角落都有——因为他在奔跑，因为他的衣服又皱又不合身……

在多重的心灵接触之间，以及他自己的恐惧与绝望交织成的混乱中，他无法认清真正的敌人——那些不只是被怀疑，而且是绝对肯定的人。因此，他丝毫未曾得到神经鞭的预警。

他感到的只是可怕的痛楚，先是好像被真正的鞭子抽了一记，然后又像被岩石压住一样无法解脱。有几秒钟的时间，他仿佛滑向痛苦的深渊，随后逐渐不省人事。

## 第十三章
# 华盛的蛛网

位于华盛的古人学院，校园最大的特色就是沉稳，而严肃是最恰当的形容词。傍晚时分，实习生三五成群在中院的树丛间漫步时，他们心中的确充满庄重的情操——除了古人，其他人严禁进入此地。

有些时候，会有穿着绿袍的资深古人越过草地，以慈祥的态度接受学生的致敬。

教长偶尔也会亲自现身，不过这种机会很少。

但他平常出现的时候，绝不会像现在这样小跑步前进，几乎汗流浃背，没看到学生举手向他敬礼，也未曾注意众人紧盯着他的目光，以及相互间茫然的对望，还有一双双略微扬起的眉毛。

他从专用入口冲进立法厅，接着开始拔腿飞奔，沿着空旷的坡道“砰砰砰”地跑下去。然后他用力敲着一扇门，里面的人踢了一下开门钮，教长立刻走了进去。

教长秘书坐在小而朴素的办公桌后面，几乎没有抬起头来。他正弯着腰，专心倾听一台袖珍的场屏蔽影像电话。他的目光偶尔会瞥向面前堆得很高的一叠纸，它们看来像是一些官方书信。

教长重重一拳敲在办公桌上。“这是怎么回事？究竟是怎么搞的？”

教长秘书以冷淡的目光看了他一眼，又将影像电话推到一旁。“向您问安，殿下。”

“口是心非，毫无敬意！”教长不耐烦地回嘴道，“我要知道究竟是怎么回事。”

“简单一句话，我们的人逃脱了。”

“你的意思是，那个被谢克特用突触放大器改造过的人——那个外人——那个间谍——那个待在芝加郊区农场的……”

若非教长秘书以一句淡然的“正是”打断教长的话，真不知道焦急的教长还会冒出多少“那个”来。

“为什么没人通知我？为什么从来没人通知我？”

“当时有必要立即采取行动，而您正在忙别的事，因此我尽力为您代劳。”

“是啊，当你希望自作主张的时候，总会发现我正在忙别的事。从现在起，我不再吃这一套，我再也不准有人僭越或代庖，我不……”

“我们在浪费时间。”听到这句普通音量的回答，教长才收起近乎咆哮的言辞。他咳嗽了一声，无法确定下一句该说些什么，最后终于温和地说：“详情究竟如何，玻契斯？”

“几乎没什么详情。经过两个月耐心的等待，在毫无征兆的情况下，史瓦兹这个人突然离开——被我们跟踪——然后跟丢了。”

“怎么会跟丢了？”

“我们不确定，不过还有进一步的发展。我们的特务，纳特，昨晚总共错过了三次定期报告，他的代理人于是前往芝加的公路寻找，终于在清晨时分找到他。他躺在公路旁一条沟渠里——死透了。”

教长的脸色发青。“那个外人杀了他？”

“想必如此，虽然我们无法百分之百肯定。除了死者脸上痛苦的表情，没有任何明显的暴力迹象。当然，我们将会验尸。也有可能，他刚好在这么不巧的时候死于中风。”

“那是令人无法置信的巧合。”

“我也这么想，”这是个轻描淡写的回答，“但假如是史瓦兹杀的，接下来的事件就难以解释。您看，殿下，根据我们先前的分析，史瓦兹显然会去芝加找谢克特，而纳特的尸体，则是在玛伦农场和芝加间的公路上发现的。因此三小时前，我们便向那个城市发出通缉令，现在那个人已经被捕。”

“史瓦兹？”教长简直不敢相信。

“当然是他。”

“你刚才为何不立刻说？”

玻契斯耸了耸肩。“殿下，还有更重要的工作要做。我刚才说史瓦兹已在我们手中，是的，他很快、很容易就被抓到。可是在我看来，这个事实似乎跟纳特的死没啥关系。他怎么会一方面聪明到能发觉纳特——一名最能干的特务——将他杀害，却又笨到第二天早上便前往芝加，还公然进入一家工厂找工作，而且根本没有化装。”

“他是那样做的吗？”

“他正是那样做的……因此，我认为有两种可能会导致这种行动。一是他已将拥有的情报传给了谢克特或艾伐丹，如今他自投罗网，只是为了分散我们的注意力；二是还有其他特务涉入这项行动，我们尚未查到那些人，而他正在试图掩护他们。不论是哪一种情况，我们都绝不能掉以轻心。”

“我不明白，”教长显得一筹莫展，英俊的脸孔扭曲出焦虑的线条。“我觉得太深不可测。”

玻契斯微微一笑，笑容中带着不少轻蔑的成分。接着，他又主动提到另一件事。“四小时后，您跟贝尔·艾伐丹教授有个约会。”

“有吗？为什么？我要跟他说些什么？我不要见他。”

“放轻松点，您必须见他，殿下。在我看来这似乎相当明显，既然他虚构的考古活动眼看就要展开，他一定得请求您批准他进入禁地进行研究，这样才能演完这出戏。恩尼亚斯曾警告我们他会这么做，而恩尼亚斯一定知道这出闹剧的所有细节。我想在这件事情上，您大可以其人之道还治其人之身，也跟他来个装疯卖傻。”

教长低下头来。“好，我会试试看。”

贝尔·艾伐丹抵达的时间恰到好处，还可以悠闲地四下观赏一番。银河各处的建筑极品他都十分熟悉，因此在他眼中看来，古人学院只能算是死气沉沉的钢骨花岗岩，刻意表现出一种古朴的风格。而以考古学家的眼光看来，它的幽暗气氛则象征着近乎野蛮的严肃，若是情愿过着阴郁而接近野蛮的生活，住在这里再恰当不过。至于它极为原始的风味，则代表着对遥远过去的回顾。

然后，艾伐丹的思绪再度滑到别处。过去这两个月，他在西半球各洲从事的旅行，并没有想象中那么——愉快。第一天的遭遇就破坏了他的兴致，他不禁又想到在芝加的那一天。

他立刻生起闷气来，气自己不该又想到那件事。她只不过是个粗野且过分无礼的普通地球女子，他为什么要感到愧疚？然而……

她后来发现他自己也是外人，跟那个侮辱她的军官一样（为了教训那军官的傲慢与野蛮，他还扭断军官的手臂），她一定感到极为震惊，他体谅过这一点吗？毕竟，他怎么知道她曾受到过外人多少欺侮？然后她竟发现，他自己也是他们的一员，在那种情况下，她受到的打击绝对不轻。

如果他当初更耐心一点……他为何那么残忍地转身就走？他甚至不记得她的名字，好像叫做宝拉什么的。真奇怪！通常他的记性没有那么差，是不是潜意识有意要让自己忘掉？

嗯，这倒说得通。忘了吧！反正有什么值得牢记的呢？一个地球女子，一个普通的地球女子。

她是一家医院的护士，他应该有办法找到那家医院。他与她在黑夜中分手的时候，那栋建筑看来只是个模糊的黑影，可是一定在那家自助餐馆附近。

他掐住这个念头，用力将它捏成一千个碎片。难道他疯了吗？这样做有什么好处？她是一名地球女子，长得又甜又漂亮，带着几分诱惑……

一名地球女子！

此时教长走了进来，艾伐丹很高兴，这等于让他从芝加的那一天解脱出来。可是，在他内心深处，他知道它们还会回来，它们——那些想法——总是如此。

至于面前这位教长，他穿着崭新的长袍，看来熠熠生辉。他的额头并未显现任何急躁或疑虑，仿佛那里从来没有冒过汗珠。

而交谈的气氛确实相当友好。艾伐丹极力强调帝国某些重要人物对地球居民的问候，教长则谨慎地表示，对于帝国政府的宽大与开明，整个地球一定都会感到心满意足。

接着，艾伐丹开始说明考古学对帝国精神的重要性，它能导出一个伟大的结论：银河中各世界的居民都是手足兄弟。教长则爽快地表示同意，还指出地球一向抱持这种见解，并深切期望银河其他各处的人类，也能早日将理论化为实际。

对于这种说法，艾伐丹露出极其短暂的笑容，然后说："殿下，我这次前来拜见您，正是为了这个目的。地球和邻近某些帝国领域之间的差异，或许主要在于思考模式的不同。然而，假如能证明就人种而言，地球人和银河其他公民没有两样，那么许多摩擦都能消弭于无形。"

"你又准备如何做到这一点呢，阁下？"

"这不是一句话就能解释清楚的。殿下或许也知道，当今考古学的两大主流思想，一般称为'合并说'与'扩散说'。"

"两者我都有普通的认识。"

"很好。其中合并说当然牵涉到一个基本主张，就是有许多种类不同而独立演化出来的人类，在很早的时候——几乎没有记录的原始太空航行时代——就已经开始通婚。想要解释如今人类为何彼此非常相似，这样一个概念是绝对必要的。"

"是的，"教长以讽刺的口气，加了一句注脚，"而这样的概念想要成立，还需要这几百或几千种独立演化出来的、多少类似人类的高等动物，在化学和生物学上的特征都足够接近，这样通婚才有可能。"

"的确如此。"艾伐丹满意地答道，"您戳到一个致命的弱点。但大多数考古学家都忽略它，仍坚信合并说的正确性。当然，这个理论意味着一个可能性，那就是在银河某些孤立的部分，可能存在着一些人类的亚种，他们一直与众不同，由于未曾通婚……"

"你是指地球。"教长又加了另一句注脚。

"地球一向被视为一个范例。反之，扩散说……"

"认为我们全部源自同一颗行星。"

“正是如此。”

“而我的人民，”教长道，“由于在我们自己的历史，以及一些我们视为非常神圣、无法对外人展示的著作中，找到许多可靠的证据，因此相信地球正是人类的发祥地。”

“而我也同样相信，所以我请求您帮助我，向全银河证明这一点。”

“你实在很乐观，到底要做些什么呢？”

“我坚决相信，殿下，在你们这个世界上，那些不幸被放射线遮蔽的地区，也许封藏着许多原始器物和建筑遗址。通过放射衰变的测定比较，就能准确计算出那些遗迹的年代……”

教长却开始摇头。“这是绝对办不到的事。”

“为什么？”艾伐丹皱起眉头，他着实大吃一惊。

“原因之一，”教长心平气和地开始说理，“你指望达成什么目标？假如你证明了你的观点，即使所有的世界都愿意接受，那只能证明百万年前你们都是地球人，而这又有什么关系呢？毕竟两千万年前，我们全都是猿猴，但我们绝不承认和今天的猿猴有亲戚关系。”

“得了吧，殿下，这个类比并不合理。”

“绝无此事，阁下。假如我说，地球人在长期孤立中，变得和移民别处的同胞相当不同，尤其是在放射线影响下，以致现在成为一个新的人种，这难道不是合理的假设吗？”

艾伐丹紧咬下唇，又勉强答道：“您这一番偏向敌人的言论相当精彩。”

“因为我不断自问，我的敌人到底会说些什么。所以你无法达成任何目标，阁下，只有可能加深他人对我们的仇恨。”

“可是除此之外，”艾伐丹说，“还有纯科学的目的，对知识的追求……”

教长严肃地点了点头。“我很抱歉必须这样从中作梗。现在，阁下，我是以一名帝国绅士的身份，跟另一名帝国绅士沟通。我个人很乐意帮助你，但我的人民是顽固而倔强的族群，他们已经自我封闭好几世纪，这都是源于——呃——整个银河对他们采取的卑劣态度。他们有一些禁忌，一些一成不变的俗例，连我自己也不敢触犯。”

“而那些放射性地带……”

“就是最严重的禁忌之一。即使我批准你的请求——当然我确有这种冲动——那样做却只会挑起暴动和混乱，不但会危及你的生命，以及考古队所有成员的安全，而且，最后必将导致地球遭到帝国的惩罚。假如我准许这种事情发生，我就是背叛了我的职位，辜负了同胞对我的信赖。”

“但我愿意采取一切合理的预防措施。假如您希望派观察员和我同去——或者，当然，我可以答应您，在发表任何结果前，都会先来征求您的意见。”

教长又说：“你在引诱我，阁下，这的确是个很有意思的计划。不过你高估了我的权力，即使我们完全将人民置之度外。我并非专制的统治者，事实上，我的权力有严格的限制。一切问题都必须送交古人教团研议，然后才有可能得到最后的结论。”

艾伐丹摇了摇头。“这实在太令人遗憾了。行政官警告过我有多么困难，但我却希望——您什么时候能咨询您的立法机构，殿下？”

“古人教团的主席团将在三天后开议，我没有权力更改议程。所以开议后，大概得再等上几天才能讨论这个问题，差不多一周吧。”

艾伐丹心不在焉地点了点头。“好吧，也只有这样了……对啦，殿下……”

“什么事？”

“你们这颗行星上有位科学家，芝加的谢克特博士，我想去见见他。没错，我去过芝加，可是我来去匆匆，没能办妥太多事情，所以我想弥补这个缺憾。既然我确定他是个大忙人，不知可否麻烦您写封介绍信？”

教长僵硬地愣了好一阵子，什么话也没说。然后他才答道：“我能否请问，你见他的目的是什么？”

“当然可以。我读到他研发出的一种装置，我记得他称之为突触放大器。它和人脑的神经化学有关，这跟我的另一个计划有着非常有趣的关联。我正在进行根据脑电图分类人类的研究，就是根据大脑电流来做分类，您了解吧。”

“嗯……我对这个装置也稍有所闻，我好像记得它并不成功。”

“嗯，或许的确如此，但他是这方面的专家，也许能提供我一些宝贵的意见。”

“我懂了。这样的话，我会立刻帮你准备好介绍信。当然，我一定不能提到你正在打禁地的主意。”

“我了解这点，殿下。”他站起身来，“我对您的款待和您的亲切态度深表感谢。现在我只能希望，古人议会对我的计划能从宽审议。”

艾伐丹离去后，教长秘书才走进来，他的嘴角又扯出冰冷而无礼的独特笑容。

“很好，”他说，“您表现得很好，殿下。”

教长用阴沉的目光望了他一眼，然后说：“最后有关谢克特的事情，究竟是怎么回事？”

“您感到困惑不解吗？大可不必，所有的事都会顺利解决。当您否决他的计划时，您注意到他并未表现得如何失望。一个科学家将全副心思放在一件事情上，却发现在没有明确理由的情况下被强行取消，他的反应会是那样吗？反之，他的表现像不像是在演一出戏，现在终于感到如释重负？

“此外，我们又有了一个诡异的巧合。史瓦兹昨晚逃脱，来到了芝加；就在第二天，艾伐丹便在此地出现。对于他的考古活动，他讲了一大串不痛不痒的废话，接着就随口提到他要到芝加去见谢克特。”

“可是他为什么要提呢，玻契斯？这似乎是有勇无谋的举动。”

“因为您是个直肠子。您让自己站在他的处境想一想：既然他猜想我们毫不怀疑，在这种情况下，只要胆大便能胜利。他要去见谢克特，很好！他坦白地提到这件事，甚至请求您写介绍信。还有什么比这样做更能保证他的诚实和单纯？这便引到了另一个问题上，史瓦兹当初也许发现自己已被监视，也许纳特就是他杀的，可是他已经没时间警告其他人，否则这场闹剧不会演成这个样子。”

教长秘书半眯起眼睛，继续专心编织这张蛛网。“我们无法判断，在史瓦兹失踪多久后，他们才会开始起疑，但至少还有足够的时间让艾伐丹去见谢克特。然后我们再把他们一网打尽，那时他们就再也无法抵赖。”

“我们有多少时间？”教长追问。

玻契斯若有所思地抬起头来。“现在日程还说不准，自从我们发现谢克特叛变后，他们便以三班制日夜赶工，而一切进行得很顺利，我们只是在等必要轨道的数学计算结果。使我们无法迅速完成的原因，在于我们的电脑能力不足。所以嘛……也许只要几天吧。”

“几天！”这句话的口气夹杂着得意与恐惧，听来十分诡异。

“几天！”教长秘书重复了一遍。“可是别忘了——即使在倒数到两秒的时候，一颗炸弹还是足以阻止我们。就算计划开始执行后，未来一个月到六个月的时间中，对方仍能采取报复行动。所以说，我们现在并未百分之百安全。”

几天！然后，银河便会发生有史以来最不可思议的以寡敌众之战，地球将要进攻整个银河。

教长的双手正在微微发颤。

艾伐丹再度坐上平流层飞机，现在，他的思绪有如脱缰野马。他似乎没有理由相信，教长与他那些精神错乱的臣民，会允许放射性地带遭正式入侵。

他早已做好心理准备，甚至不觉得有什么遗憾。假如他更关心一点，他会更加尽力争取他们的许可。

事实上，银河在上，至少还有非法进入一途。假如有必要，他可以武装起他的飞艇，他宁可那样做。

那些满手血腥的傻瓜！

可恶，他们究竟以为自己是什么人？

没错，没错，他知道。他们以为自己是最初的一批人类，是唯一的行星上唯一的居民……

更糟的是，他知道他们是对的。

唉……飞机正在起飞，他感到自己沉向柔软的衬垫中。他心中十分清楚，不到一小时便能看见芝加市。

他告诉自己并非他急于看到芝加，而是那个突触放大器有可能很重要，若是他不趁机见识一下，他待在地球上就毫无意义。一旦离去，他绝对不打算再回来。

老鼠洞！

恩尼亚斯说得的确没错。

然而，这个谢克特博士……他摸了摸那封介绍信，由于它是正式公文，因此相当有分量……

他陡然坐直身子，或者说试图这么做，痛苦地对抗着压向自己的惯性力，因为地球此时仍在向下沉去，原本青色的天空已经变作深紫色。

他记起了那个少女的全名，她叫做宝拉·谢克特。

他原来怎么会忘记呢？他非常生气，感到被自己欺骗了。他的心灵在阴谋造反，将她的姓氏隐藏起来，而现在已经太迟了。

不过，在他内心深处，却有个角落感到相当高兴。

## 第十四章

# 再次相遇

谢克特博士利用突触放大器改造约瑟夫·史瓦兹，已经是两个月以前的事。在这段时间中，这位物理学家有了彻底的改变。其实，他外表的变化不算大，也许只是稍微驼背一些，稍微消瘦一点。主要的变化来自他的言行举止——变得心不在焉、充满恐惧。他活在自己的内心世界，甚至连最亲密的同事也不再打交道。即使是最不会察言观色的人，也能看出他处处显得很不情愿。

他只能对宝拉一个人吐露心事，或许因为过去这两个月，她也莫名其妙地自闭起来。

“他们一直在监视我，”他常这么说，“我就是感觉得到。你知道这是一种什么感觉？……过去这一个多月，研究所有了很大的人事变动，离开的那些人，都是我喜欢和觉得可信的……我从来不能独处一分钟，总是有人在我身旁，他们甚至不让我写报告。”

宝拉有时对他感到同情，有时则会嘲笑他一番。她一而再、再而三地说：“可是你做的这些，他们又有什么好反对的？即使你在史瓦兹身上做实验，也不是什么了不起的大罪，他们顶多只会把你叫去训斥一番。”

他的脸色却变得焦黄憔悴，他喃喃道：“他们不会让我活下去，我的六十大限就要到了，他们不会让我活下去。”

“在你做出这样的贡献之后——胡说！”

“我知道得太多，宝拉，而他们不信任我。”

“知道太多什么？”

那天晚上他感到身心俱疲，亟欲卸下心头的重担，于是对她一五一十地说了。起初她根本不相信，最后，当她终于接受事实的时候，她只能坐在那里，陷入冰冷的恐惧中。

第二天，宝拉来到城市的另一端，使用公共通讯波与国宾馆联络。她故意用手帕掩住话筒，表示想找贝尔·艾伐丹博士讲话。

他并不在那里。他们猜想他可能在布宜诺，离此地六千英里远的一座城市，不过话说回来，他一直没有严格遵循既定的行程。是的，他们的确认为他最后会回到芝加，可是不知道确切的时间。她愿不愿意留下姓名？他们会帮她打听出来。

她连忙切断通话，将柔嫩的面颊贴在玻璃隔板上，感到一阵舒适的凉意。她的双眼泪花乱转，看来是那么失望。

傻瓜，傻瓜！

他曾经帮助她，她却凶巴巴地将他赶走。他勇敢地面对神经鞭，以及更可怕的威胁，目的只是要争回一个小小地球女子的尊严，让她免于受到一个外人的侮辱，最后她竟然弃他而去。

事发后次日上午，她立刻寄了一百点到国宾馆，却被原封不动地退回来，没有附上只字片语。当时她曾想去找他，亲自向他道歉，但又不敢那么做。国宾馆是只有外人才能涉足的地方，她怎么能闯进去？她甚至从未仔细看过那栋建筑，一向只是在远远的地方瞄上一眼。

而现在，她甚至愿意到行政官府邸，去……去……

事到如今，只有他才能帮助他们。他是个能平等对待地球人的外人，在他亲口承认前，她一直没猜到他的真实身份。他是那么高大，那么有自信，他会知道该怎么做。

必须有人知道该怎么做，否则整个银河即将成为一片废墟。

当然有很多外人罪有应得，可是难道没有例外吗？那些老弱妇孺呢？那些心地善良的人呢？那些像艾伐丹一样的呢？那些从没听过地球的呢？毕竟，他们都是人类。如此可怕的报复行动，不论地球有——不，曾经有过——什么正当理由，也将永远淹没在满是腐肉的无尽血海之中。

然后，艾伐丹的电话竟从天而降。谢克特博士摇了摇头，说道："我不能告诉他。"

"你必须告诉他。"宝拉以粗暴的口气说。

"在这里？那是不可能的，否则我们彼此都要完蛋。"

"那就打发他走，我会处理这件事。"

她的内心涌现一阵狂喜，当然，那只是因为无数众生有了一线生机。她记得他开怀的英俊笑容，记得他如何冷静地迫使一名皇军上校屈服，而不得不向她低头赔罪——向她，一个地球女子。她竟然能站在那里，接受那名上校的道歉。

贝尔·艾伐丹能做到任何事！

当然，艾伐丹对这个安排毫不知情。他只以为谢克特的态度果真如此——既粗鲁又无礼，跟他在地球上遇到的其他人如出一辙。

他被带到一间毫无生气的会客室，这令他起了很大的反感，显然自己是个不受欢迎的不速之客。

他谨慎地选择言辞，说道："博士，若非我对您的突触放大器有着职业上的兴趣，我做梦也不会强人所难，一定要您亲自接见我。我听人家说，您跟其他的地球人很不一样，对于来自银河的人并无敌意。”

这句话显然弄巧成拙，因为谢克特博士立刻反驳：“听着，不论是谁这样告诉你，他实在大错特错，他不该以为一个陌生人会表现得特别友善。我心中没有什么好恶，我是个地球人……”

艾伐丹紧抿着嘴唇，半转过身去。

“请你了解，艾伐丹博士，”他急忙悄声道，“如果我表现得无礼，那我实在很抱歉，但我真的不能……”

“我相当了解。”考古学家以冰冷的口气说，虽然他其实一点也不了解，“告辞了，博士。”

谢克特博士淡淡一笑。“我的工作压力……”

“我也非常忙碌，谢克特博士。”

他走到门口，内心充满对地球族类的愤怒。在不知不觉间，他想到母星上四处流传的一些说法，例如“礼貌之于地球有如干燥之于大海”“只有不值一文而且毫无价值的东西，地球人才会慷慨地送给你”等等谚语。

当他听到身后传来一阵急促的脚步声，以及“嘘”的一下警告之际，他的手臂已切断光电波束，前门也已经打开。他手中突然多了一张纸片，可是当他转过头去，却只见红影一闪，一个身影就消失了。

一直等他进了租来的地面车，他才打开手中的纸片。那上面写着些潦草的字迹：

“今晚八时，设法找到大剧场去，要确定没被人跟踪。”

他对着纸片拼命皱眉，前后读了五遍，又对着整张纸瞪了半天，仿佛期待隐形墨水的字迹陡然跃现。他不知不觉回头看了看，街道上却空无一人。然后他举起手来，准备将这张糊里糊涂的纸片丢到窗外，但迟疑一下之后，却将它塞进背心口袋中。

假使当晚他有任何一件小事，而未能依照那个潦草字迹的指示赴会，那么毫无疑问，整件事就会到此结束，同时，几兆人的性命或许也会跟着结束。然而，他正巧什么事也没有。

而且，他心中正巧还在嘀咕，不知道送这封信的是不是……

八点钟的时候，在沿着弯弯曲曲的道路排成长龙的车阵中，他驾着车缓缓前进，那些车辆显然都是前往大剧场的。他曾问了一次路，那个路人则用怀疑的目光瞪着他（显然没有一个地球人不是成天疑神疑鬼的），随便答了一句：“你跟着其他车子就行。”

看来其他车辆的确都是前往剧场的，因为当他到达目的地后，发现所有车辆都一一被地下停车场吞没。于是他离开队伍，慢慢驶过剧场，开始等待一件他毫无概念的事物。

从人行坡道上，突然冲出个纤细的身影，一路冲到他的车窗旁。他吓了一跳，定睛向那人望去，那人却以利落的动作打开车门坐了进来。

“对不起，”他说，“可是……”

“嘘！”那人在座位上弯下腰，“你有没有被人跟踪？”

“我该被跟踪吗？”

“不要说笑，一直往前开，等我说转弯的时候再转……我的天，你还在等什么？”

他认得出这个声音。然后，那人又将兜帽拉下，露出淡褐色的头发，一双黑眼珠紧紧凝视着他。

“你最好开始行动。”她柔声道。

他依言而行，其后十五分钟，她除了偶尔压低声音，吐出几个字指示方向，其他什么也没有说。他偷偷望向她，暗自想道：她比自己记忆中还要美丽，因而心中迸出一阵欢喜。说来真奇怪，现在他一点也不感到忿恨。

他们停了下来，或者应该说，根据少女的指示，艾伐丹将车子停下。他们停在某个住宅区的一角，附近不见任何人影。小心翼翼地等了一阵子，少女再度做出向前走的手势，他们便在一条车道中缓缓前进。车道尽头是一个缓坡，最后，他们进了缓坡上的私人车库。

车库的门在他们的身后关上，现在，车中的小灯成为了唯一的照明光源。

宝拉以严肃的目光瞪着他，然后说："艾伐丹博士，我很抱歉必须这样做，以便和你私下交谈。我知道，我在你心中的地位已跌到谷底……"

"别那么想。"他笨拙地说。

"我必须那么想。我要你相信，我完全了解那天晚上自己有多么小心眼、口气有多么恶毒。我根本不知道该怎样道歉……"

"请别这样，"他将目光从她身上移开，"我当天也许有点过于滑头。"

"这个……"宝拉顿了好一会儿，才重新恢复最基本的镇定。"我带你来这里，不是为了那件事。在我遇到的外人当中，只有你称得上仁慈高尚——我需要你的帮助。"

艾伐丹突然感到全身冰凉。如此大费周章，难道只是为了这个原因吗？他将这种想法凝聚成一个冷淡的"哦？"

"不，"她回敬一声大叫，"不是为了我，艾伐丹博士，而是为了整个银河。丝毫不是为了我自己，丝毫不是！"

"究竟是什么事？"

"首先——我想不会有什么人跟踪我们，可是万一你听见什么风吹草动，你能否……能否……"她垂下眼睑，"伸出手臂搂住我，然后……然后……你知道的。”

他点了点头，以打趣的口吻说：“我相信我能随机应变，不会有任何困难。一定需要等到有什么风吹草动吗？”

宝拉立刻涨红了脸。“请别拿这件事开玩笑，或是误会我的意思。只有那样做，别人才不会对我们真正的意图起疑，只有这样才瞒得过别人。”

艾伐丹柔声道：“事情真有那么严重吗？”

他以不解的眼光望向她，她看来那么年轻，那么柔弱。或许可以说，他感到不太对劲。在他一生中，他从未有过任何非理性的行动，为此他感到十分骄傲。他是个具有强烈感情的人，但一向都能以理智战胜感情。然而如今，仅仅只是因为这个女孩看似娇弱，他就有了保护她的非理性冲动。

她说：“事情的确很严重。我要告诉你一件事，乍听之下你绝不会相信，但我要你试着相信它。我要你决心相信我是真诚的，最重要的是，我要你决定站在我们这边，和我们一起奋战到底。你愿意试试看吗？我给你十五分钟的时间，然后，如果你还是认为我不值得信任，或是不值得你费心，我就立刻离去，这件事就此作罢。”

“十五分钟？”他突然撅起嘴唇，不知不觉露出一抹笑容，又将腕表除下放在面前。“好吧。”

她双手交叠放在膝盖上，两眼紧紧盯着前方。但从挡风玻璃望出去，只能看到车库中一面空洞的墙壁。

他若有所思地瞪着她——她的下巴线条圆滑柔和，淡化了她极力表现的坚决；她的鼻子直挺，带着细细的皱纹；她的皮肤有着特殊的色泽——这些都是多么典型的地球人特征。

他发现她用眼角瞥向自己，随即又连忙收回目光。

“怎么回事？”他说。

她又转过头来面对着他，两排牙齿咬住下唇。“我刚才在观察你。”

“没错，我看得出来，我鼻子上有灰吗？”

“没有。”她露出浅浅的笑容，自从上车后，这还是她第一次微笑。他毫无来由地渐渐察觉她的许多细节，例如她每次摇头的时候，头发似乎都会在半空轻柔地飘荡。“只不过自从——那天晚上，我就一直在纳闷，想不通你如果是外人，为什么不穿灌铅的衣服。当初就是这点唬到我的，通常外人看起来都像一袋马铃薯。”

“而我不像吗？”

“哦，不像。”她的声音突然透出一丝热情，“你看起来——看起来好像一座古代大理石雕像，但你是活生生的、有体温的……很抱歉，我说话太莽撞了。”

“你的意思是，你想我会认为你是个不知分寸的地球女子。你该停止这样的猜忌，否则我们不能友善地……我不相信有关放射性的迷信，我测量过地球大气的放射性，也在实验室进行过动物实验。我几乎可以确信，在正常情况下，那些放射线不会对我造成伤害。我来到此地已经两个月，至今尚未感到有什么不舒服。我的头发没有松脱，”他顺手拉了一下，“我的胃部没有绞痛。我也不信它会伤害我的生育力，不过我承认在这方面，我做了点防御措施。可是灌铅的内裤，你瞧，从外面看不出来。”

他以严肃的口吻说完这番话，她却再度露出微笑。“你有点疯了，我想。”她说。

“真的吗？你一定不会相信，有多少非常聪明、非常有名的考古学家曾经这样说——而且是长篇大论。”

她突然言归正传，说道：“现在你愿意听我说吗？十五分钟已经到了。”

“你认为呢？”

“啊，我想你八成疯了。你要是没疯，在我做了这些之后，你不会还坐在这里。”

他柔声道：“你是否有一种印象，以为我得费很大的力气，才能强迫自己坐在你身旁？假如你这么想，那你就错了……你可知道，宝拉，我从来没见过，我真的确信，自己从未见过像你这么美丽的女子。”

她迅速抬起头，双眼充满惊惧。“请别这样说，我不是想要那样。难道你不相信我吗？”

“我相信你，宝拉。不论你想要什么，都尽管告诉我。我会相信你，还会帮助你。”他对自己这番话深信不疑，此时此刻，就算要他去推翻皇帝，艾伐丹也会欣然从命。他以前从未爱过任何人，想到这里他猛然煞住思绪，他从来也没用过“爱”这个字眼。

恋爱？跟一名地球女子？

“你见过我父亲吧，艾伐丹博士？”

“谢克特博士是你父亲？……请称呼我贝尔，我会叫你宝拉。”

“如果你希望，我会试着这样做。我猜，你一定很生他的气。”

“他对我不怎么客气。”

“他不能那么做，他一直受到监视。事实上，是他和我预先安排好，由他把你打发走，而我晚上再来见你。这里是我们的住所，你可知道……你可知道，”她的声音忽然压得很低，“地球就要造反了。”

艾伐丹不禁感到一阵好笑。

“不！”他将双眼睁得老大，“所有的地球人？”

不料宝拉勃然大怒。“别嘲笑我。你说过你会认真听我说，而且会相信我的话。地球即将造反，这件事很严重，因为地球能毁掉整个帝国。”

“地球能做到这一点？”艾伐丹将一阵狂笑尽力压制下来，又柔声道：“宝拉，你的银河舆理读得怎么样？”

“不输给任何人，老师，可是这两者又有什么关系？”

“这两者当然有关系。银河的体积有几百万立方光年，包含了两亿颗住人行星，总人口大约有五十万兆之众。对吗？”

“既然你这么说，我想就没错。”

“就是这样，相信我。而地球只是一颗行星，人口仅两千万，而且没有什么资源。换句话说，每个地球人得对付两百五十亿个银河公民。好啦，面对两百五十亿比一的悬殊比数，地球又能造成什么样的危害？”

一时之间，少女似乎在疑惑的漩涡中沉没，但她随即浮起来。“贝尔，”她以坚定的口吻说，“我无法回答这个问题，但我父亲一定可以。他并未告诉我关键细节，因为他说那样会威胁到我的生命。但他现在会说出来，只要你跟我一起去见他。他曾经提到，说地球掌握着某种方法，能将地球以外的生命尽数消灭。他的话一定正确，他说的话一向都是对的。”

她激动得两颊透红，艾伐丹很想伸手摸一摸（他以前难道没碰过她，没有因此而感到恐惧吗？他到底是怎么回事？）

“十点过了吗？”宝拉问。

“过了。”他答道。

“那他现在应该在楼上——只要他们还没逮捕他。”她四下张望一番，不知不觉打了个冷颤。“现在，我们可以从车库直接进屋去，请你跟着我……”

她刚摸到控制车门的按钮，突然间全身僵住，以沙哑的耳语说："有人走近了……哦，快……"

下面的话她未能说出来。艾伐丹毫不费力便记起她先前的指示，随即利落地伸出双臂。下一瞬间，她就成了他怀中的温香软玉。她发颤的嘴唇紧吻着他，让他仿佛徜徉在无边无际的甜蜜海洋中。

起初，大约有十秒钟的时间，他尽可能四下转动眼珠，试图看到门缝中射入的第一道光线，同时也在用心倾听，想要听到渐渐接近的脚步声。但不久后，他就被强烈的兴奋淹没，眼前只有无数闪烁的星光，耳中只能听到自己的心跳。

她的嘴唇离开了他，他却大大方方追过去。他的手臂渐渐收紧，令她在他的怀中融化，最后，连两人的心跳都合而为一。

过了好一阵子，这个长吻才终于结束。他们休息了一会儿，脸颊仍旧贴在一起。

艾伐丹从未坠入情网，而这一次，他对这个念头却毫不惊讶。

地球女子又怎么样？整个银河也比不上她。

他带着梦幻般的喜悦说："一定是路人经过发出的声响。"

"不是，"她悄声道，"其实我没有听到任何声音。"

他将她推开一臂之遥，但她的目光并未畏缩。"你这鬼灵精，你是认真的吗？"他问道。

她双眼闪出灿烂的光芒。"我就是要你吻我，我不后悔。"

"你认为我会吗？那就再吻我一次吧，这次不为什么，就为了我要。"

又是长长的一吻，然后她忽然挣脱他的拥抱，以正经而细心的动作开始整理头发，并调整她的衣领。"我想我们现在最好进屋去吧。把车灯关掉，我有一支笔形手电筒。"

于是他跟着她下了车。在一片黑暗中，只有她的手电筒发出如豆的光芒，她成了模糊无比的黑影。

她说："你最好握住我的手，我们得爬一段楼梯。"

他在她身后悄声道："我爱你，宝拉。"这话是那么容易出口，听来又是那么贴切。他再说了一遍："我爱你，宝拉。"

她却柔声答道："你只不过刚认识我。"

"不，我等了一辈子，我发誓！我已经等了一辈子。宝拉，过去两个月，我一直在念着你、梦见你，我发誓。"

"我是个地球女子，先生。"

"那我就做个地球男子，你看我能不能做到。"

他拉住她，轻柔地将她的手腕向上弯，好让手电筒的光芒照在她脸上。只见她满脸通红，泪流满面。

"你为什么哭？"

"因为等到父亲将他知道的告诉你，你就会知道不能爱一个地球女子。"

"这一点，你也看我能不能做到。"

# 第十五章
# 悬殊不再

艾伐丹与谢克特在二楼后方的某个房间会面，那里每扇窗户都细心调成完全不透明。宝拉则坐在楼下一张扶手椅上，以警觉敏锐的目光望着空旷黑暗的街道。

与艾伐丹十多小时前的印象比较起来，谢克特佝偻的身形呈现一种不同的神态。这位物理学家的脸孔憔悴依旧，而且现出无穷的倦意，但原先看来迟疑而胆怯的表情，如今显得几乎要不顾一切反抗到底。

“艾伐丹博士，”他以坚决的口吻说，“我必须为今天上午对你的态度道歉，我当初希望你会了解……”

“我必须承认当时我不了解，博士，不过我相信我现在懂了。”

谢克特在桌旁坐下来，向一瓶酒指了指，艾伐丹挥挥手表示婉拒。“假如你不介意，我倒想吃点水果……这是什么？我应该从没见过像这样的东西。”

“那是一种柳橙，”谢克特答道，“我相信它只能在地球生长，果皮很容易剥下来。”他示范了一下，艾伐丹好奇地闻了闻，便一口咬向散发着酒香的果肉。

他立刻发出一声赞叹。“哇，实在可口，谢克特博士！地球有没有尝试外销这种东西？”

“那些古人，”这位生物物理学家绷着脸说，“不喜欢跟外人通商。而附近星空的世界，也没有兴趣跟我们进行贸易。这不过是我们面临的困难之一。”

艾伐丹心中突然兴起一阵厌烦的情绪。“这是最愚蠢不过的事。我告诉你，当我发现人心竟然存有那么愚蠢的念头时，我对人类的智力简直感到绝望。”

谢克特以一贯的宽容态度耸了耸肩。“只怕，它只是反地球主义的一部分，那是个几乎无解的问题。”

“然而，使它几乎无解的，”考古学家高声喊道，“是似乎没有人真想得到答案！面对这样的情势，多少地球人所做的回应，是一视同仁地仇恨所有的银河公民？这几乎是一种普遍的病症，以牙还牙，恨来恨去。你们的人民真想要平等和相互包容吗？不！他们大多只是想换自己当老大。”

“也许你说的都有道理，”谢克特以悲伤的口吻说，“这点我无法否认。不过那并非全部的事实，只要给我们机会，新一代的地球人就会变得成熟，会扬弃偏狭的劣根性，全心全意相信人类一家。那些具有包容雅量、坚信良性妥协的同化主义者，曾不止一次在地球掌权。我就是其中之一，至少，我曾经是其中一分子。但今天的地球却由狂热派领导，他们是极端的民族主义者，成天梦想着过去的和未来的统治地位。就是为了对抗他们，我们才必须保护帝国。”

艾伐丹皱起眉头。“你指的是宝拉提到的造反行动？”

“艾伐丹博士，”谢克特又绷着脸说，“地球眼看就要征服银河，这件事听来好像荒谬绝伦，不容易使任何人相信，但它是千真万确的。我不是个英勇的斗士，而且我最贪生怕死，所以说，你可以想象得到，一定是存在着巨大的危机，才会迫使我采取这种冒险行动。地方行政官员已经注意到我，在他们眼中，我现在的所作所为无异于叛变。”

“好吧，”艾伐丹说，“如果真那么严重，那我最好立刻声明一件事。我会尽可能帮你，但我的能力仅限于一个银河公民。我在此地没有官方身份，而在宫廷中，甚至在行政官的府邸，我都没什么特殊的影响力。我的真实背景就是你看到的——一名正在从事科学研究的考古学家，这个研究只和我的学术兴趣有关。既然你准备冒着叛变的危险，你是不是最好见见行政官？他才是真正能做点事的人。”

“那正是我无法做到的事，艾伐丹博士。古人就是因为担心发生这种变故，才会派人监视我。今天上午，你走进我的办公室时，我甚至想到你可能是一名密使，我以为恩尼亚斯已经起疑。”

“他或许起疑了——我可不能回答这个问题。但我不是什么密使，我很抱歉。假如你坚持要对我推心置腹，我能保证一定代你去见他。”

“谢谢你，我要求的就是这个。而——通过你从中为地球求情，可使地球免于受到太严重的报复。”

“当然。”艾伐丹感到很不自在，此时此刻，他已确信自己面对的人，是个年老乖戾的妄想症患者——他也许没什么危险，但已经彻底崩溃。而他却没有选择的余地，只好耐心听下去，并试图缓和这种轻度的精神失常——这都是为了宝拉。

谢克特又说：“艾伐丹博士，你听说过突触放大器是吗？今天上午你提到过。”

“是的，我的确知道。我读过你在《物理评论》上发表的原始论文，也曾和行政官以及教长讨论过这个装置。”

“跟教长讨论过？”

“啊，当然。在我请求他写介绍信的时候，就是那封你——嗯——拒绝拆看的介绍信。”

“这点我很抱歉，但我希望你不曾那样做——对于突触放大器，你究竟知道多少？”

“它是个令人啼笑皆非的失败尝试。它的目的是要增进学习能力，结果它在老鼠身上有些成绩，在人类身上却彻底失败。”

谢克特显得十分懊恼。“没错，你从那篇文章中看不出所以然。我们故意对外公布失败的结果，优秀的成功案例都故意隐藏起来。”

“哦，这可是种相当不寻常的科学伦理，谢克特博士。”

“我承认。可是我已经五十六岁，先生。只要你听说过地球的俗例，就一定知道我活不了多久了。”

“你是指六十大限，是的，我听说过——事实上，比我希望听到的还多。”他不禁想起在地球上首次乘坐平流层班机的旅程，“我也听说过，还是有些人得到特赦，例如著名的科学家。”

“当然，不过决定权在教长和古人议会，没人能变更他们的决定，就算皇上也不行。当初他们告诉我，活下去的代价就是严守突触放大器的秘密，并且尽全力增进它的功效。”老者无可奈何地摊开双手，“所以说，我能泄露这部机器真正的用途，以及真正的效用吗？”

“它的用途究竟是什么？”艾伐丹从衬衣口袋取出一根香烟，作势要递给对方，却被婉拒了。

“请你耐心听下去。当我的实验一一进展到某个程度，我感到能安全应用在人类身上之后，曾用这个装置改造过一些地球的生物学家。我发现每个前来接受改造的，都是跟狂热派，也就是极端分子，一个鼻孔出气的人。他们都活了下来，不过若干时日后，继发效应便显现了。其中有个人，最后不得不送回来接受治疗。我虽然救不了他，可是，从他死前的呓语，我发现了事实的真相。”

此时已接近午夜，这是漫长的一天，其间发生了太多的事。不过现在，艾伐丹内心感到一阵骚动，他以悍然的口气说：“我希望你一针见血。”

谢克特说：“我拜托你少安毋躁。你若愿意相信我，我就必须详加解释。你当然了解地球的特殊环境，它的放射性……”

“没错，我对这点有很深的认识。”

“还有放射性对于地球，以及其中社会结构的影响？”

“是的。”

“那我就不在这方面多费唇舌。我只需要告诉你，地球上发生突变的机会比银河其他各处都高。我们的敌人认为地球人与众不同，其实的确有某种事实根据。说实在的，那些突变都很轻微，而且大多没有存在的价值。若说地球人产生了什么永久性变化，那只在于体内化学结构的改变，使他们对特殊环境表现出更大的耐力。因此，地球人对放射性效应的抵抗力特别强，组织遭灼伤时也复原得特别快……”

“谢克特博士，你说的这些我都很了解。”

“那么我问你，你是否想到过，除了地球人之外，这些突变过程也会发生在其他地球生物身上？”

短暂的沉默后，艾伐丹回答说：“啊，没有。不过，当然，经你这么一说，我想这几乎是免不了的。”

“正是如此，的确有这种现象。与其他住人世界的动物比较之下，我们地球的动物种类多得多。你刚才吃的柳橙就是个突变品种，其他地方都找不到。这些柳橙根本就没办法外销，这也是原因之一。外人对它们的疑虑，跟他们对我们的疑虑一样——我们自己却将它视为珍贵的财产。当然，适用于动物和植物的原则，也同样适用于微生物。”

此时，艾伐丹的的确确感到一股刺骨的惧意。

他说：“你的意思是——细菌？”

“我是指所有的原生生物，包括原生动物、细菌，以及能自我复制的核蛋白，也就是某些人所谓的病毒。”

“你想说的又是什么？”

“我想你应该已经有点概念了，艾伐丹博士，你的兴趣似乎突然来了。你该知道，你们外人有种深信不疑的观念，认为地球人是死亡的使者；跟地球人接触等于找死；地球人会带来不幸，会带来某种恶兆……”

“这些我都知道，它们只不过是迷信罢了。”

“并非全然迷信，这正是可怕的地方。就像所有的民间信仰一样，不论有多少迷信、扭曲和误解的成分，最下面还是沉淀着些微的真实性。有些时候，你知道吗，地球人体内会带着某些微寄生物的突变种，它们跟其他各处的品种不尽相同，而有时外人对它们没什么抵抗力。接下来会发生什么，只是简单的生物学常识，艾伐丹博士。”

艾伐丹沉默不语。

谢克特继续说：“当然，我们自己有时也会感染。在放射性浓雾中，新品种的细菌会自然产生，然后一种新流行病就会横扫整颗行星。但大体上说来，地球人一直应付得了。对于每一种新的细菌和病毒，我们在几代内就会建立起防御机制，因此我们并未被消灭。可是，外人却没有这样的机会。”

“你的意思是，”艾伐丹带着一种诡异而模糊的感觉说，“我现在跟你接触……”他连忙将椅子向后推，还想到了今晚的两次长吻。

谢克特摇了摇头。“当然不会。我们并不会制造疾病，只不过是媒介而已，而且就连这种现象也极少发生。假使我住在你们的世界上，我携带的细菌不会比你多，我对它们没有特殊的亲和力。即使在此地，有危险的细菌也只有千兆分之一，或千兆分之一的千兆分之一。你现在受感染的概率，比一颗陨石穿破屋顶砸到你脑袋的概率更低。除非，有人刻意寻找特定的细菌，再将它们分离浓缩。”

又是一阵沉默，这次持续得更久。然后，艾伐丹像是被人勒住脖子似的，以古怪的声音说：“地球人这么做了吗？”

他不再认为对方患了妄想症，他已经准备相信这一切。

“是的，不过最初的动机相当单纯。对于地球生物的特殊性，我们的生物学家当然特别感兴趣。不久前，他们分离出了普通热的病毒。”

“什么是普通热？”

“地球上的一种地方病，也就是说，它一直在我们身边流行。大多数地球人童年时都感染过，它的症状不很严重，只是轻微的发热、暂时性的疹子，还有关节和嘴唇发炎，此外就是恼人的口渴。它的发病期大约四到六天，患者从此终生免疫。我曾经罹患过，宝拉也一样。偶尔，这种疾病会出现较猛烈的病例——想必是源自一种稍有不同的病毒——那时它就称为放射热。”

“放射热，我听说过。”艾伐丹说。

“哦，真的吗？它所以被称为放射热，是因为一般人有一种错误观念，认为它是暴露在放射性地带而感染的疾病。事实上，暴露在放射性地带的确常会导致放射热，因为在充满放射线的地方，那些病毒最容易突变成危险品种。不过，真正的病源是病毒，而不是放射线。若是患了放射热，两小时内就会出现症状，嘴唇会严重发炎，患者几乎无法开口说话，而在几天内就可能丧命。

“现在，艾伐丹博士，我们终于说到关键了。地球人对普通热习以为常，而外人则没有抵抗力。偶尔，难免会有帝国驻军接触到那种病毒，这个时候，他产生的症状就像地球人患了放射热一样。通常他会在十二小时内死去，然后尸体会被火化——由地球人执行——因为别的士兵若是接近，同样必死无疑。

“我刚才提到过，那种病毒在十年前被分离出来。它是一种核蛋白，正像大多数滤过性病毒一样。然而，它有一种不寻常的特质，就是具有极高浓度的放射性碳、硫、磷。我所谓的极高浓度，是指它体内百分之五十的碳、硫、磷都具有放射性。目前公认的理论，认为这种微生物对寄主造成的影响，主要即来自它的放射性，而不是它产生的毒素。地球人既然习惯了伽马辐射，就不会产生严重的症状，这自然是合乎逻辑的推论。

“开始的时候，对这种病毒的最初研究，集中于它聚集放射性同位素的方法。你也知道，若想用化学方法分离同位素，必须经过十分冗长且繁复的过程。而且除了这种病毒，再也没有任何已知生物能做到这一点。可是接下来，研究方向就有了转变。

“我会长话短说，艾伐丹博士，我想你已经猜到后面的故事。有关这方面的实验，可以在非地球的动物身上进行，却不能直接拿外人做实验。地球上的外人数目实在太少，无故失踪几个必会引起注意。而且，他们的计划绝不允许过早曝光。所以一批细菌学家被送到这里，来接受突触放大器的改造，使他们的洞察力增长千百倍。就是他们这些人，发展出了研究蛋白化学与免疫学的崭新数学工具。最后，他们终于以人工方法培养出一种新病毒，它只会侵袭银河帝国的人类，也就是外人。如今，好几吨的结晶化病毒已准备好了。”

艾伐丹形容憔悴。他感到汗珠缓缓流过太阳穴，再沿着面颊渐渐滑下来。

“所以你是在告诉我，”他喘着气说，“地球准备将这些病毒释放到银河中，他们将发动一场史无前例的细菌战……”

“正是如此。这场战争我们绝不会输，而你们绝不会赢。一旦疾病开始流行，每天会有几百万人死亡，没有任何方法能够阻止。惊慌失措的难民将逃向太空，病毒便可借此到处散播。即使你将许多行星完全炸毁，它也会在其他世界重新流行起来。不会有人想到这件事跟地球有关。当我们安然无恙的事实显得可疑时，银河的浩劫已经无法挽救，外人的绝望已经太深，不会再关心任何事情。”

“所有的人都会死吗？”令人毛骨悚然的恐惧并未渗透内心——根本穿不透。

“也许不会。我们的细菌学研究同时朝两个方向进行，我们也发展出了抗毒素，以及大量生产的方法。假如敌人提早投降，它就可以派上用场。此外，银河某些偏远地区也许能逃过一劫，甚至可能出现少数自然免疫的例子。”

对艾伐丹而言，接下来是一阵恐怖的茫然，谢克特的声音则显得微弱而疲倦。此时，艾伐丹再也不想怀疑那些话的真实性。这个恐怖的真相，一举推翻了两百五十亿比一的悬殊比例。

“并非整个地球想要这样做。由于遭受极大的压力，少数的领导者被排拒在银河之外，因此逐渐心理扭曲，开始憎恨那些不肯接纳他们的人，想要不惜任何代价报仇雪恨，而且是以疯狂的激烈手段……

“一旦他们开始，整个地球只好跟着行动。除此之外，其他人又能怎么办？既然犯下了滔天大罪，必须一不做、二不休。他们能冒着遭受惩罚的危险，允许银河中存活太多人吗？

“我虽然是个地球人，但我更是人类的一分子。难道为了千万人，就要害死几兆人吗？难道为了一颗行星想要雪耻，不论理由多么正当，就要使一个遍布银河的文明崩溃吗？即使那样做了，我们的处境就会变得更好吗？银河霸权仍将由拥有必要资源的世界掌握——而我们什么也没有。这一代的地球人甚至可能统治川陀，但他们的子女会变成川陀人，等他们长大后，又会反过来歧视留在地球上的同胞。

“此外，对全人类而言，将帝国的专制转变成地球的专制，究竟又有什么好处？不——不——一定另有办法解决全人类的矛盾，另有达到正义与自由的途径。”

他不知不觉双手捂住脸部，在十根枯瘦的手指后面，他的头轻轻地来回摇晃。

听到这里，艾伐丹像是僵立在迷雾中。他喃喃道：“你做的事绝不是叛变，谢克特博士。我会立刻前往埃佛勒斯峰，行政官会相信我的话，他一定要相信我。”

一阵急促的脚步声突然传来，接着，满脸惊恐的宝拉跑进这个房间，连房门都来不及关上。

“父亲——门口来了许多人。”

谢克特博士面若死灰。“快，艾伐丹博士，从车库走。”他粗暴地推着艾伐丹，“带宝拉一块走，不用担心我，我会挡住他们。”

不料他们转身的时候，已经有个身穿绿袍的人等在门口。他脸上带着淡淡的笑容，手上拿着一柄神经鞭。与此同时，大门响起一阵猛烈的敲击声，接着是一下轰然巨响，以及乒乒乓乓的脚步声。

“你是什么人？”艾伐丹以不太理直气壮的口气质问，他早已挡在宝拉身前。

“我？”那个穿绿袍的人粗声答道，“我只是教长殿下卑微的秘书，”他向前走了几步，“我简直等得太久了，不过还好。嗯，还带着一名女子。真不聪明……”

艾伐丹以平静的口吻说：“我是银河帝国公民，未经合法的程序，我不认为你有权拘捕我。此外，你也无权闯进这栋住宅。”

“我，”教长秘书用另一只手轻拍着胸膛，“就代表这颗行星的一切权力。要不了多久，我还会代表整个银河的一切权力。我们已将你们一网打尽，你知道吗——甚至包括史瓦兹在内。”

“史瓦兹！”谢克特博士与宝拉几乎同时喊道。

“你们惊讶吗？来，我带你们去见他。”

艾伐丹意识到的最后一件事，是对方笑得越来越得意，然后神经鞭就冒出闪光。他感到一阵火辣的剧痛，随即仆倒在地，不省人事。

# 第十六章
## 选择你的阵营！

这个时候，史瓦兹正在“芝加矫正所”地下第二层的一间囚室中。他躺在一张坚硬的长椅上，心中感到忐忑不安。

这个通称“矫所”的地方是个巨大的象征，象征着教长与他身边的人在地球上掌握的权力。它是一座高大、有棱有角的石质建筑，其幽暗的气氛压倒附近驻军的军营，正如同它的阴影紧紧笼罩地球上的罪犯，远比帝国使不上力的权威更加有效。

过去数世纪以来，有许多地球人关在这里等候审判。这些人或是伪造、逃避生产定额，或是活过自己的时限，或是姑息他人的这种罪行，或是犯了意图推翻地方政府的大罪。有些时候，过分开明且通常闲着没事的帝国政府，会对地球司法的些微偏见不表赞同，此时行政官有可能取消某项判决。不过这么一来，就代表革命即将爆发，或者至少会引起暴动。

通常，当古人议会要求判处死刑时，行政官总会让步。反正倒霉的只是地球人……

这一切的历史背景，约瑟夫·史瓦兹自然一概不知。对他而言，直接的视觉仅能看到一间小囚室，四周的墙壁只透出暗淡的光芒，家具只有两张硬长椅与一张桌子，此外就是一处充作盥洗室兼卫生间的小壁凹。没有任何可见天日的窗户，通风孔送来的空气则相当微弱。

他摸着秃顶周围的一圈头发，满怀悲伤地坐起来。这场毫无目的地的逃亡（他在地球哪个角落能安然无事？）很快夭折，过程并不愉快，最后将他带到这里来。

至少，他还可拿心灵接触解闷。

不过，这到底是好是坏呢?

当初在农场的时候，它是一种奇异而令人不安的能力，他不知道它的本质，也未曾想过可能的应用。现在，它却是个潜力无限的能力，值得好好研究一番。

若是一天二十四小时无所事事，只能默想自己遭到监禁的事实，那是很容易使人发疯的。事实上，他可以接触到来往的狱卒，并将心灵纤丝伸向隔壁走廊的警卫，最远甚至能延伸到远处的所长办公室。

他巧妙地将那些心灵翻来覆去，在他的检视下，它们像胡桃一样碎裂——从干燥的外壳中，稀里哗啦落下无数的情感与观念。

在这个过程中，他学到许多地球与帝国的现况，比他在农场两个月的时间学到的（或者说可能学到的）还要多。

当然，在他获知的各个事项中，有一点一而再、再而三地重复，绝不会有丝毫误解，那就是:

他注定要命丧于此!

根本没有任何机会，没有疑问，也没有保留。

可能就是今天，也可能是明天，反正他死定了!

这种想法不知不觉变得根深蒂固了，他却几乎怀着感激接受了这个事实。

囚室的门打开了，他立刻紧张兮兮地站起来。一个人或许能理智地接受死亡，意识每一部分都已坦然接受，但身体就像一头原始的猛兽，根本不知道什么叫理智。时候终于到了！

不——不是。进来的这个心灵接触不含任何杀机。他只是一名警卫，手中紧握着一支金属棒，史瓦兹知道那是什么东西。

“跟我来。”他厉声道。

史瓦兹一面跟他走，一面思索着自己的奇异力量。在警卫能使用武器前，在他能察觉到该动武前，自己早就能无声无息、毫无预警地发动攻击。他的心灵已经抓在史瓦兹的精神手掌中，只要轻轻一捏，它就会立刻报销。

但为何要那么做？必定会有其他警卫赶来，他一次能对付多少人？在他的心灵中，究竟有几双无形的手掌？

因此，他一直乖乖跟着警卫走。

他被带到一间很大、很大的房间。已经有两男一女在里面，他们都像死尸一样摊开四肢，躺在三个很高、很高的平台上。但他们不是死人，因为三个活跃的心灵显而易见。

麻痹了！熟人吗？……他们是熟人吗？

他停下脚步向三人望去，警卫却用力一拍他的肩头。“上去。”

室内还有个空置的平台。警卫心中毫无杀机，因此史瓦兹爬了上去，他知道将会发生什么事。

警卫用金属棒一一碰触他的四肢，一阵刺痛后，手脚便仿佛脱离了他的身体。他现在只剩下一颗头颅，不知道悬挂在什么上面。

他开始转头。

“宝拉，”他叫道，“你是宝拉，对不对？就是那个女孩……”

她点了点头。他未曾认出她的心灵接触，因为两个月前，他尚未察觉它的存在。那个时候，他的精神力量只发展到对“气氛”敏感的阶段。如今回想起来，他记得一清二楚。

但从她的心灵内容中，他能获悉很多事。躺在少女旁边的是谢克特博士，最远的那位则是贝尔·艾伐丹博士。从这名年轻女子的心灵中，他能窃取他们的名字，感知他们的绝望，品尝到每一分恐怖与惊惧。

一时之间，他对他们十分同情。接着，他想起他们是谁，以及他们三人的身份，于是他硬起了心肠。

让他们去死吧！

他们三人躺在那里已经将近一个小时。这间大厅显然是供几百人集会之用，他们几个囚犯被关在一角，几乎就像不存在，显得相当冷清孤单，彼此间也没什么好说的。艾伐丹感到喉咙好像在冒火，他不停来回转头，那是他全身唯一还能动的部分，但那样做毫无作用。

谢克特闭着双眼，苍白的嘴唇紧紧抿着。

艾伐丹拼命悄声唤道：“谢克特，谢克特，我在叫你！”

“什么？……什么？”那顶多只能算是微弱的耳语。

“你在干什么？要睡着了吗？想一想，老兄，好好想一想！”

“什么？有什么好想的？”

“这个约瑟夫·史瓦兹到底是什么人？”

此时响起了宝拉的声音，听来细弱而疲倦。“你不记得吗，贝尔？当初在百货商店的时候，就是我第一次遇见你——好久以前。”

艾伐丹猛力扭动颈部，发觉能痛苦地将头抬起两英寸，刚好看得见宝拉脸孔的一小部分。

“宝拉！宝拉！”假使他能向她走去，那该多好。过去两个月他都能那样做，却让机会白白溜走。她也正在望着他，她的微笑那么孱弱，好像一尊雕像脸上的笑容。他说：“我们一定能渡过难关，你等着瞧。”

她却开始摇头。然后他的颈子撑不住了，颈部肌腱感到一阵剧痛。

“谢克特，”他又道，“听我说。你是怎么遇到这个史瓦兹的？他为什么会是你的病人？”

“因为突触放大器，他是一名志愿者。”

“他接受了改造？”

“是的。”

艾伐丹在心中反复思量这件事。“他为什么会来找你？”

“我不知道。”

“可是——他也许是一名帝国间谍。”

（史瓦兹将他的思绪看得很透彻，不禁暗自笑了笑。他什么也没说，决心继续保持沉默。）

谢克特将头摇来摇去。“一名帝国间谍？你的意思是，因为教长秘书那么说。哦，胡说八道。而现在又有什么分别呢？他现在跟我们一样无助……听我说，艾伐丹，或许，如果我们先串通好口供，他们就可能迟些下手。最后我们就有可能……”

考古学家发出空洞的笑声，由于气流的摩擦，令他的喉咙感到火烧般的疼痛。“你的意思是，我们可能活下去。在整个银河灭亡，一切文明变为废墟之后？活下去？我还不如死了的好！”

“我是考虑到宝拉。”谢克特喃喃道。

“我也一样。”对方答道，“问她……宝拉，我们该不该投降？我们该不该偷生？”

宝拉的声音非常坚决，她说：“我已经决定要站在哪一边。虽然我不想死，但我这边的人如果都会死，那我也不要苟活。”

艾伐丹不禁感到几分骄傲。当他带她回到天狼星区，他们也许会叫她地球女子，可是她绝不比他们逊色。若有人敢啰唆，他一定会兴高采烈地打碎对方的牙齿……

他忽然又想到，自己不太可能带她回天狼星区——不太可能带任何人回天狼星区，天狼星区很可能即将消失。

然后，他仿佛想要逃避这种念头，不论逃到哪里都好。他大叫道：“你！你叫什么来着！史瓦兹！”

史瓦兹抬了一下头，向对方稍微瞥了一眼，但他仍旧没有开口。

“你究竟是什么人？”艾伐丹质问，“你怎么会卷入这桩事件？你扮演的是什么角色？”

面对这些问题，史瓦兹一股脑想到所有的委屈。过去那些平安的日子，以及如今无穷无尽的恐惧，在同一瞬间涌上心头，他忿忿不平地说：“我？我是怎么卷进来的？听好，我以前只是个小人物，一个诚实的人，一个勤奋的裁缝。我从不伤害任何人，从不麻烦任何人，我全心全意照顾自己的家。然后，毫无来由，毫无来由——我就来到这里。”

“来到芝加？”艾伐丹问道，他没有听得很懂。

“不，不是芝加！”史瓦兹以讥嘲的口气高声叫道，“我来到这个完全疯狂的世界……哦，我何必在乎你相不相信我？我的世界在过去，我的世界有土地、有粮食、有数十亿人口，而且它是唯一的世界。”

这一阵唇枪舌剑轰得艾伐丹哑口无言，他转向谢克特，问道：“你听得懂他的话吗？”

“你可知道，”谢克特以略带惊异的口吻说，“他有一条三英寸半长的阑尾？你记不记得，宝拉？他还有智齿，他的脸上还有毛发。”

“没错，没错，”史瓦兹高声挑衅道，“我希望还有条尾巴，好让你能大开眼界。我是从过去来的，我穿越了时光，但我不知道如何做到的，也不明白究竟是什么原因。好了，别再打扰我。”

他突然又补充一句：“他们很快就会回来。让我们在此等待，只是为了削弱我们的意志。”

艾伐丹立刻问道：“你知道这一点吗？是谁告诉你的？”

史瓦兹没有回答。

“是不是教长秘书？矮矮胖胖，有个狮子鼻的那个人？”

仅仅借着心灵接触，史瓦兹无法看出任何人的外貌。不过——教长秘书？他的确瞥见过这样一个心灵接触，它很有力量，属于一个很有权力的人，那人似乎就是一名秘书。

“玻契斯？”他好奇地问道。

“什么？”艾伐丹反问。谢克特却插嘴道：“那正是教长秘书的名字。”

“哦——他怎么说？”

“他没说什么，”史瓦兹答道，“是我自己知道的。我们都会被处死，根本没有任何希望。”

艾伐丹压低声音说：“他疯了，你说是不是？”

“我不敢说……可是，他的颅骨骨缝，它们非常原始，非常原始。”

艾伐丹吃了一惊。“你的意思是——哦，得了吧，那是不可能的。”

“我一向这么认为。”一时之间，谢克特的声音像是恢复正常，仿佛科学问题一出现，他的心灵便转移到超然客观的轨道上，个人的问题则被抛到脑后。“有人计算过将物质沿时间轴平移所需的能量，得到的数值大于无穷大，因此这种计划向来被视为不可能。然而，你可知道，另外有人提出过‘时间断层’的可能性，借用地质学的断层作类比。举例来说，曾有太空船几乎在众目睽睽之下消失；古代还有个著名的‘霍尔·德伐娄事件’，有一天他走进自己家里，从此就没有出来，可是也不在里面……此外，有一颗行星，你能在上个世纪的银河舆理书籍找到记载，曾经有三个探险队造访过，带回了完整的记录资料——后来再也没有人见到。

“还有，核化学的某些研究结果，似乎否定了质能守恒定律。为了解释这个现象，有人假设某些质量沿着时间轴逃逸。比如说，铀原子核和微量但比例固定的铜与钡混合之后，在轻度伽马辐照的影响下，会产生一个共振系统……”

“父亲，”宝拉道，“别说了！没有用的……”

艾伐丹却蛮横地打断她的话。“慢着，让我想一想。我是解决这个问题的最佳人选，还有谁比我更适合？让我问他一些问题……听我说，史瓦兹。”

史瓦兹再度抬起头来。

“你们的世界是银河中唯一的住人世界？”

史瓦兹点了点头，勉强答了一句：“是的。”

“不过你们只是以为如此。我的意思是，你们并未具备太空旅行能力，所以根本无法查证。当年，也许就有许多其他的住人世界。”

“我没办法确定那一点。”

“没错，当然，真是遗憾。原子能的发展又怎么样？”

“我们已经有原子弹。使用铀原子，还有钚原子——我猜就是这种武器，为现在这个世界带来了放射性。总之，在我离开后，一定又有另外一场战争……原子弹。”史瓦兹好像回到了芝加哥，回到了原先的世界，原子弹爆炸前的世界。他感到万分遗憾，并非为了自己，而是痛惜这个美丽的世界……

艾伐丹却在喃喃自语，然后又说：“好的，你们想必拥有某种语言。”

“地球上？有很多种语言。”

“你自己说的呢？”

“英语——在我成年后。”

“好，说几句让我听听。”

已有两个多月的时间，史瓦兹没说过半句英语。现在，他以充满感情的语气，慢慢地说：“我渴望回到故乡，跟我的同胞团聚。”

艾伐丹对谢克特说：“他在接受突触放大器改造时，用的就是这种语言吗，谢克特？”

“我无法判断，”谢克特显得十分困惑，“当时听到的是一些奇怪的声音，现在也是一些奇怪的声音。我怎能分辨两者的异同？”

“好吧，别管了……在你们的语言中，‘母亲’怎么讲，史瓦兹？”

史瓦兹马上告诉他。

“哦——呼，‘父亲’又怎么讲……‘兄弟’……‘一’，我是指数字……‘二’……‘三’……‘房子’……‘人’……‘妻子’……”

两人一问一答好一阵子，等艾伐丹停下来喘口气的时候，他的表情显得惊愕不已。

“谢克特，”他说，“这个人要不是真来自过去，我就是陷在一个最最疯狂的噩梦中。他说的那种语言，相当于从万年地层中挖掘出的碑文。有二十几个恒星系都发现过那种碑文，包括天狼星、大角、南门二等等。而他竟然会说！这种文字上一代才解译出来，在整个银河中，除了我自己，懂得这种语言的顶多只有十个人。”

“你确定这点吗？”

“我确定吗？我当然确定。我是个考古学家，这是我的本行知识。”

有那么一刹那，史瓦兹感到自己用疏离打造的面具出现裂痕。自从来到这个世界，他第一次感到拾回失落的自我。谜底终于揭晓，他是个来自过去的人，而他们居然接受了这一点。这证明他的精神正常，挥不去的疑虑从此远去。他内心十分感激，但他仍然保持疏离的态度。

“我一定要得到他。”那又是艾伐丹的声音，他的精神仿佛在专业的圣火中燃烧。“谢克特，你绝对无法想象，这对考古学有多么重大的意义——一个来自过去的人。哦，伟大的太空！……听我说，我们可以跟他们谈个条件。他正是地球想要寻找的证据，他们可以利用他，他们可以……”

史瓦兹以讽刺的口吻插嘴道：“我知道你在想什么。你是在想，地球可通过我证明它是文明的源头，这样他们就会心存感激。我告诉你，不可能！我想到过这一点，要是行得通，我早就用这种办法换回自己的性命。可是他们不会相信我——或是你。”

“我们有绝对的证据。”

“他们不会听的。你知道为什么吗？因为对于过去的历史，他们有些一成不变的观念。在他们眼中看来，任何的改变都是亵渎，即使你提出的是真理。他们不要相信真理，他们只要相信自己的传统。”

“贝尔，”宝拉道，“我想他说得对。”

艾伐丹咬牙切齿。“我们可以试试看。”

“我们一定会失败。”史瓦兹坚持。

“你怎么知道？”

“我就是知道！”这句话说得如先知般斩钉截铁，艾伐丹甚至不知如何反驳。

现在轮到谢克特望着史瓦兹，他疲倦的眼神透出一种奇异的光芒。

他柔声问道：“经过突触放大器改造后，你有没有感到什么不良的副作用？”

史瓦兹听不懂“突触放大器”这个名词，却也体会到其中的含意。他们对他动过手术，改造过他的心灵。他一下子明白了多少事情！

他说：“没什么副作用。”

“但我发觉你很快就学会了我们的语言。现在你说得非常好，事实上，你简直就像个本地人。这难道不令你惊讶吗？”

“我的记忆力一向很好。”回答的口气很冷淡。

“所以说，跟接受改造前比较起来，你现在并未感到任何不同？”

“正是如此。”

谢克特博士的目光变得很严厉，他说：“这又是何苦呢？你明明知道，我确定你知道我在想什么。”

史瓦兹干笑一声。“你是指我能透视他人的心灵？好吧，那又怎么样？”

谢克特却不再理会他，将苍白无助的脸孔转向艾伐丹。“他能感知他人的心灵，艾伐丹。我能从他身上研究出多少东西！而我们却困在这里，无能为力……”

“什么——什么——什么——”艾伐丹急急忙忙喊道。

就连宝拉的脸孔也显出几分兴趣。“你真能吗？”她问史瓦兹。

他对她点了点头。她曾照顾过他，现在他们却要杀死她。话说回来，她也是一名叛徒。

谢克特又说：“艾伐丹，可记得我提到过的那个细菌学家，死于突触放大器副作用的那个？他精神崩溃的早期症状之一，就是声称能透视他人的心灵，而他真做得到。我在他死前发现这一点，它一直是我心中的秘密，我没有告诉过任何人——但那是可能的，艾伐丹，那是可能的。你想想看，在脑细胞电阻降低后，脑部或许便能拾到他人思想的微电流所感应出的磁场，再将它还原成类似的振荡，和普通录音机的原理完全一样。它根本就是不折不扣的精神感应力……”

当艾伐丹的头缓缓转过来的时候，史瓦兹维持着倔强且带有敌意的沉默。

“假如真是这样，谢克特，我们也许就能利用他。”考古学家心念电转，设法在绝境中找出一条生路。“现在也许能有办法，一定得有办法。为了我们自己，以及整个银河。”

史瓦兹虽然清楚地感知对方的心灵接触激动异常，但他一点也不为所动。他说：“你的意思是，要我透视他们的心灵？那样做有什么帮助？我除了能透视心灵，当然还能做到别的。比方说，这怎么样？”

那只是轻轻一推，艾伐丹却突然感到一阵剧痛，他不禁大叫一声。

“是我做的，”史瓦兹说，“还想尝尝吗？”

艾伐丹喘着气说：“你能对警卫那样做吗？还有教长秘书？既然这样，你当初为何让他们把你带到这儿来？银河啊，谢克特，不会有什么问题的。现在，听我说，史瓦兹——”

“不，”史瓦兹道，“你听我说。我为什么要逃出去？我又能去哪里？仍是在这个垂死的世界上。我想要回家，可是我回不去；我想要我的同胞和我的世界，可是我得不到，所以现在我只想死。”

“但这是整个银河的危机，史瓦兹，你不能只想到自己。”

“我不能吗？为何不能？我一定要担心你们的银河吗？我希望你们的银河烂死。我知道地球在计划做什么，而我很高兴。那位小姐刚才说，她已经决定了站在哪一边。好，我也决定了站在哪一边，我要站在地球这边。”

“什么？”

“有何不可？我是个地球人！”

## 第十七章
# 改变你的立场！

艾伐丹从无意识的状态沉沉醒来，发现自己像一块牛肉一样，躺在平台上等着任人宰割，已经有一个小时了。在此期间，什么事也没发生，只有这番激动、狂热却毫无结果的对话，消磨这段令人难以忍受的时光。

一切并非毫无目的，这点他至少知道。让他们一筹莫展地躺在那里，甚至不屑派一名警卫看守，甚至不信可能发生任何危险，就是要使他们意识到自己的力量多么薄弱，这足以摧毁任何顽强的心灵。等到审讯人员终于来到，他就不会表现得怎么强硬，甚至会完全失去反抗的意志。

艾伐丹需要静静休息一下，因此他说："我想这个地方有间谍波束监听，我们应该少讲几句。"

"没有，"史瓦兹以冷淡的声调说，"没有任何人在监听。"

考古学家差点自然而然冒出一句："你怎么知道？"但他始终没说出口。

因为那样的能力的确存在！拥有这种力量的不是他自己，而是个来自过去的人。这个人自称是地球人，而他一心求死！

仰着头的时候，他的目光只能扫到一小片屋顶。转过头去，可以看到谢克特瘦削的侧影；转到另一边，则是一面空洞的墙壁。如果他抬起头来，则能瞥见宝拉苍白困倦的表情。

偶尔，他心中会兴起一股炽烈的想法，想到他是帝国的一分子——帝国啊，众星在上——一名银河公民。现在他却遭到监禁，这简直是无法无天。地球人这样对待他，实在是穷凶极恶的罪行。

而这种想法也逐渐淡去。

他们或许应该把他放在宝拉旁边……不，还是这样的好，他现在的样子可无法令人恭维。

“贝尔？”这个名字化为声波传到他耳中，在这个迫近死亡的漩涡中，艾伐丹感到一种说不出的甜蜜。

“什么事，宝拉？”

“你认为他们会等很久吗？”

“也许不会，亲爱的……太可惜了。我们浪费了两个月，对不对？”

“是我的错，”她悄声道，“是我的错。不过，我们本来也许能把握最后几分钟。这实在是——没有必要了。”

艾伐丹无法回答，他心中的念头飞快转动，像是上了油的轮子一样停不下来。突然间，僵直的身子似乎感觉到了底下的硬质塑料，那究竟是不是他的幻觉？麻痹的状态会持续多久？

一定要争取到史瓦兹的帮助。他试图紧守自己的思绪——明知道根本无效。

他说：“史瓦兹——”

史瓦兹同样无助地躺在平台上，而他更受到另一重意想不到的折磨，他同时感受到四个痛苦的心灵。

假如只有他一个人，他应该能束缚任何渴望，在无限平和中等待宁静的死亡，并将最后一点对生命的热爱压制下去。仅仅两天之前——还是三天？由于对生命尚有眷恋，他还仓皇地逃离那个农场。

可是，现在他做得到吗？谢克特对死亡充满可怜、虚弱的恐惧，就像被一幅裹尸布笼罩一样；而在艾伐丹刚强健壮的心灵中，充满了强烈的懊悔与反抗的意图；至于那位年轻女子心中，则充满深沉悲痛的失望。

他应该封闭起自己的心灵。他为何需要知道别人的痛苦？生命是他自己的生命，死亡也是他自己的死亡。

但那些情绪轻轻地、不停地敲击着他，从他的心灵隙缝钻探进来。

然后，艾伐丹叫了一声："史瓦兹。"史瓦兹便知道他们想要自己搭救。他为何要那么做？他为何要那么做？

"史瓦兹，"艾伐丹又旁敲侧击地说，"你可以活着做个英雄，这里没什么值得你殉身的——不值得为外面那些人这么做。"

史瓦兹却回想起自己的早年，并将那些记忆拼命抓在颤抖的心灵中。这种过去与现实的古怪组合终于令他满腔怒火。

不过他的口气还是很冷静、很克制。"没错，我可以活着做个英雄——以及一名叛徒。他们想要杀我，外面那些人。你管他们叫'那些人'，那只是你口中的称呼，他们在你心中另有名称，虽然我不清楚，也知道那是卑劣的字眼。而这并非因为他们本身的卑劣，只因为他们是地球人。"

"你胡说。"艾伐丹以激烈的口气抗议。

"我没有胡说，"他以同样激烈的口气答道，"在场每个人都知道这点。没错，他们想杀掉我，但那是由于他们以为我是你们这种人——可以一举判定一颗行星的生死，在它身上吐满轻蔑的唾沫，用令人无法忍受的优越感令它慢慢窒息。好啦，现在这些虫豸竟威胁到天神般的太上皇，你们准备自卫吧。我是他们的一分子，不要找我帮你的忙。”

“你的口气活像是那些狂热派。”艾伐丹显得难以置信，“为什么呢？你受到过迫害吗？你的世界是一颗广阔而独立的行星，是你自己说的。虽然你是地球人，你的地球却是唯一的生命园地。你是我们的一员，老兄，是统治者的一员。为何要认同一个绝望的废墟？这里不是你记忆中的行星，跟这个病入膏肓的世界比起来，我的行星更像那个古老的地球。”

史瓦兹哈哈大笑。“我是统治者的一员，你这么说是吗？好啦，我们别深究这一点，这不值得多费唇舌。让我们来谈谈你吧，你是银河为我们送来的一个极佳样本。你有很大的度量，有一颗异常宽容的心，并为你能平等对待谢克特博士而沾沾自喜。可是在你内心深处——却未深到我看不清楚的地方——你其实无法接受他。你不喜欢他说话的方式，也不喜欢他的模样。事实上，你根本不喜欢他这个人，即使他甘愿背叛地球……对啦，最近你还亲吻了一个地球女子，现在回想起来，你认为那是个遗憾。你为此感到羞耻……”

“众星在上，我没有……宝拉，”他拼命辩解，“别相信他，别听他乱讲。”

宝拉则以平静的口吻说：“你不要否认，也不必因此不高兴，贝尔。他看透了你童年残留的思想，要是他检视我的内心，也会看到相同的内容。假如他以同样小人的方式反观他自己的心灵，那他也会发现类似的想法。”

史瓦兹感到涨红了脸。

当宝拉直接对史瓦兹说话时，她的声调并未提高，语气也没有变得更激烈。“史瓦兹，如果你能感知他人的心灵，那就来检查我的吧。告诉我，我是不是意图叛变。再检查一下我父亲的心灵，你自己看一看，倘若他肯跟那些准备毁掉银河的疯子合作，是不是就能轻易避掉六十大限。他叛变又能得到什么好处？……然后你再检查一下，看看我们哪个人想危害地球，或是地球人。

“你说曾经瞥见玻契斯的心灵，我不知道你有没有机会深入那些渣滓中。不过等他再来的时候，等到一切都太迟的时候，钻进去看一看，用力拨开他的心灵。你就会发现他是个疯子——然后，等死吧！”

史瓦兹沉默不语。

艾伐丹急忙插嘴道：“好吧，史瓦兹，来研究我的心灵，随便你怎样深入都可以。我生在天狼星区的拜隆星，在反地球主义的气氛中长大成人，因此在我的下意识深处，无可避免存有一些缺陷和蠢念。可是你再看看我的心灵表层，然后告诉我，在我成年后，我有没有跟自己的偏执奋战过。不是跟别人，那要容易得多，而是跟我自己，并且不遗余力。

“史瓦兹，你不了解我们的历史！你不知道人类开拓银河的上万年期间中，那些战争和那些惨难。你也不知道，帝国建立之初那几个世纪，都只是专制和暴乱轮番更替的混乱状态。唯有过去两百年间，我们的帝国政府才真正具有代表性。在它的统治下，各个世界都能拥有文化自治权，得以自己当家做主，并在共治政体中有发言的机会。

“在人类过去的历史上，从未像今天这样免于战争与贫困；银河的体制从来没有如此和谐；未来的展望从来没有这么光明。你想要毁掉这一切，然后重新开始吗？凭什么呢？一个充满猜疑和仇恨的专制神权政体？

“地球的冤屈真有其事，只要这个银河存在，总有一天会解决的。可是他们的计划不是解决之道，你可知道他们打算怎么做吗？”

假如艾伐丹也拥有史瓦兹如今的异能，他就能侦知史瓦兹内心的挣扎。然而，仅仅凭借直觉，他也知道现在应该暂停一下。

史瓦兹的确被打动了。让这么多世界灭亡，在可怕的疾病中溃烂销蚀……他究竟是不是地球人？只是一个地球人吗？年轻的时候，他从欧洲来到美洲，纵使如此，难道他就不再是原来那个人吗？假如后世的人类离开了满目疮痍的地球，移民到天外各个世界，难道他们就不再算地球人吗？整个银河难道不都属于他吗？他们难道不是全部——全部——都是他的后裔、他的同胞吗？

他以沉重的口吻说：“好吧，我站在你们这边。我该怎样帮助你们？”

“你能接触到多远的心灵？”艾伐丹热切地问道。他说得很急促，仿佛担心对方再度改变心意。

“我不知道，外面有些心灵，我猜想是警卫。我想我甚至能伸到街上去，可是伸得越远，它就变得越不敏锐。”

“自然如此。”艾伐丹说，“可是教长秘书呢？你能认得出他的心灵吗？”

“我不清楚。”史瓦兹喃喃答道。

静默了一会儿……这几分钟简直令人难以忍受。

然后史瓦兹说：“你们的心灵妨碍到我了。别看着我，想点什么别的。”

其他人试着这么做，再过了一会儿，史瓦兹又说：“不——我不能——我不能。”

艾伐丹突然激动地说："我可以挪动一点了——银河啊，我的两只脚可以摆动……哦！"每个动作都伴随着剧烈的痛楚。

他说："你对他人能造成多大伤害，史瓦兹？我的意思是，能比你刚才对付我还厉害吗？"

"我杀死过一个人。"

"真的吗？你怎么做到的？"

"我也不知道，反正就是做到了。那是……那是……"史瓦兹试图将无法形容的事物化成语言，无能为力的表情看起来简直滑稽。

"好，你能同时对付几个人吗？"

"我从来没试过，可是我想不行，我就不能同时透视两个心灵。"

宝拉打岔道："你不能让他杀掉教长秘书，贝尔，那样行不通。"

"为什么行不通？"

"那我们又怎么出去呢？即使我们找到教长秘书，立刻杀死他，外面还有好几百人等着我们。你没想到这点吗？"

史瓦兹却突然插嘴，以沙哑的声音说："我找到他了。"

"谁？"另外三人同时发问，连谢克特也急切地望着他。

"教长秘书，我想那就是他的心灵接触。"

"千万别让他跑掉。"为了提出严厉警告，艾伐丹几乎打个滚。然后，他从平台上跌了下来，一条半麻痹的腿"砰"的一声撞到地板上。他想用那条腿慢慢撑起身躯，但几乎做不到。

宝拉大叫道："你受伤了！"当她试图举起手肘时，竟发觉手臂关节开始松动。

"没有，没关系。把他吸干，史瓦兹，尽可能吸取所有的讯息。"

史瓦兹尽力射出精神力量，直至头痛欲裂。他以心灵的卷须盲目地、笨拙地抓扯着，就像一个婴儿伸出尚未运用自如的手指，想抓住一样几乎够不着的东西。在此之前，他接触的对象全都未经选择，现在他却要寻找……寻找……

他吃力地捕捉到一点东西。“胜利的喜悦！他对结果有绝对的信心……有关太空子弹什么的。他将它们启动……不，不是启动，是别的事……他正准备启动它们。”

谢克特呻吟了一声。“那是载送病毒的自动导向飞弹，艾伐丹，分别瞄准各颗行星。”

“可是它们存放在哪里呢，史瓦兹？”艾伐丹坚持要得到答案，“听我说，老兄，听我说——”

“有座建筑物，我……无法……看……清楚……五个点……一颗星……一个名字，也许是‘申路’……”

谢克特又插嘴道：“就是那里，我向全银河众星发誓，就是那里。那是位于神路的圣殿，四面八方都被放射性矿囊包围，除了那些古人，没人能到那里去。它是不是在两条大河的交汇点附近，史瓦兹？”

“我不能……没错……没错……没错……”

“什么时候，史瓦兹，什么时候？它们会在什么时候发射？”

“我看不到日期，不过很快……很快。他的心灵充满那种……很快就会开始。”他自己的心灵则似乎用尽所有的气力。

当艾伐丹终于以双手双膝撑起身子时，他感到口干舌燥，全身发热，他的四肢则仍旧摇摇晃晃，根本没办法伸直。“他正朝这里走来吗？”

“是的，他就在门口。”

他的声音越来越低，等大门打开后，他便立刻住口。

玻契斯以胜利与得意的姿态出现，他的口气是一种冷酷的嘲讽。“艾伐丹博士！你回到座位上是不是比较好？”

艾伐丹抬起头望着他，意识到那句话对此时的自己是极大的侮辱，但他不知如何回答才好，因此根本没开口。他忍受着剧痛，慢慢弯曲四肢，重新趴到地板上。他发出浓重的呼吸声，默默地等待。若是手脚的力气能恢复一点，若是能发出致命的一击，若是有办法夺取对方的武器……

教长秘书系着一条闪闪发光的韧塑腰带，用以固定身上的长袍。但轻巧地悬在腰带上的并非神经鞭，而是一把大型手铳，能在瞬间将一个人轰成无数原子。

教长秘书带着粗野的满足感，望着面前的四个人。他根本不想考虑那名少女，反正现在是一网打尽了。一个是地球的叛徒，一个是帝国的间谍，另一个则是监视了两个月的神秘人物。除此之外，还有其他什么人吗？

说实在的，还有恩尼亚斯，而他背后还有帝国。这些间谍与叛徒是他们的拳头，现在拳头虽然被绑起来，但活跃的头脑仍躲在某处，也许还会再派出其他的拳头。

教长秘书悠闲地站着，双手交叠胸前，表示根本不将这些人放在眼里，因而没有必要保持警戒状态。他平静而温和地说：“现在有必要把事情彻底澄清一下。地球与帝国正在进行一场战争，虽然尚未宣战，可是，这的确是一场战争。你们是我们的俘虏，在这种情况下，一定会接受必要的处置。而对间谍和叛徒来说，公认的惩罚自然就是死罪——”

“只有在经过宣战的合法战争中。”艾伐丹凶巴巴地插嘴道。

“合法的战争？”教长秘书带着几分讥嘲反问，“什么是合法的战争？地球一直跟银河处于交战状态，不论我们是否出于礼貌而提到这个事实。”

“别跟他啰唆，”宝拉轻声对艾伐丹说，“让他尽快把话说完算了。”

艾伐丹冲着她微微一笑，那是个诡异而飘忽的笑容，因为他正用尽全力摇摇晃晃站起来，还在不停地喘着气。

玻契斯轻声笑了笑。他从容不迫地向前走了几步，来到那位天狼星区考古学家的面前。接着，他又以同样从容不迫的动作，将一只手轻轻放在对方宽阔的胸膛上，然后向前一推。

艾伐丹的手臂仍处于四分五裂的状态，无法听从主人的命令伸手格挡。他的躯干肌肉则处于停滞状态，仅能以蜗牛般的速度调整身体平衡。因此，艾伐丹直挺挺地倒了下去。

宝拉吓得喘不过气。她拼命拉扯不听话的肌肉与骨骼，从她置身的平台上慢吞吞、慢吞吞地爬下来。

玻契斯并未阻止，看着她朝艾伐丹爬去。

“你的爱人，”他说，“你那强壮的外星爱人。跑到他身边去啊，姑娘！你还在等什么？紧紧抱住你的英雄，倒在他的臂弯里，忘掉他是十亿个地球烈士的血汗培养出来的。现在他躺在那里，英勇无双、胆识过人——被一个地球人用手轻轻一推，就投向了地球的怀抱。”

现在，宝拉跪在艾伐丹身边，伸手探向他的后脑，想摸摸看有没有出血或可怕的碎骨。艾伐丹缓缓张开眼睛，做了个“没关系”的嘴型。

“他是个懦夫，”宝拉说，“只敢欺负一个四肢麻痹的人，还有脸夸耀他的胜利。相信我，亲爱的，没有几个地球人像他那样。”

“我知道，否则你就不会是地球女子。”

教长秘书的态度转趋强硬。“正如我刚才所说，这里每个人的性命都已被没收。不过嘛，还是可以赎得回去。你们有兴趣知道代价吗？”

宝拉以傲然的口吻说：“处在我们的情况下，我确定你就会这样做。”

“嘘，宝拉。”艾伐丹的呼吸尚未完全恢复正常，“你有什么提议？”

“哦，”玻契斯说，“你愿意出卖自己吗？比方说，就像我一样？我，一个卑贱的地球人？”

“你自己最清楚自己是什么东西。”艾伐丹反唇相讥，“至于另一个问题，我不是要出卖自己，我是要把她赎回来。”

“我拒绝被赎回去。”宝拉道。

“真感人。”教长秘书咬牙切齿地说，“他染指我们的妇女，我们的地球婆娘，却还扮出一副牺牲者的嘴脸。”

“你到底有什么提议？”艾伐丹追问。

“这个嘛，我们的计划显然走漏了风声。它怎么会传到谢克特博士耳中，这倒不难想象，但帝国又怎么会知道，却是相当令人费解的一件事。因此，我们想知道帝国究竟知道多少。不是你自己打探到什么，艾伐丹，而是帝国了解到什么程度。”

“我是一名考古学家，不是什么间谍。”艾伐丹一字一顿地说，“至于帝国究竟知道多少，我根本毫无概念，但我希望他们知道他妈的很多。”

“我也这么猜想。没关系，你还可以改变主意。想一想，你们全都想一想。”

从头到尾，史瓦兹没说过半句话，甚至没有扬起眼睛……

教长秘书等了半天，然后，改用似乎较凶暴的口气说：“那么，让我向你们简单说明一下不合作的代价。不会让你们一死了之，因为我相当确定，你们全都做好了心理准备，准备接受这个不愉快且不可避免的结局。谢克特博士和这名女子，他的女儿——她实在很不幸，跟这件事有太深的牵连。这两人是地球公民，在目前这种情况下，最适合用突触放大器处置这两个人。你明白吗，谢克特博士？”

物理学家的眼中充满纯然的恐惧。

“是的，我看得出你明白。”玻契斯说，“我们当然可以把突触放大器调得恰到好处，让它对脑部组织所做的破坏，刚好足以产生一个没有大脑的白痴。这是一种最令人作呕的状态：必须有人喂你吃饭，否则你就要挨饿；必须有人帮你清洗，否则你就要活在粪坑中；必须有人把你关起来，否则你就成了众人围观的怪物。在即将来临的伟大时代中，这也许能当做其他人的一个教训。”

“至于你，”教长秘书转向艾伐丹，“还有你的朋友史瓦兹，你们两个是帝国公民，因此适合用来做个有趣的实验。我们制成的热病浓缩病毒，从未在你们这些银河畜牲身上试过。用两位来证明一下我们的计算无误，会是一件很有趣的事。只用很少的剂量，懂吗，这样就不会很快病死。只要我们充分稀释注射液，要经过整整一周的时间，病毒才会夺走你们的生命，那将是非常痛苦的经验。”

他顿了一下，眯起眼来望着他们。“这些下场，”他又说，“都是因为你们现在不肯乖乖说几句话。帝国究竟知道了多少？此时有没有其他间谍还在活动？假如他们准备进行反制，他们的计划又是什么？”

谢克特博士喃喃道：“一旦我们将你想知道的事告诉你，我们怎么知道你不会马上把我们杀掉？”

“我向你保证，你要是拒绝，就一定会死得很惨。你必须赌一赌另一条路，怎么样？”

“不能给我们一点时间吗？”

“我不是正在给你们吗？从我进来到现在为止，已经过了十分钟，而我仍在耐心等待……好啦，你们可有什么要说的吗？怎么，没有？时间不会永远等下去，你们必须了解这点。艾伐丹，你仍绷紧肌肉，你认为也许我来不及掏出手铳，你就能冲到我面前。好吧，就算你能又怎么样？外面还有好几百人，即使没有我，我的计划仍将继续执行。甚至你们各人不同的刑罚，也不需要由我监督。

“或者也许是你，史瓦兹。你曾经杀死我们的特务，是你干的，对不对？或许你认为现在能杀死我？”

这是史瓦兹第一次望向玻契斯，他以冰冷的口气说：“我能，但我不会这么做。”

“你可真仁慈。”

“一点也不，我可真残忍。你自己说过，有些事比一死了之还要可怕。”

艾伐丹突然瞪着史瓦兹，心中不自觉地升起无穷的希望。

# 第十八章
## 决斗！

史瓦兹心中的念头此起彼落。他感到一种诡异而狂热的心安；他的少数自我似乎绝对控制了局面，但大部分的他无法相信这个事实。他进入麻痹状态比其他三人迟了些，现在连谢克特博士都快坐起来了，他却顶多只有一只手臂稍能动弹。

此时，他瞪着教长秘书凶狠的心灵，里面有着无穷的卑鄙、无穷的邪恶，开始了他的决斗。

他说："我本来站在你这边，虽然你准备杀害我。我想我了解你的感受和你的意图……可是比较起来，在场其他人的心灵相当纯真善良，你的心灵却不堪形容。你甚至不是为地球人而战，而是为你个人的权势。在你心中，我看不到对自由的憧憬，只看到一个重新遭到奴役的地球；在你的心中，我看不到帝国势力的瓦解，只看到个人独裁取而代之。"

"你都看到了，是不是？"玻契斯说，"好吧，想看什么就看吧。反正我不需要你的情报，你知道吗，没有那么需要，不值得我忍受这种无礼态度。我们已将攻击时间提前，你曾预见这点吗？压力的效果真是惊人，即使对那些发誓不可能再快的人也有效。你看到了吗，神奇的超感应大师？”

史瓦兹说：“我没看到。我并未寻找那个思想，所以没有注意到……不过我可以马上开始找。两天……不到……让我看看……星期二……早上六点钟……芝加时间。”

手铳终于到了教长秘书手中。他突然急忙向前走去，峙立在史瓦兹软弱无力的身躯前。

“你怎么知道的？”

史瓦兹丝毫不为所动。他的精神卷须逐渐聚拢，并向外发动攻击。外表看来，他下颚的肌肉猛力收紧，眉毛弯成两道钩，但那些变化根本毫不相干，只是伴随而生的不自觉动作。在他大脑中，他感到一股力量送了出去，紧紧抓住对方的心灵接触。

对艾伐丹而言，这是千载难逢却白白浪费的几秒钟。在他看来，眼前的变化毫无意义，也不明白教长秘书为何突然僵住。

史瓦兹一面喘气，一面喃喃道：“我抓到他了……把他的枪拿开。我无法支持太……”后面的话只在他的喉咙里打转。

艾伐丹随即醒悟，歪歪斜斜地以四肢撑起身子，然后使出全身力气，缓慢地、痛苦地、颤巍巍地站起来。宝拉想跟他一同起身，最后没有成功。谢克特则顺着平台边缘滑下，跪到地板上。现在只剩史瓦兹躺在那里，面孔不停地抽动。

教长秘书仿佛见到了希腊神话中的美杜莎，因而化作一尊石像。汗珠渐渐聚集在他光滑而不见皱纹的额头上，毫无表情的脸孔并未表露任何情绪。只有仍握着手铳的右手，显现一点生命的迹象。假如仔细观察，能看见那只手在轻轻扯动，还能观察到手指向扳机施加的诡异压力：非常轻微的压力，不足以构成威胁，但一而再、再而三地重复……

“紧紧抓住他。”艾伐丹感到无比兴奋，喘着气说。他借着一张椅子稳住自己的身体，试图调匀呼吸。“让我来收拾他。”

他拖着脚步向前走去，好像置身一场噩梦，正在涉过一团蜜糖，游过一池焦油。他用力拉扯着快要撕裂的肌肉，慢慢地、慢慢地走。

他没有——也不能——察觉到在他面前进行的殊死决斗。

教长秘书只有一个目标，就是向拇指再多加一丝力道，准确地说是三盎司，因为那是触发手铳所需的压力。想要做到这点，他的心灵只要命令颤抖不已、已经收缩一半的肌腱，再……再……

史瓦兹也只有一个目标，就是抑制那个压力。然而，对方的心灵接触是一团毫不熟悉的感觉，他无法知道哪个特定区域控制那根拇指。因此他竭力制造一种停滞状态，完全的停滞状态……

教长秘书的心灵接触如巨浪般陡然升高，试图挣脱加诸其上的束缚。史瓦兹毫无经验的控制术，面对的是个敏锐且聪明得可怕的心灵。它会按兵不动好几秒钟，只是静静等待——然后，它会猛然一鼓作气，拼命拉动这条或那条肌肉……

对史瓦兹而言，就像在进行一场角力，而且已经抓住对手，必须不计一切代价保持战果，虽然对手将他疯狂地甩来甩去。

然而外表上什么也看不出来。旁人能见到的，只有史瓦兹的下颚神经质地一收一松，他的嘴唇则颤动不已，还被牙齿咬出血痕。此外，教长秘书的拇指偶尔也会有轻微的动作，收紧——收紧。

艾伐丹停下来休息了一会儿，他不想这么做，可是他别无选择。他伸出的手指刚好碰到教长秘书的长袍，他却感到再也无法向前伸。他的肺部剧烈疼痛，不能为僵死的四肢供应足够的氧气。由于用力过度，他的双眼充满泪水，因此视线一片模糊，他的心灵则陷在痛苦的迷雾中。

他喘着气说："只要再撑几分钟，史瓦兹。抓住他，抓住他——"

史瓦兹缓缓地，缓缓地摇着头。"我不能……我不能……"

事实上，在史瓦兹看来，整个世界都变成模糊朦胧的一团混沌，他的心灵卷须渐渐变得僵硬而毫无弹性。

教长秘书的拇指再度按向开关。它仍未松动，压力却一点一点在增加中。

史瓦兹能感到自己的眼球鼓凸出来，额头的血管也扭曲胀大。此外，他还能感知对方心灵中渐渐升起可怕的胜利感……

然后艾伐丹终于发动攻击。他僵硬且不听使唤的身体向前扑去，同时伸出双手抓向对方。

心灵受制的教长秘书跟他一块摔倒，那柄手铳飞向一旁，沿着地板叮叮当当滑了老远。

教长秘书的心灵几乎在同一瞬间挣脱。史瓦兹被猛力甩开，自己的头脑一团混乱。

玻契斯被艾伐丹沉重的身体压在下面，正在拼命挣扎。他握紧拳头，一拳击向艾伐丹的颧骨，同时抬起膝盖，猛力踢向对方的腹股沟。然后他站起来，用力一推，艾伐丹便在剧痛中缩成一团滚到一旁。

教长秘书摇摇晃晃地站在那里，气喘吁吁，披头散发。

他突然间又僵住了，面对他的是半坐在地上的谢克特。他用颤抖的双手抓着那柄手铳，虽然手铳跟着抖动，发射端却对准教长秘书。

"你们是一群傻瓜，"教长秘书激动得胡乱尖叫，"你们指望能得到什么？我只要提高音量……"

"而你，至少，"谢克特虚弱地答道，"会死。"

"你杀了我根本没用，"教长秘书以苦涩的口吻说，"你自己也知道这点。你救不了你所投靠的帝国，你甚至救不了你自己。把枪给我，我就放你自由。”

他伸出一只手，谢克特却生硬地大笑几声。“我不会相信的，我还没有疯到那种程度。”

“也许没有，但你还处于半麻痹状态。”说完，教长秘书猛然冲向右方。

他的动作十分迅速，物理学家虚弱的手腕根本来不及将手铳转向。

玻契斯为了准备那判定生死的一跃，将全副心神放在那柄手铳上。史瓦兹趁机再度伸展他的心灵，发出致命的一击。教长秘书立刻倒地不起，仿佛挨了一记闷棍。

艾伐丹痛苦地站起来，他的脸颊又红又肿，走起路来一跛一跛。他说：“你能动吗，史瓦兹？”

“一点点。”史瓦兹一面以疲倦的声音回答，一面从平台上滑下。

“有其他人向这里走来吗，嗯？”

“我没侦测到。”

艾伐丹低下头去，对宝拉露出生硬的笑容。他将一只手放在她柔软的褐发上，她则以盈满泪水的双眼抬头望向他。在过去两小时间，他曾有好几次确定自己再也不能——再也不能抚摸她的秀发，或是接触她的目光。

“也许还会有将来，宝拉？”

她却只能轻摇着头，答道：“我们没多少时间，顶多只到周二早上六点。”

“没多少时间？好，我们等着瞧。”艾伐丹俯身凑向趴在地上的古人，将他的头往后拉，动作绝不客气。

“他还活着吗？”他用仍旧麻痹的指尖探寻脉搏，摸了半天毫无感觉，于是将一只手掌伸进绿袍中。然后他说：“无论如何，他的心脏还在跳动……你拥有一种危险的力量，史瓦兹。你为何最初不这么做呢？”

“因为我想让他动弹不得。”由史瓦兹现在的表情，明显地看得出他正经受的痛苦。“我想如果我能制住他，就可以让他走在我们前面，拿他当幌子，躲在他后头蒙混过关。”

谢克特突然精神振奋地说：“我们或许可以，附近的狄伯恩要塞有帝国驻军，距离此地不到半英里。我们一旦到达那里就安全了，还可以传话给恩尼亚斯。”

“一旦到达那里！外面一定有一百名警卫，周围各处一定还有好几百名。我们又要怎样处置这个绿袍僵尸？背着他？用小车推着他走？”说完，艾伐丹发出几声干笑。

“此外，”史瓦兹以沮丧的口吻说，“我无法制住他太久，你们刚才看到——我失败了。”

谢克特一本正经地说：“那是因为你还不习惯。听我说，史瓦兹，你的心灵究竟是怎么运作的，我倒有个粗浅的概念。它就像大脑的一个电磁场接收站，我想你应该也能发送。你明白吗？”

史瓦兹似乎不确定，显得相当懊恼。

“你一定要明白，”谢克特坚持道，“你得集中精神想象你要他做的事。首先，我们要把他的手铳还给他。”

“什么！”其他三人异口同声发出怒吼。

谢克特提高音量说：“一定要由他带我们出去，否则我们根本出不去，对不对？除了让他明显地持有武器，还有什么更不让人起疑的做法？”

“可是我制不住他，我告诉你我办不到。”史瓦兹将手臂一缩一伸，再轮流使劲拍打，试图使感觉恢复正常。“我不在乎你有什么理论，谢克特博士。你不知道实际的状况，这么做既吃力又靠不住，而且绝不简单。”

“我知道，但我们必须冒险。现在试试看，史瓦兹，等他醒来后，让他挪动他的手臂。”谢克特的声音带有恳求的意味。

躺在地上的教长秘书开始呻吟，史瓦兹感到心灵接触正慢慢恢复。他默默地，几乎怀着恐惧的心情，让它的力量逐渐增强，然后开始对它说话。

那是一种没有语言的沟通方式，就像你想要运动手臂时，对手臂“说”的那种无声的言语。由于这种言语太过沉默，所以你从未察觉。

史瓦兹的手臂并没有动作，动的是教长秘书的手臂。这位来自过去的地球人抬起头，露出狂放的笑容，其他三人则目不转睛地望着玻契斯。玻契斯，这个躺在地上的身躯，他的头缓缓抬起来，原本无意识的呆滞眼神逐渐消失。接着，他一只手臂突然毫无来由地伸出去，与身体形成九十度角，看来十分诡异。

史瓦兹专心地发出命令。

教长秘书以极不利落的方式站起来，差点就失去平衡。然后，他以一种并非自愿的古怪动作开始跳舞。

他的舞姿缺乏韵律，缺乏美感，然而三个望着这个躯体的人，以及同时盯着躯体与心灵的史瓦兹，都兴起一股无法形容的敬畏之情。因为这个时候，教长秘书的身体不属于自己，而是受到一个与他没有直接联系的心灵控制。

谢克特慢慢地、谨慎地接近机器人般的教长秘书，然后伸出右手。对于这个行动，连他自己也并非毫无疑虑。手铳躺在他摊开的手掌中，铳柄朝向对方。

“让他来拿，史瓦兹。”谢克特说。

玻契斯的手掌向前伸，笨拙地抓起那柄武器。一时之间，他眼中透出奸猾、贪婪的光芒，但迅速消失无踪。他慢慢地，慢慢地将手铳挂回腰带，那只手随即垂下来。

史瓦兹发出几下高亢的笑声。“好险，几乎被他挣脱了。”此时他却脸色惨白。

“怎么样？你能制住他吗？”

“他像恶魔一样挣扎，但不再像刚才那么糟。”

“因为你现在知道自己在做什么。”谢克特的话中带有鼓励的成分，连他自己也没完全察觉。“现在，开始发送。别试图制住他，假装是你自己在做那件事。”

艾伐丹插嘴道：“你能让他开口说话吗？”

顿了一下之后，教长秘书发出一声低沉刺耳的咆哮。然后又顿了一下，接着又是一声咆哮。

“只能这样了。”史瓦兹喘着气说。

“可是为何不灵呢？”宝拉显得忧心忡忡。

谢克特耸了耸肩。“想要开口说话，必须牵动某些十分精巧复杂的肌肉，不像拉扯四肢的肌肉那么简单。别管了，史瓦兹，我们也许照样能过关。”

对于其后两小时的记忆，参与这场奇异冒险的人各有不同。譬如说，谢克特博士不知如何变得十分刚强，所有的恐惧似乎完全消失，取而代之的是他对史瓦兹的同情。他担心得透不过气来，却对史瓦兹内心的奋战无能为力。从头到尾，他的眼睛一直盯着那个圆圆的脸庞，目睹着它慢慢挤出皱纹，进而扭曲变形。对其他人，他顶多随便瞥一眼。

当教长秘书出现在门口时，他的绿袍立刻令人联想到官位与权势，门口的警卫随即向他行礼致敬，教长秘书则以粗笨呆板的动作回礼。然后，他们便平安无事地通过了。

直到他们离开这个矫正所，艾伐丹才意识到整个行动多么疯狂。银河正处于无法想象的险境，而跨越深渊的桥梁只是一根脆弱的芦苇。然而，即使在那个时候，那个时候！艾伐丹仍感到自己淹没在宝拉的目光中。不论是否因为自己眼看就要丧命，或是未来即将遭到毁灭，还是以为他再也无法尝到那种甜蜜——不论是什么原因，反正从来没人让他这样深深地、痴心地迷恋过。

今后，她就是他所有记忆的总和。只有这个女孩……

而在宝拉的记忆中，上午耀眼的阳光照在她脸上，因此艾伐丹俯下的脸庞显得模糊不清。她对他微微一笑，察觉自己的手臂轻轻栖在一只强健的臂弯中。平坦结实的肌肉罩在光滑的塑质布料下，平滑凉爽的感觉传到她的手腕……这就是事后一直徘徊不去的记忆。

史瓦兹则在艰苦的境况中奋斗。他们从侧门走出建筑物之后，发现前方弯曲的车道几乎空无一人。他感到谢天谢地，大大吁了一口气。

唯有史瓦兹才知道失败的代价多高。在他控制的这个心灵中，他能感到无法忍受的屈辱，以及一股更深的恨意，还有可怕至极的决心。为了引导他们找到出路，他必须在这个心灵中搜寻讯息，包括专车停放的位置、正确的路线等等。而在搜寻的过程中，他体会到对方复仇的决心有多么炽烈，只要他的控制动摇十分之一秒，教长秘书就一定会挣脱他的掌握。

当他被迫在那个心灵中四下翻寻时，他发现的那些根深蒂固的秘密念头，从此永远烙印在他的心版上。此后，在许多安详平静的黎明，他总会从梦中惊醒，以为自己仍在敌人的大本营中，操纵着一个疯子的脚步，走向危险的逃亡之路。

他们走到那辆专车旁边时，史瓦兹喘着气说了几个字。他再也不敢松懈，因此无法说出连贯的字句，只能很快吐出几个关键字眼：“不能……驾车……不能……让他……驾车……复杂……不能……”

谢克特则以轻柔的话语安慰他，却不敢碰触他；不敢以普通方式与他说话；不敢让他稍有一秒钟的分心。

他悄声道：“只要让他坐到后座去，史瓦兹。我来开车，我知道如何驾驶。从现在开始，让他固定不动就行了，我会把手铳拿开。”

教长秘书的专车式样非常特殊，由于它很特殊，所以与众不同，因而吸引了许多目光。它的车头灯能以富韵律的节奏左右摇摆，翠绿色的灯光忽明忽暗。行人全都驻足观看，迎面而来的车辆则连忙恭敬地闪到一旁。

若非这辆车那么引人注目，若非它那么抢眼，也许某些路人就会有时间注意到，后座坐着一个脸色苍白、一动不动的古人——也许会感到怀疑——也许会嗅到危险的气息——

可是他们注意到的只有这辆车，因此时间就这么过去……

在一道闪闪发光的铬质大门前，一名卫兵挡住他们的去路。那道门是帝国建筑的象征，气势恢宏绝伦，与地球上低矮沉重的建筑形成强烈对比。卫兵将巨大的力线枪横向推出，做出拦阻的架势，于是车子停了下来。

艾伐丹从车中探头出去。“卫兵，我是帝国的公民，我想见你们的指挥官。”

“我必须查看您的证件，先生。”

“我的证件被人夺走了。我是天狼星区拜隆星的贝尔·艾伐丹，我正在为行政官办事，而且是紧急事件。”

卫兵将手腕凑向嘴边，对着发射器轻声说了几句。不一会儿，他就得到指示。他随即放下长枪，退到一旁，接着大门便缓缓打开。

# 第十九章
# **时限迫近**

其后几小时，狄伯恩要塞内外都发生了骚动。而芝加本身的骚动，则或许有过之而无不及。

中午时分，位于华盛的教长透过通讯波与他的秘书联络，结果一直没找到他。教长感到很不高兴，矫正所的低级官员则提心吊胆。

调查很快展开，守在集会厅外的警卫确定，教长秘书于上午十点半与囚犯一同离去……不，他没留下任何指示。他们说不出他到哪里去了，那当然不是他们该问的。

另一组警卫同样未曾得到指示，也同样说不出所以然来。一股普遍的焦虑急速升高，像漩涡一样不停打转。

下午二时，第一份报告送达。当天上午有人看到教长秘书的专车——谁也没看到教长秘书是否在里面——有些人认为是由他本人驾驶的，结果证明只是猜测罢了……

两点半的时候，已经可以确定那辆车开进了狄伯恩要塞。

将近三点时分，教长终于做出决定，派人打电话给要塞的指挥官。

接电话的是一名中尉。他们得到的答案是，目前无法提供有关此事件的任何讯息。

然而，皇军军官要求他们暂时维持秩序，并进而要求他们，在得到进一步通知前，别将一名古人教团成员失踪的消息流传出去。

不过，那足以导致与帝国的期望截然相反的结果。

在起事四十八小时前，密谋的主要成员之一竟落在敌人手中，其他参与叛变的人绝不能冒这种险。这就代表只有两种可能，若非事迹败露，就是有人叛变。而这两者只是一体的两面，不论何者为真，都是死路一条。

因此谣言迅速传播……

芝加的群众开始骚动……

职业群众煽动家走上街头；秘密军械库被打开来，众人纷纷捡拾武器；人潮向要塞进发，宛如一条蜿蜒的长龙。到了下午六时，另一封信送达指挥官，这次是由私人信使送来的。

与此同时，要塞内也发生了一场规模较小的骚动。它的序幕极为戏剧化，当专车开进去后，一名年轻军官迎了上来，伸手向教长秘书索取手铳。

“交给我吧。”他随口说。

谢克特说：“让他拿去，史瓦兹。”

教长秘书便举起手铳，递了出去，手铳立刻被军官取走。史瓦兹这才收回心灵卷须，同时长长吁了一口气，放松了紧绷的神经。

艾伐丹早已做好准备，当教长秘书挣脱控制，像一根压扁的弹簧疯狂地弹开时，考古学家立刻对他发动攻击，重拳如雨点般落在他身上。

军官大声发出命令，马上有许多士兵跑来。当士兵粗暴地扯住艾伐丹的衬衣衣领，将他拖出车子的时候，教长秘书已瘫痪在座椅上，乌血从他一侧嘴角缓缓流下。而艾伐丹原本被打伤的脸颊，此时则再度皮开肉绽。

他用颤抖的手整了一下头发，然后伸出一根硬邦邦的手指，以坚定的口气说："我指控这个人阴谋推翻帝国政府，我必须立即与指挥官见面。"

"我们会安排的，先生。"那名军官彬彬有礼地说，"如果您不介意，请您跟我走——你们都跟我走。"

然后，几小时过去了，什么事也没发生。他们被安置在一间独立的套房，内部相当清洁。十二个小时以来，他们第一次有机会进食，虽然心事重重，也暂时顾不了那么多，每个人都狼吞虎咽，将食物一扫而光。他们甚至有机会享受文明人的另一项必需品——沐浴。

可是房间外面却有警卫站岗，几小时后，艾伐丹终于发起脾气，大声吼道："我们只不过换了牢房而已。"

军营中继续着既无聊又无意义的作息，完全忽视他们的存在。此时史瓦兹正在睡觉，艾伐丹的眼光落到他身上，谢克特却摇了摇头。

"我们不能，"他说，"那样做不人道，这个人累坏了，让他睡吧。"

"可是只剩下三十九小时。"

"我知道——但再等等吧。"

此时，响起了一个冷淡且稍带讽刺的声音。"你们哪个自称是帝国的公民？"

艾伐丹一跃而起。"是我。我……"

他的声音陡然中断，因为他认出了说话的是什么人。那人露出硬邦邦的笑容，左臂显得有点僵硬，那正是他们上次会面留下的纪念。

宝拉在他身后细声道："贝尔，就是那个军官，去百货商店的那个。”

“被他扭断手臂的那个。”那军官厉声补充道，“我的名字是柯劳第中尉，没错，你就是那个人。所以说你是天狼世界来的，对不对？而你却跟他们混在一起。银河啊，一个人竟能堕落到这种程度！而这姑娘仍旧黏在你身边。”他等了一会儿，又慢慢地、不慌不忙地说：“地球婆娘！”

艾伐丹火冒三丈，又随即息怒。他不能——还不能——

他勉强低声下气地说：“我可以见上校吗，中尉？”

“上校，只怕现在并不在值班。”

“你的意思是他不在此地？”

“我没那样说。还是可以找得到他——只要事态足够紧急。”

“正是如此……我能见值日官吗？”

“此时此刻，我就是值日官。”

“那么赶快跟上校联络。”

中尉缓缓摇了摇头。“除非我确信情况真的很严重，否则我根本不能那样做。”

艾伐丹急得全身发抖。“看在银河的分上，别再闪烁其词！这是生死攸关的大事。”

“真的？”柯劳第中尉甩着一根指挥杖，故作潇洒状。“你可以恳求我接见你。”

“好吧……好，我在等着。”

“我是说——你可以恳求。”

“你能接见我吗，中尉？”

中尉的脸上却毫无笑容。“我是说，恳求。在这个姑娘面前，谦卑地恳求。”

艾伐丹咽了一下口水，开始向后退。宝拉的手却抓住他的衣袖，她说：“拜托，贝尔，你绝不能惹他生气。”

于是，考古学家以沙哑的声音吼道：“天狼星区的贝尔·艾伐丹，谦卑地恳求值日官接见。”

柯劳第中尉说：“这得视情况而定。”

他向艾伐丹跨出一步，接着迅速伸出手掌，在艾伐丹面颊的绷带上狠狠掴了一记。

艾伐丹猛喘着气，硬生生压住一声尖叫。

中尉又说：“你上次愤恨不已，这次也会吗？”

艾伐丹没有吭声。

中尉终于说：“求见获准。”

四名士兵立刻进来，两前两后将艾伐丹押出去，柯劳第中尉则走在前面带路。

现在，只剩下谢克特与宝拉伴着沉睡的史瓦兹。谢克特说：“我没有再听到他的声音，你呢？”

宝拉摇了摇头。“我也没听到，有好一会儿了。可是，父亲，你认为他会对贝尔怎么样吗？”

“他能吗？”老人以沉静的口吻说，“你忘了，他并非真的是我们的一分子。他是帝国的公民，不可能轻易受到侵犯……我猜你爱上他了，是吗？”

“哦，爱得很深，父亲。这很傻，我知道。”

“当然很傻。”谢克特露出苦笑，“他是个正人君子，我没有说他不是。可是他又能怎么办？他能和我们住在这个世界上吗？他能带你回家乡吗？将一名地球女子引见给他的朋友？他的家人？”

她哭了起来。“我知道，可是也许不会有这些事了。”

谢克特再度站起身来，仿佛刚才那句话提醒了他。他又说：“我听不到他的声音了。”

他指的是教长秘书的声音。玻契斯被安置在隔壁房间，一直像一头困兽般踱来踱去，不祥的脚步声听来相当真切，只不过现在却消失了。

这只是件小事，可是事到如今，教长秘书的肉体与心灵却集中着、象征着所有的邪恶力量，正要将疾病与毁灭传播到每个住人恒星系。于是，谢克特轻唤史瓦兹："起来吧。"

史瓦兹随即惊醒。"怎么回事？"他几乎没有休息过的感觉。疲倦钻得太深，甚至穿透他的身体，在另一侧如锯齿般冒出来。

"玻契斯在哪里？"谢克特催促道。

"哦——哦，对了。"史瓦兹先是胡乱四下张望，然后才想起来，他的眼睛不是看得最清楚的感官。于是他再度送出心灵卷须，让它们蜿蜒地延伸，尽力侦测一个它们非常熟悉的心灵。

他终于找到了，却避免与它有实际接触。他虽然在那个心灵上花了许多苦工，但对那些病态的卑鄙念头并未增加任何好感，根本不想与之亲近。

史瓦兹喃喃道："他在另一层楼，正在跟某人谈话。"

"跟谁？"

"那人的心灵我没接触过。慢着——让我听一听，也许教长秘书会——有了，他称呼对方上校。"

谢克特与宝拉很快互望一眼。

"不可能是叛变吧？"宝拉悄声道，"我的意思是，帝国军官当然不会跟反叛皇上的地球人勾结，对不对？"

"我不知道，"谢克特以悲伤的口吻说，"如今，我愿意相信任何事。"

柯劳第中尉发出会心的微笑。他坐在一张办公桌后面，手中握着一把手铳，还有四名士兵站在他背后。他的口气带有绝对的权威，因为如今情势正是如此。

“我不喜欢地球佬，”他说，“我从不喜欢他们，他们是银河中的渣滓。他们带有疾病，迷信，懒惰；他们既堕落又愚蠢。可是，众星在上，他们大多还知道分寸。

“就某个角度而言，我能了解他们。他们生来就是如此，自己也无可奈何。当然，假使我是皇上，我可不会忍受皇上忍受的那些——我的意思是，他们那些该死的俗例和传统。不过这没关系，总有一天我们会学到……”

艾伐丹终于爆发。“你现在给我听好，我不是来这里听……”

“你会听下去的，因为我还没说完。我正要说，我不了解的是某些地球迷的心灵。一个男子汉——想必是个真正的男子汉——竟然可以那么自贬身价，跟他们厮混在一起，还紧咬着他们的妇女不放，那我对他就毫无敬意。他比他们还要糟糕……”

“那么，你和你那可怜、肮脏的借口一起滚到太空去吧！”艾伐丹凶狠地说，“你可知道一个颠覆帝国的阴谋正在进行？你可知道情况多么危急？你多耽误一分钟，都会更危及全银河万兆人口的安全……”

“哦，我可不知道，艾伐丹博士。是博士，对吗？我绝不能忘记你的尊衔。你知道吗，我自己有个推论：你是他们的一分子。你或许生在天狼星区，可是你有地球人那样的黑心，利用银河公民的身份帮他们达到目的。你绑架了他们的官员，那个古人——话说回来，这本身是件好事，我不在乎帮他掐断他的喉咙。可是现在有许多地球人在找他，他们还送了一封信到要塞来。”

“真的？他们已经这样做了？那我们为什么还在这里废话？我必须见上校才行……”

“你指望有一场暴动，或任何形式的麻烦吗？甚至你也许早有计划，以此作为预谋叛变的第一步，有没有？”

“你疯了吗？我为什么要那样做？”

“好吧，那么，如果我们释放那个古人，你该不会介意吧？”

“你不能那样做。”艾伐丹猛然站起来，一时之间，他像是想要跳过桌子扑向对方。

但手铳握在柯劳第中尉手中。“哦，我们不能吗？现在你听我说，我自己也有个小小的目的。我打了你一巴掌，又让你在那些地球佬同伙面前屈膝。我再让你坐在这里，乖乖听我教训你，说你是一条多么下贱的虫。而现在，我好想有个借口，让我能轰掉你一条手臂，以报复你对我的伤害。你再动一动试试看。”

艾伐丹僵住了。

柯劳第中尉哈哈大笑，将手铳放到一旁。“真是遗憾，我得把你留给上校，他会在五点十五分见你。”

“你早就知道——你一直都知道。”挫折感将他的喉咙撕成粗糙的砂纸。

“当然啦。”

“若是由于我们浪费这些时间，柯劳第中尉，因而延误了宝贵的时机，那么你我都没有多久可活。”他的语气冰冷，令他的声音听来十分骇人。“但你会比我早死，因为我将用最后几分钟的时间，把你的头骨打得稀烂，把你的脑浆也榨出来。”

“我会等着你，地球迷，随时候教！”

狄伯恩要塞的指挥官已为帝国效命多年，一年比一年更老练世故。在过去几代的太平岁月中，几乎没什么军官有机会获得“勋荣”，而上校也不例外，他未曾立过任何战功。但从一名候补军官一路漫长爬升，他的足迹也已踏遍银河各个角落。因此，即使在地球这种神经病世界上担任驻军指挥官，对他而言也不过是另一项杂务。他不求有功，但求无过，因此总是委曲求全——甚至在必要的时候，肯向一名地球女子郑重道歉。

艾伐丹进来的时候，他似乎显得很疲倦。他的衬衣领口敞开，那件配有金光闪闪的“星舰与太阳”标志的短军装，则随随便便挂在椅背上。当他以严肃的目光望着艾伐丹时，还心不在焉地将右手指节按得劈啪作响。

“非常混乱的一件事，这一切经过，”他说，“都非常混乱。我对你印象深刻，年轻人。你是拜隆星的贝尔·艾伐丹，上次那件令人相当尴尬的事也是由你领衔。你不能少惹点麻烦吗？”

“这次不只是我自己有麻烦，上校，而是整个银河都有麻烦了。”

“是的，我知道。”上校带着不耐烦的口气说，“或者说，至少我知道你声称如此。我接到了报告，说你的身份证明已不在身边。”

“证件被夺走了，不过埃佛勒斯峰当局认识我。行政官本人可以证明我的身份，而我希望，他在日落前就能给你答复。”

“我们会安排的。”上校双手抱胸，上身靠着椅背前后摇晃。“请对我说说你们这边的看法。”

“我获悉了一个危险的阴谋，一小撮地球人准备以武力推翻帝国政府。若不立即通知有关当局，他们不但很有可能毁掉政府，还会对帝国造成重大的伤害。”

“你太夸张了，年轻人，竟然提出这么轻率而牵强的说法。地球上的人，有能力发动扰人的暴动，有能力围攻这个要塞，有能力造成相当的破坏，这些我都愿意承认。但我从来没想到过，他们有能耐将帝国军队赶出这颗行星，更别说摧毁帝国政府。不过，我会听听这个——嗯——阴谋的详情。”

“遗憾的是，由于事态过于严重，我感到有必要向行政官本人当面报告详情。因此，假如你不介意，我请求立刻跟他联络。”

“嗯……我们行事不要太过匆忙。你可知道，你带进来的那个人是地球教长的秘书，是他们的古人之一，一个在他们眼中非常重要的人物？”

“一清二楚！”

“而你却说，在你提到的这场阴谋中，他是主要的策动者。”

“他正是。”

“你的证据呢？”

“我说过除了行政官之外，我不能跟任何人讨论这件事，我确定你了解我的意思。”

上校皱起眉头，审视着自己的指甲。“你怀疑我处理这个事件的能力？”

“绝对没有，长官。只不过这是个特殊事件，唯有行政官才有权采取决定性行动。”

“你所谓决定性行动是什么？”

“必须在三十小时内轰炸地球上某座建筑，彻底将它摧毁。否则帝国大部分——甚至全部居民的生命都会被夺走。”

“什么建筑？”上校以困倦的口气问道。

艾伐丹却随即反问：“我能否跟行政官联络，拜托？”

两人僵持了一下，然后上校以强硬的口气说：“你可明白，你强行绑架一个地球人，已足以使你受到地球当局的审判和惩处？通常，政府原则上都会保护帝国的公民，因此会坚持交由银河法庭审理。然而，地球上的事务十分敏感，我曾接到严格指示，能避免冲突时绝对不要冒险。因此，除非你对我的问题有问必答，否则我将被迫把你和你的同伴交给本地警方。”

“但那样做等于判我们死刑。你自己也一样！……上校，我是帝国的公民，我要求晋见行政……”

办公桌上的蜂鸣器突然打断对话，上校转过身去，按下一个开关。“什么事？”

“长官，”传来一个清晰的声音，“大群本地人已将要塞包围，他们应该拥有武器。”

“有没有任何暴力行动？”

“没有，长官。”

上校的脸孔并未显现任何表情，这一点，至少是一名职业军人的基本素养。“炮兵与航空部队随时待命——所有人员进入战斗岗位，除了自卫切记不要开火。明白了吗？”

“明白了，长官。一个举着停战旗的地球人求见。”

“送他进来，同时将教长的秘书再送到这里来。”

现在，上校以冷峻的目光瞪着考古学家。“我相信你也了解，你闯的这个祸有多可怕。”

“我要求出席这场会谈，”艾伐丹大叫，由于气愤而几乎语无伦次，“此外，我要求你做出解释，你为何让我在这里被关上几小时，而你自己却跟一个本地的叛徒密谈。我告诉你，我知道你在见我之前先见过他，我可没有被蒙在鼓里。”

“你在进行任何指控吗，先生？”上校追问道，他自己的声音也提高了，“如果是这样，那就坦白说吧。”

“我没有做任何指控。可是我要提醒你，以后你要为今天的行动负责。而在将来，假如你还有将来，由于你的顽固，你很可能被认定是自己同胞的毁灭者。”

“安静！无论如何，我不需要对你负责。从现在起，我们将依照我的意思行事。你明白吗？”

# 第二十章
## 时限到来

教长秘书从士兵打开的门走进来。在他瘀紫肿胀的嘴唇上，挂着一个短暂冷漠的笑容。他向上校鞠了一躬，可是不论从哪方面看来，他都完全未曾察觉艾伐丹的存在。

“阁下，”上校对这位地球人说，“我已经跟教长联络过，把一切详情都告诉他了，包括你人在此地，以及整个事件的经过。你现在留置在这里，当然完全是——嗯——非正式的，我本该尽可能让你尽快恢复自由。然而，我这里有一位先生，你或许也知道，对你提出一项非常严重的指控。在如今的情况下，我们必须调查……”

“我完全了解，上校。”教长秘书冷静地答道，“可是，我刚才已经向你解释过，此人在地球上应该只待了两个月左右，所以对我们的内政可以说一无所知。不论他做任何指控，他的根据都很脆弱。”

艾伐丹气冲冲地回嘴道：“我是个职业考古学家，近年来专门研究地球与它的风俗，我对此地的政治局势绝非一无所知。而且无论如何，提出指控的不止我一个人。”

教长秘书自始至终未望向考古学家，而是一直对着上校说话。他说：“我们本地的一位科学家也牵扯在内，这个人正常的六十年寿命即将结束，已经开始产生被迫害妄想。此外还有个人，他的来历不明，有过痴呆的病史。这三个人加在一起，也根本不能提出值得重视的指控。”

艾伐丹猛然跳起来。“我要求发言……”

“坐下，”上校以冷漠无情的口吻说，“你刚才拒绝跟我讨论这件事，现在继续拒绝吧。把那个举停战旗的带进来。”

那人是古人教团的另一名成员，当他望见教长秘书时，眼睛几乎眨也不眨一下，一点都没有泄露心中的情绪。上校从座椅中站起来，说道：“你代表外面的人发言吗？”

“是的，长官。”

“那么，我想，这场暴乱的非法集会，目的就是要我们释放一名你们的同胞？”

“是的，长官，一定要立刻还他自由。”

“的确没错！然而，为了维持法律尊严，为了维持社会秩序，为了尊重皇帝陛下派驻在这个世界的代表，在群众以武装叛乱威胁我们的情况下，我们绝不可能讨论这个问题。你必须将你的人马解散。”

教长秘书和颜悦色地说：“上校的话完全正确，寇里兄弟，请让情势冷却下来。我在这里百分之百安全，而且，任何人都没有危险。你了解吗？任何人都没有危险，我以古人的人格担保。”

“太好了，兄弟。谢天谢地，你平安无事。”

于是他被带了出去。

上校简略地说：“一旦城里的局势恢复正常，我们保证立刻护送你平安离去。感谢你的合作，让这次事件终于结束。”

艾伐丹又站起来。“我不允许你这样做，你准备将这个明日的人类刽子手放走，却禁止我跟行政官会面。身为银河帝国的公民，那是我的基本权利。”然后，由于强烈的挫折感，他口不择言地说：“你对一条地球狗的关注，竟会比对我还多吗？”

最后那句近乎语无伦次的怒吼，被教长秘书的高声压了下去。“上校，我心甘情愿留在这里，直到行政官获悉我的案子为止，如果那就是这个人的要求。叛变是极为严重的指控，沾上这种嫌疑——不论理由多么牵强——也足以毁掉我为同胞服务的资格。我真心期望能有个机会，向行政官证明没人比我对帝国更忠心。”

上校以生硬的口吻说：“我敬佩你的情操，阁下。我坦白承认，换成我处在你今日的处境，我的态度会相当不同。你是你们族人的光荣，阁下。我马上试着联络行政官。”

艾伐丹被带回房间之前，没有再说任何一句话。

他避开其他人的目光。有好长一段时间，他只是一动不动地坐在那里，使劲咬着手指的指节。

最后，谢克特终于问道：“怎么样？”

艾伐丹摇了摇头。“我几乎把所有的事都弄砸了。”

“你做了什么？”

“我发了脾气，惹恼了上校，结果一事无成。我不是个有外交手腕的人，谢克特。”

他感到伤心欲绝，突然又兴起为自己辩护的冲动。“我能怎么办？”他大叫道，“上校先跟玻契斯见了一面，所以我不能再相信他。万一他被收买了，代价是饶他一命呢？万一他始终都是这个阴谋的一分子呢？我知道这是个疯狂的想法，但我不能冒这种险。一切都太可疑了，我要见恩尼亚斯本人。”

物理学家站了起来，枯瘦的双手背在背后。“好吧，那么——恩尼亚斯会来吗？”

“我想会的。但那是因为玻契斯自己提出要求，我不明白这是怎么回事。”

“玻契斯自己提出要求？那么史瓦兹一定说对了。”

“是吗？史瓦兹说了些什么？”

那位胖嘟嘟的地球人正坐在小床上，当众人的目光转向他时，他耸了耸肩，摊开双手，做出个无能为力的手势。“刚才教长秘书被带走，经过我们房间的时候，我捕捉到他的心灵接触，他跟你提到的那个军官绝对做过长谈。”

“我知道。”

“可是那位军官的心灵中，没有任何反叛的念头。”

“好吧，”艾伐丹可怜兮兮地说，“那么算我猜错啦。等到恩尼亚斯来了，我就会找个地洞钻进去。玻契斯又怎么样？”

“他的心灵中没有任何担忧或恐惧，有的只是仇恨。现在他主要是在恨我们，因为我们俘虏了他，把他拖到这里来。我们深深伤害了他的虚荣心，他打算连本带利奉还。我在他的心灵中，看到些白日梦的画面：他自己一个人，独力阻止整个银河对他做出任何反制，虽然我们这些获悉内情的人全力对抗他。他现在给我们一些胜算、几张王牌，但他仍会粉碎我们，赢得最后胜利。”

“你的意思是，只为了发泄对我们的小小怨恨，他就会拿他的计划、他的帝国梦冒险？那简直是疯了。”

“我知道，”史瓦兹斩钉截铁地说，“他的确疯了。”

“而他认为他会成功？”

“一点都没错。”

“那我们不得不借重你了，史瓦兹。我们需要你的心灵，听我说……”

谢克特却连连摇头。“不，艾伐丹，我们不能那样做。当你不在的时候，我叫醒史瓦兹，我们讨论过这件事。对于他自己也说不清楚的精神力量，他显然无法好好控制。他可以令人昏迷，或者使人瘫痪，甚至能够杀人。而在积极的方面，他能控制较大的随意肌，让对方做出违背意志的举动，但这已经是极限。就拿教长秘书做例子，他无法让那人开口说话，牵动声带的小肌肉超出他的能力范围。他也无法妥善协调受制者的动作，因此不能命令他驾车；甚至在教长秘书走路的时候，让他维持平衡都有困难。所以，显然我们不能控制恩尼亚斯到，比方说，让他发布或写下一道命令的程度。我也想过这一点，你知道吗……”谢克特不停地摇头，声音则越来越小。

艾伐丹觉得一阵无力感猛然袭来。然后，他又忽然感到一阵焦虑不安。“宝拉在哪里？”

“她在壁凹里睡觉。”

他多么渴望叫醒她——渴望——哦，渴望许许多多的事。

艾伐丹看了看腕表，现在已经接近午夜，只剩下三十个小时了。

后来他也睡了一会儿，快天亮的时候，又醒来过一阵子。没有任何人走近，他整个人变得憔悴而苍白。

艾伐丹看了看腕表，现在又已经接近午夜，只剩下六个小时了。

他以茫然无助的眼光环顾四周，现在大家聚集一堂，就连行政官也终于赶到。宝拉坐在他身旁，温暖纤细的手指绕着他的手腕，而她满脸的恐惧与倦容，则是他憎恨整个银河的最主要原因。

也许他们都该死，这些笨蛋，笨蛋——笨蛋——

谢克特与史瓦兹两人坐在他的左侧，他几乎没有向他们望过一眼。此外还有玻契斯，那个该下地狱的玻契斯，他的嘴唇仍旧肿大，半边脸颊发青，因此说话一定痛得死去活来。想到这里，艾伐丹自己的嘴唇扯出一个愤怒而痛苦的笑容，双手紧握成拳，还在不停地扭动。这么一来，他自己绑着绷带的脸颊也就不再那么疼痛。

面对这些人的是恩尼亚斯，他眉头深锁，显得迟疑不定，看来简直可笑。此外，他照例穿着一套厚重而毫无身段的灌铅服装。

而他也一样愚蠢。想到这些银河的骑墙派，想到他们求的只是和平与安逸，艾伐丹感到强烈的恨意贯穿全身。三世纪前的征服者都到哪里去了？哪里去了？……

还剩下六个小时……

大约在十八小时前，恩尼亚斯接到芝加驻军的电话，立即自半个地球外风驰电掣而来。让他那样做的动机并不明显，但十分强而有力。他告诉自己，本质上这只不过是一桩令人遗憾的绑架案，受害者是充满迷信、噩梦缠身的地球特产的绿袍怪物之一。除此之外，就是这些疯狂而毫无证据的指控。当然，没一件事不是当地的上校无法处理的。

然而还有谢克特——谢克特也牵扯在内。他竟然不是被告，而是原告之一，这实在令人费解。

如今他坐在那里，面对着众人，默默地思量。他相当清楚，自己对此事所做的决定，有可能导致一场叛乱，也许还会削弱他在宫中的地位，毁掉他今后晋升的机会。至于艾伐丹刚才做的冗长演说，提到各种病毒，还有无法控制的流行病等等，他应该抱持多认真的态度？毕竟，假如他根据这番话采取行动，上司们对整个事件又会相信几成？

然而，艾伐丹是个著名的考古学家。

因此他将这个问题暂时压在心中，转而对教长秘书说：“对于这件事，你当然也有话要说。”

“少得可怜，”教长秘书带着轻松的自信道，“我只想问问，支持这项指控的证据在哪里？”

“尊驾，”艾伐丹忍不住抢着说，“我已经告诉过您，前天我们遭到拘禁的时候，那个人对我们承认了每个细节。”

“也许，”教长秘书说，“您会愿意采信他的话，尊驾，但那只不过是另一项没有证据的陈述。其实，外面的人唯一能作证的事实是：被强行掳走的人，是我而不是他们；生命受到威胁的人，也是我而不是他们。现在，我想请我的原告解释一下，他在这颗行星不过九周的时间，怎么有办法发现这一切；而您，行政官，在此地已服务数年，却未曾发现任何对我不利的证据？”

“这位兄弟说的话有道理，”恩尼亚斯严肃地表示同意，“你怎么会知道？”

艾伐丹生硬地答道：“在被告自己招认前，我就从谢克特博士那里获悉了这个阴谋。”

“是这样吗，谢克特博士？”行政官的目光转移到物理学家身上。

“是这样的，尊驾。”

“你又是如何发现的呢？”

谢克特说：“艾伐丹博士对突触放大器用途的描述，以及他对那个细菌学家，法·司密特寇的临终遗言所做的论断，都极为透彻、极为正确。这个司密特寇也是个阴谋分子，他的话都有录音，随时可以取来。”

“可是，谢克特博士，一个人临终的胡言乱语——假如艾伐丹博士的说法正确无误——不可能有多大的分量。你没有其他的证据吗？”

艾伐丹一拳击向座椅扶手，高声打岔道：“这是法庭吗？有人违反了交通法规吗？我们没时间在分析天平上衡量证据的分量，或是用测微计量度它的大小。我告诉您，我们在明晨六时以前，换句话说，在五个半小时内，一定要铲平那个巨大的威胁……在此之前，您早已认识谢克特博士，尊驾，您认为他是个说谎的人吗？”

教长秘书立即插嘴道：“没人指控谢克特博士蓄意说谎，尊驾。只不过这位好博士年事渐长，最近这些日子，他对六十大寿的迫近极为忧心。只怕高龄再加上忧惧，引发了他的轻微妄想倾向，这在地球上普遍得很……看看他！您看他像是很正常吗？”

他当然不像，现在他神色凝重，神经紧绷，已经发生的及将要发生的事，将他折磨得心力交瘁。

谢克特却勉力使自己的声音恢复正常，甚至变得相当冷静。“我也许应该说，过去两个月来，我都在古人连续不断的监视下；我的信件被人拆阅，我的回复遭到检查。不过所有这样的控诉，显然都能归咎于刚才提到的妄想症。然而，我还有约瑟夫·史瓦兹为证，就是您来研究所找我的那天，志愿接受突触放大器改造的那个人。”

“我还记得，”恩尼亚斯心中感到有点庆幸，话题至少暂时转开了。“就是这个人吗？”

“是的。”

“经过这番改造后，他看来没什么不好嘛。”

“他比以前还要好得多。突触放大器改造的结果分外成功，因为他原本就有过目不忘的记忆力，这点我当时并不晓得。总之，现在他的心灵对他人的思想极为敏感。”

恩尼亚斯上身从座椅中向前倾，以惊愕的声调叫道：“什么？你是告诉我说他能透视心灵？”

“这点可以当场示范，尊驾。不过我想，这位兄弟愿意证实我的说法。”

教长秘书向史瓦兹射出一道充满恨意的目光，当这道目光闪电般掠过他的脸孔时，恨意达到了最高点。然后他才开口说话，声音中仅带有几乎无法察觉的颤抖。“那的确是真的，尊驾。他们身边的这个人，拥有某些催眠能力，至于是不是突触放大器造成的，我倒是不清楚。我也许该补充一点，此人接受突触放大器改造的经过没有留下任何记录，您一定也会同意，这点显得极为可疑。”

“没有留下记录的原因，”谢克特平静地说，“是由于我坚守教长下达的命令。”对于这个回答，教长秘书的反应却只是耸耸肩。

恩尼亚斯断然道：“让我们继续讨论问题，别再为小事发生口角……这个史瓦兹究竟如何？他的心灵透视能力，或者催眠的本领，不管它究竟是什么，跟这个案子又有什么关系？”

“谢克特是打算说，”教长秘书抢着答道，“史瓦兹能看透我的心灵。”

“是这样的吗？好吧，他在想什么？”行政官问道，这是他第一次对史瓦兹讲话。

“他正在想，”史瓦兹回答说，“对于您所谓的这个案子，我们无法使您相信我方所说的是实情。”

“相当正确，”教长秘书嘲笑道，“不过要做出这种推论，几乎不必动用什么精神力量。”

“此外，”史瓦兹继续说，“他还认为您是个可怜的笨蛋，不敢采取行动，一心只求太平，希望凭借您的公正无私赢得地球人的心。而您竟会抱持这种希望，更加显示您是个笨蛋。”

教长秘书涨红了脸。“我否认这一切，这显然是企图使您对我产生偏见，尊驾。”

恩尼亚斯却说：“我没那么容易产生偏见。”然后，他又转向史瓦兹。“我又在想些什么呢？”

史瓦兹答道：“您在想，即使我能看清某人脑中的思想，我也没必要把见到的照实说出来。”

行政官扬起眉毛，显得十分惊讶。“你说得对，相当正确。你支持艾伐丹和谢克特两位博士所做的指控吗？”

“每个字都千真万确。”

“好！然而，除非能找到另一个像你这样的人，而他跟这件案子毫无牵扯，否则你的证词不具法律效力，即使我们一致相信你具有精神感应力。”

“但这不是法律问题，”艾伐丹大吼道，“而是关系到整个银河的安全。”

“尊驾，”教长秘书从座位上站起来，“我想提出一个请求，我希望将这位约瑟夫·史瓦兹请出这个房间。”

“为什么要这样？”

“这个人除了能透视心灵，还具有某些精神力量。我就是被这个史瓦兹弄得全身麻痹，才会成为他们的俘虏。我怕他现在会试图对我做类似的攻击，或者甚至对您下手，尊驾，因此我不得不提出这个请求。”

艾伐丹也站了起来，但教长秘书先声夺人地说：“假如一个人具有公认的精神异禀，有可能以微妙的手法影响查案者的心灵，那么只要有他在场，审讯绝不可能公平。”

恩尼亚斯很快做出决定，随即召来一名传令兵。史瓦兹未做任何抵抗，满月般的脸庞也没显露一丝不安，就这么乖乖地被带了出去。

对艾伐丹而言，这是最后的致命一击。

教长秘书没有立即坐下，仍维持着原来的站姿——一个矮胖、阴森的身躯套在绿袍内，一副充满自信的模样。

他以严肃而正式的口吻开始说："尊驾，艾伐丹博士所有的信念与陈述，都建立在谢克特博士的证词上；至于谢克特博士的信念，则建立在一个临死之人的呓语上。而这一切，尊驾，这一切，在约瑟夫·史瓦兹接受突触放大器改造前，竟然一直未曾浮上台面。

"那么，约瑟夫·史瓦兹又是什么人？在约瑟夫·史瓦兹登场前，谢克特博士是个正常且无忧无虑的人。您自己，尊驾，在史瓦兹被送去接受改造那天，曾跟博士相处一个下午。那时他显得不正常吗？他曾向您揭发反叛帝国的阴谋吗？提到了一名生化学家临死前的胡言乱语吗？他看起来忧心忡忡，或疑神疑鬼吗？他现在竟然说，教长曾指示他伪造突触放大器的测验结果，并且不准记录接受改造者的姓名。他当时跟您讲过这些吗？或者，他直到现在才这么说，在史瓦兹出现之后？

"问题又转回来了，约瑟夫·史瓦兹到底是什么人？当他被送到研究所的时候，他说的语言没人听得懂。这些都是后来我们开始怀疑谢克特博士心智不稳定时，我们自己调查所得的结果。他是被一个农夫送去的，那人对他的身份一无所知，事实上，对他的一切背景都毫无概念，后来也始终没有发现什么问题。

"然而此人拥有奇异的精神力量，他能仅借着意念，就在百码之外令人昏迷不醒——在近距离甚至能杀人。我自己就曾经被他麻痹，当时我的双臂、双腿都被他操纵，假如他希望，他当时也能操纵我的心灵。

"我绝对相信，史瓦兹操纵过其他人的心灵。他们说我俘虏了他们，以死威胁他们，说我招认意图叛变，妄想控制整个帝国。但请您问他们一个问题，尊驾，他们是否曾经彻底暴露在史瓦兹——一个能控制他们心灵的人——的影响之下？

"史瓦兹难道不可能是叛徒吗？如果不是的话，史瓦兹又是什么人？”

教长秘书坐了下来，他显得心平气和，看来几乎和蔼可亲。

艾伐丹感到他的大脑像是放进了回旋加速器，以越来越快的速率拼命向外盘旋。

他能怎么回答呢？说史瓦兹来自过去？有什么证据能证明？说这个人所说的是真正原始的语言？可是只有他自己，艾伐丹，可以为这点作证。而他，艾伐丹，也很可能拥有一个遭到操纵的心灵。无论如何，他又怎能确定自己的心灵未曾遭受操纵？史瓦兹是什么人？对这个征服银河帝国的大计划，自己为何深信不疑？

他再度陷入沉思，对于这个阴谋的真实性，他的坚定信念究竟从何而来？他是一名考古学家，凡事都抱持怀疑的态度，可是如今——是因为某人的一番话？少女的一个吻？或是因为约瑟夫·史瓦兹？

他不能再想下去！他不能再想下去！

“怎么样？”恩尼亚斯的声音听来很不耐烦，“你有什么话要说吗，谢克特博士？或是你，艾伐丹博士？”

不料宝拉的声音突然打破沉默。“您为什么要问他们？您难道看不出那全是谎言吗？您难道看不出他想用说谎的舌头绑死我们吗？哦，我们都快要丧命了，我再也不在乎什么——可是我们能够阻止，我们能够阻止。而我们却只是坐在这里，在……在……要嘴皮子……”说到这里，她哇哇大哭起来。

教长秘书道：“所以说，我们的结论只是一个歇斯底里的女孩发出的尖叫……尊驾，我有个提议。我的原告说这一切，包括所谓的病毒，以及他们心中幻想的所有事物，都定在某个特定时间发动——我相信，是在清晨六点。现在，我自愿让您拘留一个星期，倘若他们所言属实，有关银河发生流行病的消息，应该在几天内就会传到地球。如果真有这种事情，帝国军队仍控制着地球……”

“拿地球交换整个银河的人类，这实在很划算。”脸色惨白的谢克特咕哝道。

“我珍惜自己的性命，也珍惜我同胞的性命。我们以自己做人质，以证明我们的无辜。此时此刻，我已经准备好通知古人教团，说我出于自由意志，甘愿在此地停留一周，借此预防任何可能的骚动。”

他双手抱在胸前。

恩尼亚斯抬起头来，脸上布满忧虑的神情。“我看不出这个人有什么问题……”

艾伐丹再也忍不住。他一言不发、凶狠无比地站起来，向行政官快步走去。谁也不晓得他究竟想做什么，事后连他自己也记不起来。反正没有什么分别，恩尼亚斯手边有一柄神经鞭，他毫不犹豫便立刻发射。

自从来到地球，这是艾伐丹第三度感到周遭的一切燃烧成剧痛，在一阵天旋地转中消失无踪。

在艾伐丹失去知觉的数个小时中，清晨六点的时限到了……

# 第二十一章
## 时限已过

然后过了！

光线……

朦胧的光线，模糊的暗影——两者开始融合，互相缠绕，接着逐渐聚焦。

一张脸孔——两只眼睛在他正上方——

“宝拉！”这一瞬间，艾伐丹感到一切突然变得鲜明清晰。“现在是什么时候？”

他的手指用力抓着她的手腕，令她不由自主缩回了手。

“七点多了，”她悄声道，“时限已经过了。”

他从便床上坐起来，疯狂地四下张望，完全不顾全身关节火烧般的疼痛。谢克特瘦削的身躯缩在一张椅子上，此时他抬起头来，悲伤地点了点头。

“全都完了，艾伐丹。”

“那么恩尼亚斯……”

“恩尼亚斯，”谢克特说，“不愿冒那个险，这是不是很奇怪？”他发出一阵诡异而刺耳的笑声，“我们三个人，独力发现了一桩毁灭人类的大阴谋；独力俘虏了罪魁祸首，并将他绳之以法。这好像是个超视剧集，所向无敌的大英雄在紧要关头获得最后胜利，对不对？通常的结局都是那样。只不过这一回，剧情继续发展下去，我们却发现没人相信我们。这种事不会发生在超视剧集中，不是吗？超视的故事总有圆满的结局，不是吗？实在可笑……”后面的话都化成嘶哑的抽噎。

艾伐丹别过头去，感到万分难过。宝拉的双眼像是两个漆黑的宇宙，此时已热泪盈眶。突然间，他竟迷失在里面——它们真成了布满星辰的宇宙。有许多闪亮的金属小盒子，循着事先计算好的可怕路径穿越超空间，瞬间吞没无数光年的距离，一路风驰电掣向那些星辰逼近。要不了多久——或许已经——它们就会刺入各行星的大气层，碎裂成隐形的、致命的病毒雨……

唉，一切都完了。

再也无法阻止。

“史瓦兹在哪里？”他以虚弱的声音问道。

宝拉却只能摇摇头。“他们一直没把他带回来。”

房门突然打开，艾伐丹虽然已在等死，却还没有万念俱灰，他立刻抬起头来，脸上闪过一丝希望的光芒。

但来人是恩尼亚斯，艾伐丹随即脸色一沉，并且转过头去。

恩尼亚斯朝他们走近，向那对父女望了一眼。不过即使此时此刻，谢克特与宝拉仍算是地球人，对行政官根本无话可说。尽管他们知道自己未来的生命多么短暂、多么悲惨，却明白行政官的生命会更短暂、更悲惨。

恩尼亚斯拍了拍艾伐丹的肩膀。“艾伐丹博士？”

“尊驾？”艾伐丹以生疏而挖苦的口气模仿着对方的语调。

“清晨六点已经过了。”恩尼亚斯彻夜未眠，虽然他将玻契斯正式开释，却无法绝对肯定原告完全疯了，抑或处于精神受制的状态下。他一直盯着冰冷的精密计时器，仿佛在嘀嗒嘀嗒声中，整个银河的生命会逐渐消失无踪。

“没错，”艾伐丹说，“六点过了，而星辰仍在闪耀。”

“但你仍然认为自己是对的？”

“尊驾，”艾伐丹说，“在几小时内，第一批受害者就会死去。不会有人注意到这件事，因为每天都有人去世。在一周后，死亡人数将达到数十万人，复原的百分比将趋近于零，没人知道如何医治这种疾病。有些行星会送出紧急求救讯号，请求其他世界伸出援手。两周后，数十颗行星都会发出这种讯号，邻近星区会宣布进入紧急状况。一个月后，整个银河都将成为病毒肆虐的疫区；两个月后，顶多不到二十颗行星未受波及。过了六个月，整个银河都会死亡……等第一批报告送来的时候，您又准备怎么做？

“让我同样做些预测吧。您会向帝国政府送出报告，说那些流行病源自地球，这样做却无法挽救任何性命。您会对地球上的古人宣战，这样做也无法挽救任何性命。您会让地球人从他们的行星表面消失，这样做仍无法挽救任何性命……或者，您会成为一位使者，负责为您的朋友玻契斯和银河议会，或者说其中的残存者穿针引线。这样一来，您或许有幸完成一项光荣使命，将劫后余生的帝国残骸交到玻契斯手中，以换取救命的抗毒素。不过即使那样做，也不一定有足够的时间，能将足够的药量送达足够多的世界，搞不好白忙一场，连一个人也救不回来。”

恩尼亚斯微微一笑，完全不信对方的话。“难道你不认为这些戏剧性的台词夸张得过分，简直荒谬可笑吗？”

“哦，是啊。我是个死人，而您是一具尸体。可是让我们好好冷静下来，以帝国的角度考虑一下，您明白吗？”

“假如你怨恨我动用神经鞭……”

“一点也不，”他以讽刺的口吻答道，“我习惯了，几乎再也没有什么感觉。”

“那么我尽可能以合乎逻辑的方式向你解释。这件事真是一团糟，很难有条有理地报告上去，而想无缘无故地压下去也同样困难。听我说，其他的原告都是地球人，你的声音是唯一具有分量的。假使你愿意签署一份声明，表示当你进行指控时，你并非处于——嗯，我们会想出某种说词，可以涵盖那个意思，又不必提到精神控制这种现象。”

“那还不简单，就说我发疯了，喝醉了，被人催眠，或吃了迷幻药，随便怎么说都成。”

“你能不能讲理一点？现在听好，我告诉你，你的心智被干扰了。”他严肃地悄声道，“你是来自天狼星区的人，为何会跟一个地球女子坠入情网？”

“什么？”

“不要大吼大叫，我说——你在正常状况下，有可能跟本地人混在一起吗？你会考虑那种事情吗？”他朝宝拉的方向略微点了点头。

有那么一眨眼的时间，艾伐丹惊愕地望着对方。然后，他猛然伸出右手，用力掐住帝国驻地球最高官员的喉咙。恩尼亚斯双手拼命扭扯，却根本无法挣脱。

艾伐丹说：“那种事情，啊？您是指谢克特小姐？假如答案是肯定的，我希望听到足够尊重的称呼，好吗？啊，走开吧，反正您死定了。”

恩尼亚斯喘着气说："艾伐丹博士，你现在等于已经被捕……"

此时房门再度打开，上校很快走了进来。

"尊驾，那些地球暴民又回来了。"

"什么？那个玻契斯没跟他的官员说吗？他准备在这里待上一周啊。"

"他说过了，而他仍在这里，可是暴民也在这里。我们已经做好开火准备，身为军事指挥官，我的忠告是我们立刻那样做。您有任何建议吗，尊驾？"

"在我见到玻契斯前不准开火，把他送到这里来。"他又转过头去，"艾伐丹博士，我待会儿再来收拾你。"

玻契斯面带笑容地被带进来。他向恩尼亚斯行了一个正式的鞠躬礼，后者只是稍微点了点头。

"听好，"行政官开门见山地说，"我接到报告，说你的人正向狄伯恩要塞集结。这可不是我们协议的一部分……我告诉你，我们不愿引发流血事件，但我们的耐心不是用不完的。你能否让他们和平解散？"

"假如我愿意，尊驾。"

"假如你愿意？你最好愿意，而且立刻去做。"

"门都没有，尊驾！"教长秘书面露微笑，并猛然伸出一只手臂。"傻瓜！你等得太久了，现在只好去死！或者活着做个奴隶，如果你喜欢的话。可是你要记住，那样活着并不容易。"他的声音变成放肆的辱骂——压抑得太久，如今终于得到解脱，令他简直得意忘形。

这番粗暴激烈的言辞未将恩尼亚斯击倒。此时此刻，恩尼亚斯无疑受到公职生涯中最沉重的打击，但他仍保持了帝国职业外交官的冷静镇定。唯一的变化是他的倦容变得更深，脸色更加灰白，眼眶更加凹陷。

“所以说，我虽处处小心，却仍一败涂地？有关病毒的说法——竟然是真的？”他的声音几乎带着抽离而冷漠的惊异，“可是地球，你自己——你们都是我的人质。”

“门都没有，”教长秘书立刻以胜利者的姿态吼道，“你和你的手下才是我们的人质。如今病毒已遍布整个宇宙，连地球也不例外。而在这颗行星上的病毒，足以渗透每片驻地上空的大气，包括你的埃佛勒斯峰在内。我们这些地球居民完全免疫，可是你现在有什么感觉呢，行政官？感到虚弱吗？口干舌燥吗？额头发烫吗？这要不了多久时间，你该知道。而只有从我们这里，你才能得到解毒剂。”

恩尼亚斯有好长一段时间沉默不语，他的脸色苍白，却又突然现出不可思议的高傲神情。

然后他转身面向艾伐丹，以沉着冷静、极富修养的语调说：“艾伐丹博士，我觉得必须恳求你的原谅，因为我竟然怀疑你的话。谢克特博士，谢克特小姐——我郑重道歉。”

艾伐丹咧嘴冷笑。“感谢您向我们道歉，这对每个人都有莫大的帮助。”

“你的讽刺是我罪有应得。”行政官说，“抱歉我失陪了，我要回到埃佛勒斯峰，和我的家人一起等死。想要我跟这个——人妥协，当然，是绝对不可能的事。而地球行政官府邸的战士们，我相信，他们在死前一定会忠于职守。在我们走向阴间的途中，保证会有不少地球人为我们照路……告辞了。”

“等一等，等一等，别走。”听到这个新的声音，恩尼亚斯慢慢地，慢慢地抬起头来。

约瑟夫·史瓦兹慢慢地，慢慢地跨过门槛，他稍稍皱着眉头，身体轻微摇晃，一副精疲力竭的样子。

教长秘书立刻紧张起来，向后跳了一步。他突然起了警觉的疑虑，目不转睛地望着这个来自过去的人。

“不，”他咬牙切齿地说，“你不能从我这里得到解毒剂的秘密。只有少数几个人知道配方，受过使用训练的则是另外几个人，他们如今都在安全的地方。在毒素发挥作用前，你无论如何无法窃取这些秘密。”

“现在我的确无法窃取这些秘密，”史瓦兹表示同意，“但现在也不是毒素发挥作用的时候。你知道吗，根本没有什么毒素，也没什么病毒需要扑灭。”

这番话不算很明白。艾伐丹突然感到心中钻进一个令人窒息的念头：他的心灵是否早就受到干扰？难道一切都是个巨大的骗局，教长秘书跟自己一样受了骗？假如真是这样，那又是为什么？

恩尼亚斯却说：“快说，老兄，你究竟是什么意思。”

“这并不复杂，”史瓦兹答道，“昨晚我们聚在这里的时候，我知道假如只是坐在一旁当个听众，我就什么也做不了。所以我花了很长的时间，小心翼翼地对教长秘书的心灵下工夫……我绝不敢让他察觉。结果，他终于做出请求，请行政官下令将我带出去。当然，这正是我想要的，接下来就很简单了。

“我把押送我的警卫弄昏，然后直奔飞机跑道。当时要塞正在进行全天候警戒，飞机都加足燃料，满载武器，随时准备起飞。所有的驾驶员都在待命，我从里面挑了一个——我们就飞到神路去了。”

教长秘书似乎希望说些什么，他的嘴巴无声地扭动着。

真正开口的则是谢克特。“但你无法强迫任何人驾驶飞机，史瓦兹，你顶多只能让一个人走动。”

“假如那样做违反他人的意志，没错。不过从艾伐丹博士的心灵中，我知道了天狼星区居民如何憎恨地球人，所以刻意寻找一个生于天狼星区的驾驶员，结果我找到了柯劳第中尉。”

“柯劳第中尉？”艾伐丹大叫道。

“是的——哦，你认识他。是的，我懂了，你的心中表露无遗。”

“保证如此……继续说，史瓦兹。”

“这位军官极端憎恨地球人，我虽然进入他的心灵，也难以了解他的恨意。他想要轰炸他们，他想要毁灭他们，若非军纪将他紧紧束缚，他随时都会驾着飞机腾空而起。

“这种心灵完全不同。只要一点点暗示，轻轻的一推，军纪就无法再制住他。我想，他甚至不知道我跟他一块爬上飞机。”

“你又是怎么找到神路的？”谢克特悄声问道。

“在我的时代，”史瓦兹说，“有个叫做圣路易斯的城市，位于两条大河的交汇点……我们找到了神路，当时是黑夜，不过在放射线汪洋中，看得见一小块黑色区域——谢克特博士说过，圣殿位于正常土壤构成的孤立绿洲上。我们投下照明弹——至少，那是在我的精神暗示之下——下面果然有座五角星形的建筑，和我从教长秘书心灵中收到的图像吻合……如今，那座建筑的所在地只剩一个大洞，足有一百英尺深。那是清晨三点发生的事。没有任何病毒送出去，宇宙仍旧安然无恙。”

从教长秘书的嘴唇中，传出一阵野兽般的狂嗥，又像是地狱恶魔发出的惨叫。他似乎准备一跃而起，结果——却瘫成了一团。

一层薄薄的唾沫沿着他的嘴角缓缓流下。

“我根本没有碰他。”史瓦兹轻声道。他若有所思地瞪着那个倒地不起的身躯，又说："我不到六点就回来了，但我知道必须等到时限过后才能现身。那时玻契斯一定会得意扬扬地夸耀，我从他心中看出这一点。只有用他自己的话，我才能证明他有罪……现在，他就躺在那里。"

# 第二十二章
# 良辰美景可期

三十天前，在银河即将毁灭的前夕，约瑟夫·史瓦兹半夜从机场跑道紧急升空，身后响起警铃疯狂的呼啸，一道道回航的命令闪电般向他扑去。

他并未回头，至少没有立刻那样做，而是在毁掉神路圣殿后才终于返航。

如今，他的英勇行为终于获得正式褒扬。在他的口袋里，装着一条“星舰与太阳”一级勋位的绶带。除他之外，在整个银河的历史上，只有两个人曾在生前获得这项殊荣。

对一个退休的裁缝而言，这实在是梦想不到的际遇。

当然，除了帝国最高级的数名官员，没有人知道他究竟做了什么。不过这不重要，总有一天，在每本历史书中，他的事迹都会成为光辉而不可磨灭的一页。

此时，他漫步在宁静的夜色中，朝谢克特博士的住所走去。整个城市一片祥和，如天上闪烁的星辰一般平静。在地球某些孤立的地区，仍有些狂热派在制造事端，不过，他们的首领不是战死就是被擒，温和派的地球人足以对付那些余党。

第一批载送普通土壤的庞大舰队已经上路。在此之前，恩尼亚斯再度提出他当初的提议，希望将所有地球居民移往另一颗行星，不过遭到了婉拒。地球人要的不是施舍，应该给他们一个机会，让他们重建自己的世界，重建这个祖先的故乡、全体人类的发源地。让他们用自己的双手，挖掉遭到污染的土壤，换上一批健康的沃土，再看着原本寸草不生的土地冒出绿芽，让荒漠再度开出美丽的花朵。

这是一项艰巨的工程，可能需要一个世纪的时间，但这又有什么关系呢？让整个银河出借机械；让整个银河运补粮食；让整个银河提供土壤。银河拥有不可胜数的资源，这么做对他们而言简直微不足道，何况他们总会得到回报。

终有一天，地球人将再度成为银河族群之一，住在一颗与其他世界无异的行星上，以尊严平等的眼光看待所有的人类。

史瓦兹正沿着台阶走向前门，想到这一切美好的远景，心头不禁怦怦作响。下周他便要随艾伐丹离开地球，前往银河中心各大世界。在他那一代，还有谁曾经离开过地球？

突然间，他又想到古老的地球，他自己的地球——早已逝去多年，早已逝去多年。

但对他而言，仅仅过了三个半月……

他停下脚步，伸出手来，正准备按下叫门讯号，屋内的对话忽然在他心中响起。现在他能将他人的思想听得多么清楚，就像是细微的铃声一样。

那当然是艾伐丹的声音，他心中的思绪甚至无法完全化作语言。“宝拉，我一面等待一面考虑，一面考虑一面等待。我再也不要这样做了，我要你跟我一块走。”

宝拉心中虽然跟他同样渴望，嘴里说的却是全然相反的一番话。她说：“我不能，贝尔，那简直是不可能的事。我这些乡下人的言行举止……到了外面那些大世界，我会感到自己很蠢。何况，我只是个地球……”

“别再说下去了，你是我的妻子，这就足够了。如果有人问起你是谁、是什么人，那就告诉他，你是土生土长的地球人，同时也是帝国的公民。假如他们再问下去，那你就是我的妻子。”

“好吧，你到川陀对考古学会发表演说后，下一步是什么？”

“下一步？嗯，我们先放一年的假，遍游银河各个重要世界。我们一个也不放过，哪怕我们得搭乘太空邮船上上下下。我要让你好好看一看这个银河，享受政府公费所能提供的最佳蜜月。”

“然后呢……”

“然后再回到地球来，我们将志愿加入劳动大队，将其后四十年的岁月全都花在搬运土壤，填补放射性地带的工作上。”

“你为什么要那样做？”

“因为——”此时，艾伐丹的心灵接触轻轻做了个深呼吸，“我爱你，而那正是你所要做的事。也因为我是个忠诚的地球人，这点有荣誉归化证可以证明。”

“好吧……”

这段对话到此为止。

不过，当然，他们两人的心灵接触依然存在。史瓦兹退了开，心中带着十分的满意，以及一点点的尴尬。他可以等一下，还有足够的时间，等一切平静后再去打扰他们不迟。

他站在街头默默等待，天上的繁星闪耀着寒光，仿佛都在与他做伴——整个银河的星辰，包括可见与不可见的每一颗。

然后，他再次轻声吟诵那首古老的诗。为他自己，为新生的地球，也为远方亿万的行星。万兆人口中，如今只有他一个人还记得这首诗：

“与我共同老去！

良辰美景可期，

生命的终点，何尝不是源头的目的……”

# 后 记

《苍穹一粟》创作于一九四九年，于一九五〇年首度发表。当时距离“广岛事件”仅仅四年，我（以及世上一般人，我相信）低估了低水平放射性对生物组织的效应。因此我构思出一个普遍带有放射性的地球，上面仍有人类存活。那时，我认为这是个合理的推想。

如今我的看法已经改变，但要修改本书却是不可能的，因为地球的放射性正是故事的骨干。我只好再请各位读者不要追究，姑且依据本书的逻辑来欣赏（假设您的确欣赏）这个故事。

艾萨克·阿西莫夫

读客®

# 科幻文库

**跟着读客读科幻，经典科幻全看遍**

太空歌剧、赛博朋克、奇幻史诗……

中国、美国、英国、俄罗斯、波兰、加拿大、日本、牙买加……

读客汇聚雨果奖、星云奖、轨迹奖获奖作品

精挑细选顶尖的科幻奇幻经典

陪伴读者一起探索人类文明的过去、现在和未来

亿亿万万年，直至宇宙尽头

# 阿西莫夫
# 银河帝国系列

## 基地系列

银河帝国：基地（Foundation）

银河帝国2：基地与帝国（Foundation and Empire）

银河帝国3：第二基地（Second Foundation）

银河帝国4：基地前奏（Prelude to Foundation）

银河帝国5：迈向基地（Forward the Foundation）

银河帝国6：基地边缘（Foundation's Edge）

银河帝国7：基地与地球（Foundation and Earth）

## 机器人系列

银河帝国8：我，机器人（I, Robot）

银河帝国9：钢穴（The Caves of Steel）

银河帝国10：裸阳（The Naked Sun）

银河帝国11：曙光中的机器人（The Robots of Dawn）

银河帝国12：机器人与帝国（Robots and Empire）

## 帝国系列

银河帝国13：繁星若尘（The Stars, Like Dust）

银河帝国14：星空暗流（The Currents of Space）

银河帝国15：苍穹一粟（Pebble in the Sky）

图书在版编目（CIP）数据

苍穹一粟 /（美）阿西莫夫 (Asimov,I.) 著；叶李华译. -- 南京：江苏凤凰文艺出版社，2015（2023.3 重印）
（银河帝国. 帝国三部曲）
书名原文：Pebble in the Sky
ISBN 978-7-5399-8334-9

Ⅰ. ①苍… Ⅱ. ①阿… ②叶… Ⅲ. ①长篇小说－美国－现代 Ⅳ. ① I712.45

中国版本图书馆 CIP 数据核字 (2015) 第 096923 号

---



# 苍穹一粟

[美] 艾萨克·阿西莫夫 著　　叶李华 译

---

责任编辑　丁小卉
特约编辑　杨菊蓉　许姗姗
封面设计　李子琪
责任印制　刘　巍
出版发行　江苏凤凰文艺出版社
　　　　　南京市中央路 165 号，邮编：210009
网　　址　http://www.jswenyi.com
印　　刷　三河市龙大印装有限公司
开　　本　890 毫米 ×1270 毫米 1/32
印　　张　8.25
字　　数　190 千字
版　　次　2015 年 9 月第 1 版
印　　次　2023 年 3 月第 35 次印刷
标准书号　ISBN 978-7-5399-8334-9
定　　价　140.00 元（全 3 册）

---